龙脊天梯

风咕咕 著

辽宁人民出版社

© 风咕咕 　2024

图书在版编目（CIP）数据

龙脊天梯 / 风咕咕著 . —沈阳：辽宁人民出版社，
2024.6
（青铜夔纹悬疑小说系列）
ISBN 978-7-205-11049-9

Ⅰ . ①龙… Ⅱ . ①风… Ⅲ . ①长篇小说—中国—当代
Ⅳ . ① I247.5

中国国家版本馆 CIP 数据核字（2024）第 045483 号

出版发行：辽宁人民出版社
　　　　　地址：沈阳市和平区十一纬路 25 号　邮编：110003
　　　　　电话：024-23284191（发行部）　024-23284304（办公室）
　　　　　http://www.lnpph.com.cn
印　　刷：河北朗祥印刷有限公司
幅面尺寸：145mm×210mm
印　　张：9
字　　数：214 千字
出版时间：2024 年 6 月第 1 版
印刷时间：2024 年 6 月第 1 次印刷
责任编辑：赵维宁　姚　远
封面设计：乐　翁
版式设计：一诺设计
责任校对：冯　莹
书　　号：ISBN 978-7-205-11049-9
定　　价：58.00 元

目　录

楔 子

大明神宗年间。

风雨飘摇的一个黄昏。

细密的雨水，刚刚洒满土地，留下浅浅的痕迹。周围胡同里人烟稀少，没有了以往访客、应酬的喧闹之声。

京师城池的西北方位，一处看上去戒备森严的豪阔府邸门前，来了一位不速之客。

说这个人是不速之客，一点都不奇怪。

没有带随从家眷，没有马车和轿夫，只身一人，甚至没有带名帖。

这名帖在大明以前，叫"名刺"。据说汉代时就有了，宋代时盛行，及至元朝，逐渐演变了叫法，"名刺"被叫作"名帖"。一般的，大都七寸长，三寸宽。上面密密麻麻写着拜访者的官衔和名号，算得上是基本的户籍——手实。

来的人好生奇怪。

他主动前来拜访，却没有任何繁文缛节，只是一个人在距离府邸门前的不远处，孑然一身，束手而立。那张面容清俊的脸上带着一丝愁容，他目光冷峻地看着府邸前春凳上坐着的门房下人。

有明一朝，京师的住宅府邸是大有讲究的。

规制是个尺度，是谁都要遵循的。严格来说，是不能逾制的。朝廷中的人，必须遵循。若以规制考量，这处府邸的主人位高权重。

不过，官是官，吏是吏，官在上，吏在下，官家的仆人谱子大着呢。那个人一直在门前站立，门房的下人居然没有多看一眼。

　　倒是一个青衣小帽的书童三步并作两步，来到此人跟前，待客。

　　他们走的是侧面的小门，那是下人出入之处。这个看上去极为清贵不可慢待的主儿，脸上竟然毫无不快之色，一路前行跟随其后。

　　顷刻，他们两人出现在府邸后院的一间书房之内。

　　引路的书童退下。

　　房间里，算上来客，共计三人。

　　一老者盘膝而坐；来客昂然而立；童子侍奉一旁。

　　"这是什么物件？"

　　童子指着来客放在明黄色绸缎中的物件，好奇地问。

　　"这是我的一位老友——单长老从西域带回来的异物。据说是当年张骞出使西域时带去的。这一次，费了不少周折，折了十多位好手，才带回中原。据说，张江陵在的时候，一直对此物念念不忘，故老相传，这异物有世人不解之功效，知悉其道的人，会运用其控人心神魂魄。"

　　回话的是一位年纪三十多岁的中年男人，他眉目清晰，五官端正，下颌处留有一缕乌黑浓郁的胡须。

　　幼小的顽童四五岁的样子。

　　一旁的老者，则在六旬开外，神情冷漠，一副不苟言笑之态。

　　"张江陵？他不是被抄家了吗？"

　　童子的脸上带着他这个年龄不常见的表情，他的这句话，似乎是无心而为，随口说出来的，却带着常人都无法理解的阴寒肃杀之气。

　　张江陵就是张居正。

　　彼时，正是大明神宗年间，万历十年之后，张居正已然故去，张家被抄。

　　一时间，轰动朝野。

张居正的小孙女和张家人多数饿死，长子自杀，家人流放。

现如今，张江陵，张叔大，已经是一个甚为敏感的名字。

"还是说物件吧，张江陵生前并没得到此物，据说，有人想用此物对付他，一般人是无法抵抗此物的。"老先生拂过老物件，很熟络的样子。他也记不得自己的年纪了，自洪武帝登基，孤舟远避海外，世间再无他的半分消息。偶尔江湖传闻，有位长老为上古奇书——"蚩尤残卷"的传人的后裔。

蚩尤尚且神秘，蚩尤残卷是奇书，老先生的身份更是扑朔迷离。

"此物果真能摄人魂魄？"中年男人指着诡异的神族器皿。

老先生坦然地长叹："乍遐乍迩，或沉或浮。"

中年男人点头："是啊，这物件自黄帝后直到北宋时期才偶现世间，后南宋灭亡，陆秀夫背着宋少帝蹈海而死，此物不知所终。后在宁波石浦渔港出现过，不知道为何人所得。到了元朝后期，这物件被大都的一位商贾自西域带回。此物一出，江湖市井便有了'莫道石人一只眼，挑动黄河天下反'的民谚。"

"如此论来，二朝因此而亡，莫非此物不祥？张居正为一代大儒，怎么会相信这些六合之外存而不论的神鬼秘术之道？"童子皱着眉，说出自己的困惑。

"非也，非也。"老先生依旧盘膝闭目，他抬起宽大的长袍，朝着那物件轻轻一招手。

刹那间，一团光明灿然骤现。

这光明，让人陷入无尽的惊诧又或是深深的平静。

"你看见了什么？"老先生闭目问道。

那光明似乎点燃了自带着皇家贵气的小童子的赤子之心，他高兴地说道："妖铃，我想要这个妖铃。"

"天灯蛊惑苍生，妖铃祸乱人间。"老先生突然间睁开双眸，"唉，妖铃啊！"

这是自张江陵去后，最沉重的叹息。

神器妖铃，不见于史料，是三皇五帝开世以来，所有天家帝王口口相传的终极秘密。

妖铃现，神门开。

洞天眼，长江截。

歌谣传了上千年，没人知晓其中的秘密。他当年从域外买到大汉朝将妖铃遗失西域的线索，几乎动用了朝廷隐藏在外的所有的世外高人。

想得到时，未得；得到之后，锥心的恐慌甚至压过心中的惊喜。老先生满脸漠然地盯着这个邪恶无比的"死物"，那死物宛如一只噬人的眼同样盯着自己。他意识到：妖铃现世，未必是幸事。

三日后，妖铃和老先生一同消失，没人知道，他们去了什么地方。

第一章　失踪的诗人

1

成卫东睡前多喝了两杯水，睡到半夜辗转反侧，憋得难受。最终他还是决定下床去一趟厕所。他披上外套，趿拉着布鞋向外走去。

外面很黑，他借着月光摸索着向厕所走去。忽然间，前面有一个人影闪动，吓了他一跳。他揉揉眼睛，再仔细一看，惊呼："周太白？周太白！你干什么呢！"

对方没有回应他，只是在不远处来来回回地走动。

周太白是成卫东的室友，他的本名叫周逸农，只是因为喜欢读诗、写诗，身上总带着一股诗人的气质，因此，被成卫东戏称为"周太白"。

成卫东走上前去，想要问个究竟。可是无论他怎么努力，始终都与周逸农保持着一段固定的距离。

此刻，成卫东尿意全无，奔着周逸农追了过去。而周逸农也因为他的追赶而奔跑起来，好像是在指引着他去一个地方。成卫东无暇顾及这些细节，只是一门心思地想要追上他，看看他到底在搞什么名堂。

半夜三更，一个跑一个追，一个追一个跑，黑影逐黑影。

成卫东终于拉近了双方的距离，他伸手抓住了周逸农的后衣领。

就在这时，周围的场景突然变了。他的身边不再是校园，而是一处深山悬崖。只见他一手抓着周逸农,脚下却已经悬空。他从万丈高的地方跌落下去,坠入层层云雾之中。

突如其来的下坠感让他的心像是被一只爪子紧紧地揪了起来,吓得他身体剧烈一抖,猛然睁开了眼睛。

阳光透过窗户照射在水泥地上,留下了一个被拉长的影子,宛如一个矩形的眼眶。

房间里静悄悄的,成卫东仍旧躺在学校宿舍的床上,瞪着眼睛呆呆地望着屋顶,耳边只有自己"怦怦"的心跳声。

起床洗漱的时候,他才回过神,想起来周逸农已经失踪三天了。

他瞄了一眼手抄的课程表,拿起课本塞进了书包,快步赶去食堂吃饭。

食堂已经排起了长队,打饭的窗口有人在收饭票。成卫东从贴身的兜里摸出一张皱巴巴的饭票攥在手心里,心里盘算着怎么样才能用这几块钱撑到月底。

周围的同学都是三五成群,至少有个饭搭子,之前还有周逸农陪他,现在却只剩他一个人……

成卫东三口两口把玉米面窝头塞进嘴里,一边用力咀嚼一边快步离开食堂赶往教室。没了周逸农,上课就成为成卫东唯一快乐的事情。

念书总比在家种地强。他是这样想的。

马上就要上课了,走廊里到处都是匆忙找教室的身影。成卫东像往常一样穿过人群,一个转弯就能到教室。然而今天出了一点小意外。一个人影突然从拐角处走出来,成卫东在老家跟着一位高人学过几年功夫,他下意识地一个跳步后退,避开了对方。

那人也是个练家子,怕成卫东摔倒,下意识地就要伸手去抓他的衣领,却没想到这个其貌不扬的年轻人居然躲开了。

双方互相点头致意后,成卫东紧紧地抓着书包袋子赶去上课。

陆达盯着那瘦弱的背影，嘴角微微扬了起来。他四十岁上下，穿着一身洗得有些褪色的上白下蓝的制服："老袁，这后生的身手不错啊。"

保卫科的袁则行有些不屑地撇撇嘴，说："倒退二十年，谁还不是条好汉！"

陆达无奈地摇摇头，说："你呀你，就是嘴上不饶人，没个把门的，这么多年还改不了这个臭毛病。"

袁则行不认同，可是自己只是他手底下的一个干事，不想与他争辩，便催促说："嘻，别看了，校长还等着你呢。"

袁则行拉着陆达去了校长办公室。

办公室整洁安静，校长焦急地伏在桌案上翻阅着报纸。

"说说失踪学生的情况吧。"陆达一张口就开门见山，掏出了笔、本做笔录。

这一连串熟练的动作和条件反射的思维得益于在近一年的时间内与其他学校保卫处的骨干精英的交流学习。在此期间有派出所的同志前来指导，所以耳濡目染之下他也学会了一些审案子的流程。

校长对此微微一愣，随即笑着打趣他说："陆达，一年不见，你真是越来越像警察同志了。"

陆达这才意识到自己刚刚说话的语气有点不太恰当，赶忙赔礼道歉："抱歉校长，我在外面习惯了，一时间忘记改了。实在不好意思。"

"没事，没事。"校长推了推从鼻梁上滑落的眼镜，大度地说，"失踪的同学是教育系的周逸农，四天前他与校外人士打架斗殴被我们批评教育了一顿，紧接着就失踪了。"

陆达追问："'紧接着'具体是指什么时候？"

校长努力地回忆了一下，说："大概也就是第二天，批评他之后第二天晚上他就没回宿舍。这事儿有他的室友证明。"

陆达若有所思地点了点头，在笔记本上写下"室友"两个字，在这两个字旁边画了一个问号，然后继续追问："您能具体说说周逸农打架斗殴的事情吗？"

校长先是沉默了一下，喉咙里似乎扎了一根尖锐的刺，他叹了口气，缓缓地开口说："据他的老师和同学反映，周逸农在追求学校的顾医生，但是顾医生在校外一直有一个追求者，是个做古董生意的，叫……哦，叫孟宽。据当天在场的同学们反馈说，是孟宽先动的手，周逸农同学只是还手防卫。这也是让你来调查的原因，我们最好内部解决。"

说到这里，校长又叹了口气，有些无奈地说道："陆达，你也知道，咱们这所学校就是个普普通通的师范学校，根本惹不起那样的人，所以我们只能对周逸农同学进行批评教育，再给他一个处分，这事儿就算是了了。我们已经保证过，不会影响周逸农同学毕业后的工作分配问题，处分也只是做做样子，让孟宽那边息事宁人罢了。本以为这件事就这样过去了，没想到周逸农同学这么想不开，直接逃学了。"

事关整个学校的名声，校长越说越激动，眼镜多次从鼻梁上滑落下来都被他用颤抖的手指推了回去。

与校长相比，陆达就显得冷静许多。他记下了校长说的关键信息，又问他："他平时表现怎么样？"

校长说："据他的任课老师和周围的同学反映，他不爱说话，比较沉闷，似乎不太喜欢与外人交往。"

陆达的笔头飞快地在笔记本上记录，陆达又抬头问道："联系他的家人了吗？"

校长有些紧张，拿起桌上早就准备好了的学生档案副本，边拆边说："他老家住在两广一带，路途遥远，而且他在入校登记的资料上也没有填写相关的信息，所以至今还没有联系到他的家人。"

陆达接过学生档案副本，飞快地翻看浏览，果然有用的信息少得可怜。他将这份学生档案塞回档案袋里，又将档案袋装进了随身携带的斜挎布包中，说道："校长，这份资料我带回去再看看。麻烦您把周逸农的室友叫来，我得和他见一见。"

成卫东下课之后直接被袁则行带走，同学们都认得他是周逸农的室友，免不了要将他与周逸农失踪的事情联系在一起，大家七嘴八舌地谈论起来，周逸农的那点"风流韵事"又在不知不觉中被传播出了好几个不同的版本，直到下节课的上课铃声响起才暂时中止了同学们的"奇思妙想"。

这是成卫东第一次来到校长办公室，他双手不知道放在哪里才好，只好揣在兜里，紧张地左顾右盼。

办公室里有两个人，一个是校长，一个竟然是刚刚跟他打过照面的中年男子。成卫东不知道校长叫他来做什么，于是站在门口拘谨地向校长打招呼："校长好。"

"卫东同学啊，进来。坐。"校长露出了和蔼的笑容，招呼成卫东进来坐，并向他介绍说，"这位是我们保卫处巡查队队长陆达同志，想问你一些关于周逸农同学的事情。"

陆达见他双手放在腿上，紧紧地扣着膝盖，于是对他说："同学，你不要害怕，我只是简单了解一下情况。你如实回答就行。"

成卫东点点头。

"你觉得周逸农是个怎样的人？"

成卫东想了想，抿着唇："他特别有思想，读诗作文也厉害。只不过我从小地方来的，看不太懂他写的东西。"

"他跟其他同学的关系怎么样？"

"他不爱跟人接触，独来独往。"

"哦？包括你吗？"

成卫东沉默半晌，幽黑的眼底闪过一丝失落，低沉地应道："我们俩都是从农村来的，父母都是种地的，本来就是榆木疙瘩，好不容易考了学，可是……"成卫东欲言又止，抬眼瞟了一下校长的方向，还是把一半的话吞了回去，"在这样的大城市，我和他就是相互依靠，抱团取暖了。"

　　陆达感同身受地点了点头，二十年前，如此真切的感受同样发生在自己身上，即使今天，看似强大，但是那源自灵魂深处、骨子里的自卑依旧像勾血的藤蔓死死地勒着他的身体。每时每刻，他都想挣脱；每时每刻，都以失败告终。后来，他终于意识到，那束缚的藤蔓就是无形的脐带，属于自己身体的一部分，从一出生就有了，这个词语叫"原生"。

　　每个人都有一条属于自己的藤蔓，谁都摆脱不了原生。

　　陆达沉闷地打开笔记本，开始做记录："说说周逸农失踪那天的情况吧。"

　　成卫东注意到陆达拿笔的手掌有厚茧，那是练家子的手。他没有多问，老实地回答起问题："那天也没什么特别的，周逸农一直心事重重的，我跟他说话，他也不太爱搭理我。下午上课的时候，我也没见到他，以为他心情不好逃课了，没想到一直到晚上，都过了宿舍宵禁的时间了，他也没回来。"

　　"你最后见到他是什么时间？"

　　"大概是……上午最后一节课下课之前。我想跟他一起去食堂，可是找遍整个教室都找不到他的人影。"

　　"你确定他来上这节课了吗？"

　　"确定。"成卫东十分笃定地说，"我跟他一起进的教室。那天他没有跟我一起坐在靠里的座位，而是直接坐在教室后门门口的位置。"

　　"你们关系很好吗？"陆达的问题突然又绕了回来。

"那当然。他是我兄弟。"成卫东不假思索地露出一个憨憨的笑容。

陆达没有多说什么，继续问："周逸农只有你一个室友？"

成卫东点点头。

陆达做笔记的手顿了一下。师范学校一向宿舍紧张，向来都是八个学生或是十个学生挤在一间屋子里，他们为什么住双人间？

校长看出陆达的疑惑，主动解释说："是这样的。这刚刚恢复高校入学，报考人数远超我们的预计，你也知道咱们学校宿舍的床位本来就比较紧张，分配到他们两位同学的时候恰好没有位置了，所以只好把他们安排到食堂锅炉房后面的杂物房里。那间房改造过，虽然小些，但两个人刚好。"

"好。我知道了。"陆达在笔记本上飞速地记下几个字，随后对成卫东说道，"谢谢你的配合。"

"嗯。"成卫东的心莫名地紧张起来，他也不知道从哪儿来的勇气，忽然转头用十分肯定的语气对陆达说，"陆队长，我敢肯定，周逸农他绝对不是害怕处分才逃学的。"

是什么让拘谨的后生变得强势？陆达倒是有些不适应。不过他很快就反应过来："如果你有什么线索，可以随时到保卫处来找我。"

大半天就这么过去了。

成卫东走出校长办公室，感觉有些恍惚，总觉得有什么事情压在心里没想起来。就在他冥思苦想的时候，嘈杂的铃声响起打断了他的思绪。

天啊，他好像迟到了。这节课的老师十分严厉。成卫东不敢多想，飞快地奔向教室。

果然，到了教室之后他被老师臭骂了一通，还被当作反面典型。

2

陆达离开校长办公室没有直接回保卫处，而是去了校医院。不过可惜，校医院的护士告诉他，顾晓晴外出与其他学校的校医联合讲习去了，不在学校里，也不一定什么时候会回来。

陆达扑了个空，只好先行离开。出校门口的时候他恰巧路过保卫室，还没等进去他就闻到了一股酒味。陆达皱了皱眉，脚下便停住了。

"真不争气。"陆达暗自嘟囔了一句，转身离开。

陆达直接去了孟宽的古董店。孟宽的脾气十分暴躁，一听说是周逸农的事情，当场拍着桌子破口大骂："那小子光天化日之下就敢调戏良家妇女，没打折他的爪子就算便宜他了！还有脸过来问我！"

调戏良家妇女？

陆达在笔记本上记下了这几个字，并在旁边打上了一个问号，缓缓说道："周逸农失踪了。这件事情你知道吗？"

孟宽愣了一下，质问道："你不会以为是我下的手吧？"这话听起来可真刺耳。陆达面色不善地盯着他看。

孟宽瞧他不像是好惹的，于是收敛了脾气，规规矩矩地坐下说："我是奉公守法的好公民。我那天打他是路见不平，拔刀相助，算是见义勇为。"

陆达冷冷地拆穿他："根据我调查，周逸农在追求顾晓晴，而你也是顾晓晴的追求者之一。所以你殴打周逸农并非见义勇为，更像是蓄意报复。"

"我！"孟宽张口想要辩解，却哑口无言，只好吐露实情，"好吧。我确实是故意找他麻烦的。谁让他癫蛤蟆想吃天鹅肉。也不撒泡尿照照自己是什么德行。我一哥们儿告诉我这家伙纠缠顾医生，一开始我只是想给他点警告，让他收敛点，谁想到他变本加厉，竟敢对顾医生动手动脚，把顾医生的衣服都撕破了！这我要能忍，我'孟宽'的名字倒着写。"他的情绪愈加激动，可是看到陆达冷淡的眼神之后，他胸口的那团火焰顿时熄灭了，恹恹地说，"然后我就把他打了一顿。"

打了一顿？陆达回到学校，不停地梳理着整件事情的脉络。一个沉闷的、不爱说话的、不喜欢与人交流的，还受到同学排挤的人会主动去纠缠女性？

他们之中一定有人在说谎，陆达陷入了深深的疑惑，他瞥见桌上的档案袋，又将周逸农的档案抽出来重新看了一遍，紧急联系地址一栏里填写的竟然是一个古董铺子——水心斋。

陆达立刻出发了。

黄昏给整条街道披上了一层昏暗的薄纱，陆达的影子在身后被拖得很长。

他走进"水心斋"时，铺子里没有客人，穿着老式长袍的伙计正在柜台上打盹。

陆达走到柜台边，用手指关节叩击柜台的木头桌面，将伙计惊醒。"同志你好，我叫陆达。我想向你打听一个人，你认识一个叫周逸农的人吗？"

美梦被打扰，伙计整个人都不太友好，不耐烦地挥手："不知道不知道。没听过。"

陆达没办法，只好从兜里掏出一块钱放到柜台上。

有钱能使鬼推磨。伙计收了钱，立刻笑脸相迎："您刚才说什么？"

"周逸农。"陆达掏出笔记本写下这个名字给他看，"你知道这个人吗？他的地址填写的是'水心斋'。"

伙计看了半天，为难地挠了挠头，两道眉毛都快拧成了麻花，他看了半天，遗憾地摇摇头："没印象。"

"再想想？"陆达又问。

伙计特地补充道："同志，来我们店里的客人都会登记，对我们来说都是衣食父母，我肯定会有印象。可是这位，我实在是帮不上忙。"

唯一的线索也断了。

陆达回到保卫处思来想去，决定去周逸农的宿舍看看。让他万万没想到的是，这一趟的查访将会勾连出一桩离奇的案件。

第二章　铜铃诡踪

3

陆达来到周逸农和成卫东的宿舍的时候，成卫东不在宿舍里。听说是因为今天上午没有课，他跑到校外帮人家做苦力赚学费去了。

陆达打开那把结着一层铜锈的老式挂锁，还没等他伸手去推，门就"吱吱呀呀"地自己打开了。这间屋子很小，转身都费劲，但收拾得十分妥当。两张小床分列在房间两侧，对面是一扇木窗，窗前摆放着一张掉了漆的简易木桌，桌子的右腿还有点残缺，下面用木块垫了一下才勉强不晃动。

袁则行跟在陆达身后进了房间，介绍说："右边是周逸农的床铺，左边是成卫东的床铺。"

"老规矩，仔细点。"陆达戴上了白手套，两人动手干活。两张床铺渐渐乱了，床铺的主人也凌乱了。

成卫东回来了。今天活儿少，他年轻力壮，很快就做完了。

走到学校门口，保卫室里探出一个脑袋拦住了他："哎，你是我们学校的学生吗？"

成卫东朝着宿舍方向的脚步一顿："我是学生啊，怎么了？"

李可是保卫处新调来的保安，二十多岁，身手极好，就是性子太轴，尤其认死理儿。

这也不能怪他，人的性子都是磨出来的。李可在调来学校之前在派出所工作，专门负责户籍管理一类的文职工作。这份工作说难不难，说简单也不简单，最要命的就是填表，那种零碎活儿真是无穷无尽。不是他不尽心工作，实在是他一遍一遍地指导老百姓该怎么填好表格，可总有那么一些人不按规定来，理由更是千奇百怪。

他能怎么办呢？只能耐着性子一遍一遍向那些不按规定办事的人耐心解释。不敢发火，不敢有意见。这么一来，一张表格、一件事就因为这样的缘故拖拖拉拉好几天才能办完。告状的小字条像雪片般飞到了领导的办公桌上，糊住了那双本就不睿智的眼睛。

领导出乎意料地把李可调到了师范大学的保卫处，李可高兴极了。看来自己的领导也有片刻清明的时候，他哪里知道领导的心思。李可到底是年轻人，领导希望他在读书人多的地方冷静冷静，历练一下。再说大学里都是文化人，说不定还能熏陶熏陶。

于是乎，李可顺理成章地调入了这所学校。用他自己的话说，那是"发配"。不过，顶头上司袁则行对他不错。虽然平时总支使他做些零碎的活儿，但有什么好事儿却都想着他。比如食堂有肉吃就给他多留几块；有白面馍馍会给他捎带几个；发了什么物资给他留一份最好的。

其实，保卫处的活儿也不少，每天都有日巡、夜巡，但是比从前轻松多了。渐渐地，他喜欢上了这里慢悠悠的生活，干起活儿来也更卖力了。

他紧紧地看住大门，除了学校的老师和学生，连只蚊子都飞不进去。

成卫东因为给人干苦力，穿了一件破破烂烂的衣服，所以当他汗流浃背、一身狼狈地回来的时候，李可"噌"地一下从凳子上站起来，探出头，直接拦下了他。

成卫东表明了身份，但李可不信。

"你在这里等着。"他缩回脑袋，从抽屉里翻出一本学生名单。这是学生入学的时候在保卫室门口填写的登记表，被袁则行归置成一本小册子，方便查验来往学生的身份。

成卫东不敢说话，乖乖地站在保卫室门口等着。

李可翻查半天，终于翻到其中一页，对着名单把能对的全都对了一遍。

"进去吧。"李可认真地在名单上记了一笔。

成卫东刚松了一口气，宿舍又让人"抄"了。

"你们这是？"他站在门口犹豫着该不该进来。

"找找周逸农失踪的线索。"袁则行说明了情况。

成卫东"哦"了一声，依然站在门口。不是他不想进去，周逸农的行李被翻得到处都是，屋里实在是没有落脚的地方。

刚做完苦力，成卫东有些累，他喘着粗气，黏糊糊的汗液潮乎乎地贴在身上，难受极了。

这时，袁则行从周逸农行李箱最底下翻出了一个奇怪的东西，惊呼一声："这是什么？"

陆达过去一瞧，是一个青铜质地的铃铛。

铃铛？成卫东忽然感觉一股寒气从脚底，沿着他的小腿，攀上他的后背，顺着他的脊梁骨一路蹿到了头顶。

他认得那个青铜铃铛，而且记得非常清楚。那是刚入学报到的时候，那时他和周逸农还不是很熟悉。一天夜里起夜，他借着微弱的月光，看到周逸农的床铺空着。他出门去找，却发现周逸农孤寂地站在宿舍前面的空地上。

那画面清晰而刺眼，昏暗的灯下，一个黑影背对宿舍，面朝食堂，仰望星空。

成卫东不敢冒昧打扰，好奇地抬头看。天上挂着一轮明月，挺好看的。不过，这家伙大晚上不睡觉，瞅啥呢？

然而还没等他开口，周逸农动了。成卫东屏住呼吸，黑漆漆的瞳孔收紧了两圈。

只见周逸农抬起双臂，向两侧伸展。他的左手拿着一个铃铛，铃铛在月光下泛起了青铜的光泽。他的手腕一抖，铃铛发出阵阵响声。那声音好像从远古传来，呼唤着人们跟随它而去。

成卫东感觉从心底涌上一股寒意，随着心跳的节奏流向四肢。就在他感觉心脏都要从嗓子眼跳出来的时候，他终于鼓起勇气朝对方大喊了一声："哎，周逸农！你干啥呢！"

说来也怪，铃铛的声音突然消失了，周逸农微微顿了一下。

随之而来的是一阵吹得他睁不开眼睛的疾风。

当风停下来时，周逸农已经不知去向。

成卫东愣愣地揉揉眼睛，以为自己活见鬼了。没等他的脑子给出答案，一阵尿意先占据了大脑，他赶紧跑去茅房。等他浑身舒畅地回到宿舍的时候，周逸农正躺在床上睡觉，就好像从来没有出去过一样。

第二天，成卫东问起昨晚的事情，周逸农一脸茫然，表示毫不知情："你睡糊涂了？"

成卫东嘴笨，不知道该怎么辩解。在那之后，他再也没有见过泛着寒光的青铜铃铛，一度怀疑是自己梦魇了。

如今看来，这是真的，周逸农隐藏了秘密。

"这是啥东西？"袁则行好奇地从陆达手里接过铃铛，下意识地晃了一下。

"铃铃铃——"熟悉的声音再次在耳边响起，成卫东心头一紧，身体变得像羽毛那般轻盈，忍不住地钻入了铃铛里。

紧凑、拥挤、撕裂、炙烤……他想喊出来，喉咙却似乎被塞满了锋利的鳞片，割断了他求救的声音。

"呜呜……"成卫东身体一软，整个人倒在地上，眼前是一副副焦急的面孔和一张张开开合合的嘴。很快，他便陷入了一片黑暗之中。

"成卫东！"

4

成卫东被送到校医院，袁则行紧张地扒着窗户向里面张望，陆达静静地靠着走廊的墙壁握着青铜铃铛怔怔出神。

太像了，简直一模一样，这青铜铃铛的模样像极了师父死后身上的奇怪印记了。

陆达的手有些抖，复杂的思绪像醉人的美酒漾了出来……

小时候，陆达的邻居是一位和蔼的教书先生，也是他的启蒙老师。他们虽然年龄差距大，但并不妨碍他们成为朋友。

可是不知道什么原因，教书先生的神志变得混乱，突然去世。陆达为老人擦洗身体更换寿衣的时候，发现老人的脊背上有一个绿铃铛一样的印记，他以前也会帮老人擦身体，却从未看过这个印记。直觉告诉陆达，先生的死一定与这个奇怪的铃铛印记有关。

从那一刻起，他立志要查出真相，抓到凶手。长大以后，他才知道真相有多遥远，他阴差阳错地进入了保卫处，做了巡查队的队长，过着平凡无奇的生活。日子一天天地过，该发生的都发生了，年少时的心愿却一直埋藏在心里，不过，他从来没有放弃过。

但是，线索太少了，茫茫人海，让他去哪里找寻真相？没想到今天在这里有了线索，难道与周逸农有关？

不对，算算时间，先生去世时，周逸农才七八岁，如何能牵扯到命案？多年的经验告诉陆达，不要轻易否定每一种可能，很多用常识难以解释的事件背后都隐藏着一个合理的逻辑，真相往往就在一念之间。

"老袁。"一位医生从病房走出来，陆达忙将青铜铃铛收进兜里。

袁则行立刻上前关切地询问:"顾医生,那位同学怎么样了?"

她就是顾医生?陆达眉头一皱,紧紧地盯着眼前这个牵扯在谜团中的女人。

"没事,应该是早上没吃饭,有点低血糖,刚喝了一杯糖水好多了,你们可以进去看看他。"顾晓晴说话的时候摘下了口罩,她长得很漂亮,尤其是那双荡漾着柔波的眼眸,每一次的相望都凝聚着无限的柔情。

难怪大家都痴迷她,陆达收回了审视的目光。

"你先去看看成卫东,我找顾大夫问点事。"陆达转向袁则行。袁则行听话地走进病房。走廊里只剩下陆达和顾晓晴,还有一盆耐寒的、带刺的仙人掌。

顾晓晴有些困惑:"同志,你找我有事?"

陆达出示了工作证,说道:"你好,顾大夫,我是保卫处的陆达。"他收起工作证,继续说道:"我想了解一下周逸农与孟宽斗殴的事情,不会耽误你太多时间。"

顾晓晴没有回避这件事,反而温温柔柔地说:"可以,你想知道什么?"

"学校里传言周逸农在追求你,是真的吗?"陆达凝视着那双平静的眼睛。

顾晓晴抿了抿嘴唇,回答道:"他确实来找过我几次。至于说追求我……这个我也不清楚。"

"那他来找你都说了些什么,做了些什么?"

"都是一些琐碎的事情,实在是记不起来了。"

"哦?"陆达的目光变得犀利,像嗜血的匕首一样闪烁着冰冷的光芒,"据我所知,周逸农曾经对你动手,甚至扯坏了你的衣服,有这件事情吗?"

顾晓晴惊讶地瞪大了眼睛,下意识地垂下眼眸,有意躲避那束追问的目光。

"你不说话就是默认这件事，对吗？"陆达又问。

顾晓晴红着脸，点头说道："其实那件事不能全怪他，我说话过于直白，或许伤害了他，他才动手的。是的，他不是故意的，我也没打算追究他的责任，以后也不想再提这件事情了。"

"那你跟孟宽的关系怎么样？"陆达想起那个没有礼貌的男人。

"还行吧。"顾晓晴说，"以前见过几次面。"

"孟宽也是你的追求者。周逸农与你发生争执的那天，就是他出手帮你解围。"陆达说，"你向他提过周逸农追求你的事情吗？"

"你到底想干什么？"顾晓晴的情绪很激动，气呼呼地质问，"陆达同志，你什么意思？难道你怀疑是我让孟宽来打人的吗？"

"对不起，周逸农失踪了，我不能放过任何一个细节。所以例行询问，请见谅。"陆达保持着一贯的平静语气。

"他失踪了？什么时候的事情？"顾晓晴捂着嘴，一脸诧异。

"你不知道这件事情？"陆达刚刚问完就反应过来，应该是校长把这件事情压下去了。

这时，袁则行从病房里走出来："陆达，成卫东有话要告诉你。"

"好。我这就来。"陆达转头看向顾晓晴，"顾大夫，感谢你的配合。我先进去看看。"

"好。"顾晓晴的眼底恢复了平日里的温柔。

可是，就在陆达进了病房之后，那张脸上的笑容顷刻间荡然无存。

病房内，成卫东脸色苍白地倚靠在床上。

陆达没有直接问他什么事情，而是关切地问起了他的身体："早上为什么没吃饭？"

成卫东难为情地低下头，陆达见他半旧的衣服，又想起之前的那些话，心里大概明白了几分。

"你有话说？"陆达问。

成卫东收起囊中羞涩的惭愧，鼓起勇气抬起头，郑重地说："我看到周逸农了。"

"啊？"陆达和袁则行异口同声地惊叫了一声。

"在哪里，什么时候？"陆达焦急地问。

成卫东一脸认真地再次强调："我看到他被人堵在学校后面的小树林里殴打，那些人手里有棍子，他就快被人打死了。"

快被打死了？陆达与袁则行茫然地对视一眼，袁则行忍不住地大声说："你什么时候看到他被人殴打？之前为什么不说？"

"我，我……"成卫东支支吾吾，"我刚才做梦梦到的，他在梦里向我求救。"

做梦？袁则行实在听不下去了，直接打断他的话："好了，成卫东同学，我知道你跟周逸农同学关系好，但是也不能胡说八道啊。托梦向你求救，你怎么不说他灵魂出窍呢？"

"我没有骗你们。"成卫东急切地说，"我没有骗你们，他浑身上下都是血，他真的快要被人给打死了！你们相信我！陆队长，你相信我，我真的没骗你！"

陆达一直没吭声，要不是看在他身体虚弱，真想踹他两脚。好家伙，拿他当三岁小孩儿耍呢？

算了，他还是个孩子。陆达摆手："好了，这件事情我知道了，你保重身体。"

"陆队长……"成卫东还想解释，陆达和袁则行已经离去。

陆达和袁则行心事重重地回到保卫处，还没等他们坐下来，李可猛地冲进来，上气不接下气地说："出事了，出事了，后山出事了！你们快去看看吧。"

陆达与袁则行警觉地对视一眼，立刻跟着李可赶往后山。

"哎，哎，你们去哪里？"保安小张过来和他们打招呼，直接被忽略。这让小张有些丈二和尚摸不着头脑。他疑惑地喃喃自语："出什么事儿了，这么着急？"

"去医院看住成卫东。"陆达大喊。

"收到。"小张的执行力相当的好，他也一路跑了出去。

不一会儿，陆达、袁则行、李可三人到了后山的小树林，里面已经被拉上了警戒线。

陆达问："什么情况？"

现场的警察同志忙着勘探现场，李可用职业话语转述了事情的经过："一位以捡破烂为生的老人报的警。他前几天看到一群人打架，说是一群人手持小臂粗的木棍围着一个学生打。老人怕惹麻烦，没敢声张就跑了。这几天，老人情绪稳定了，才把事情说出来，外勤的老吴找老人辨认过，被打的学生是咱们学校的周逸农。"

"你知道？"陆达侧目，李可眯着眼睛不说话。陆达的心里大概有数了，人命关天的事情，谁能压得住呢？

不过是掩耳盗铃罢了。

陆达一边听着案情进展，一边跟着李可走了过去。地上到处是大小不一的干涸的血迹，其中最大的一处是偏东的这一摊血迹，经过几天的晾晒，已经黯淡发黑。可是在树丛下的几摊血迹依然潮湿，还散发着浓郁的腥味儿。

是的，那是血的味道。

李可见陆达盯着血迹出神，补充道："据目击老人说，他们就是在这里用木棍围殴周逸农的，所以……"

"这件事情还有谁知道？"陆达问。

李可压低声音："还没来得及向校长汇报进展。"这句话宛若一道惊雷在陆达的耳边炸响。

"哎，陆队你去哪儿啊？"李可的声音逐渐消失在陆达的身后。

此时的陆达心里只有一个念头，成卫东究竟是怎么知道这里的情况的？

第三章　成卫东的梦

5

陆达翻来覆去都想不通成卫东这小子到底是怎么知道小树林的事情的，他所说的不仅与现实如出一辙，甚至还早一步。目前只有两种可能，要么他当时就在现场，亲眼所见；要么就是他现编的，瞎猫碰到了死耗子。至于梦境里的事情，简直就是无稽之谈。所以，很显然，他和捡破烂的老人都是目击者。

成卫东是关键！

陆达让小张把成卫东带到保卫处，整个下午都在采取车轮问话，成卫东翻来覆去地说了好几遍，陆达还在问。

成卫东说得口干舌燥，甚至有些反胃想吐："陆队长，我没有骗你，我真的只知道这些，我也不知道为什么会做那样的梦。"

屋内的灯光明亮而刺眼，让陆达事先改装过，听说这样能够在一定程度上击破说谎者的心理防线。

现实是成卫东的心理防线坚不可摧，陆达的脸颊在灯光的界线处忽暗忽明，成卫东坐立难安。

陆达出于对学生的保护，直接说："你可以走了。"

走出保卫处的那一刻，成卫东如释重负。

陆达之所以放人，还有另一方面的考量，他一直戴着自制的简易耳机，耳机的另一端连接的是另一个房间，里面是学校的其他老师和学生。双方的证词虽然有些出入，但是足以证明周逸农出事的那天，成卫东一直坐在教室里上课。

此处暂时无解。

陆达想到了一位旧人，他带上青铜铃铛出了门。

"老疯子！"老疯子不是真疯子，只是他的绰号。两人相识算算也快十年了。老疯子是废品回收流动点的工作人员，每天都会骑着一辆破旧的小三轮走街串巷挨家挨户地吆喝着收废品，然后再挑选出合格的废品上交国家，支持钢铁事业。当然，剩下的废品边角料就归他个人收藏了。

久而久之，老疯子攒下了一堆稀奇古怪的小玩意儿，肚子里装了许多匪夷所思的奇思妙想。外人叫他"老疯子"，他不服气，自诩是"民间野生科学家"。

"达子，有啥好玩意儿？"老疯子戴起折腿儿的老花镜。

陆达拿出青铜铃铛："您给掌掌眼。"

老疯子眼睛一亮："哪里来的？"

"先看看，是啥。"陆达没多言。

"我得好好看看。"老疯子用双手小心翼翼地接下青铜铃铛，"你回去等信。"

"多谢。"陆达又交代了几句，转身离去。他一个人走在空荡荡的街上，仔细回想着周逸农失踪前的所有行踪，那一帧一帧的画面在脑海中闪过，"水心斋"三个字再次出现。

直觉告诉他，"水心斋"的人一定知道这枚青铜铃铛的来历，陆达索性又去登门。

可是事实却与他的期望正好相反。

那位打过照面的伙计看了半天青铜铃铛的照片，又对照了库存记录，最后十分遗憾地告诉他："同志，这个东西我们店里没有，我也不认识这是什么。"

"你们家掌柜的呢？"陆达问。

伙计一拍脑门儿，说："哎哟，真不巧，我家掌柜的去南方办货了，这一时半会儿的恐怕回不来。"

真是太不巧了，陆达只好先行离开。

出门之后他忽然想起孟宽家里也是做古董生意的，说不定他会有线索。于是陆达再次登门拜访。

孟宽脸上的伤已经有所好转。此时他正在屋里喝酒听曲儿，听人通报说陆达又来了，他这一天的好心情顿时烟消云散，但还是维持着一张笑脸迎了出来。

"陆达同志，昨儿不是刚见过吗？什么风又把您给吹来了？"

陆达说："我这次来是有一样老物件儿想请你帮忙看看。"

老物件儿？孟宽顿时来了精神，当即撸起袖子，跃跃欲试："哟，真是稀罕事。来，什么东西只管拿过来，让孟爷我帮陆爷掌掌眼。"

陆达把照片递了过去。

孟宽看到照片上的铃铛，笑容顿时僵在了脸上。

他皱着眉头瞧了半天，又招呼了店里有经验的老先生们一起来参谋，可是大家都纷纷摇头，表示从没见过这样的东西。

孟宽不太好意思地将照片还给陆达，说道："陆达同志，您还真是给我出了个难题。要单单是一个铃铛，或者一件青铜器，我能从今儿给您讲到下个月不带重样的。可是您这东西……尤其是这花纹，太诡异了，看得人浑身不舒服。莫说是我了，您也看到了，我店里的老师傅也都没见过这东西。您呀，还是另请高明吧。"

陆达有些失望，心里更加确定了这个铃铛绝非普通物件，或许真的与周逸农的失踪有些关联。他正琢磨着是不是再问些线索。

孟宽眼珠一转，露出生意人的本性："嘿嘿，您要是喜欢铃铛，我这里至少也有三十种。青铜的不见得有，但金银的管够。这不比您手里的那个大气吗？您要是诚心要，我可以给您打个折……"他伸出两根手指比画了一下，眼里闪烁着奇异的光芒，"八折，您看怎么样？"

"不必了，告辞，不用送了。"此地不宜久留，陆达果断离开。

忙碌了一天的陆达再次陷入了线索中断的焦灼之中。他刚回到保卫处，小张就赶了过来："陆队，广西那边来电报了。"

陆达连口水都没来得及喝，飞奔去校邮局取来电报。

原来在他拿到周逸农的档案之后就托人给两广地区的同事发了一通电报，请他们帮忙查一下周逸农的详细资料。

电报不长不短，陆达的脸色十分凝重。两广地区的同志们非常敬业，他们在接到求助电报之后，马不停蹄地挨家挨户排查。同叫"周逸农"的人不少，但人家都在两广地区，不曾离开。他们师范学校失踪的"周逸农"，要么是籍贯信息有误，要么他根本就不叫周逸农。

陆达感觉自己像是被人耍了一样。他捏着电报怒气冲冲地回到保卫处，将自己反锁在里面。周逸农，暂且还如此称呼他，他的身份是假的，他手里还有那个古怪的青铜铃铛，陆达越来越觉得他跟"青印案"有着脱不开的关系。

他默默地从一个隐蔽的柜子里翻出收藏多年的有关青印的资料，将其与今天的周逸农失踪案的信息逐一进行对比排查。

渐渐地，夜幕仿佛一块看不见的薄纱令人毫无防备地覆盖于天地苍穹，天色暗了下来。

6

成卫东又跑去集市给人扛活儿了。天色擦黑儿，他本来都要收工回学校了，可是就在这个时候忽然来了一个大活儿。

"把这一车货给我推到南街尽头的宅子里，我给你一块钱。"

一块钱！成卫东的眼睛闪闪发光。要是省着点花能花到下个月中旬！

"哎！"他立马应下来，靠着一身力气，推起车就走。

说来也奇怪，这一车大箱子看起来挺沉的，但是他推起来却没有想象中那么费力。就在他满心欢喜地沉浸在发大财的喜悦中时，南街尽头的宅子到了。

雇主说："还得麻烦你帮忙把这一车货搬进大厅里。"

成卫东想人家出价这么高，自己不能白拿了那么多钱，而且这个人看着岁数不小了，要是让他自己搬这么多大箱子，他也于心不忍。于是他十分痛快地答应下来："哎，行，交给我了。"

他铆足了劲儿一趟一趟地把箱子搬进宅子，最后一箱货搬进宅子大厅的时候，天已经黑透了。成卫东长舒一口气，抬起手背擦去额头上的汗，美滋滋地等着雇主给他结账。

那老头竟突然嘿嘿地笑起来，笑得他心底发毛。这时候他才后知后觉地反应过来，这座宅子十分荒凉，破败不堪，似乎很久都没有人居住了，就连周围的人家也十分稀少。这么诡异恐怖的地方，他来的时候光想着赚钱了，完全没有注意到这些。现在入夜，周围静得可怕，那老头嘿嘿的笑声在空旷的宅子里显得更加恐怖。

"呃，我该走了。"成卫东心已经提到了嗓子眼儿，连钱也不想要了，拔腿就要往外走。

可现实却是，下一秒一群人不知道从哪里蹿了出来将他团团围住。他们每个人都穿着一身黑衣黑裤黑鞋，脸上还用黑色的面巾蒙着面。成卫东的脑海中突然联想到了话本上写的杀手和刺客。

"你们想干什么？我不要钱了。你们……"

不等他说完，那个老头就不耐烦地打断了他的话："放你走也行，告诉我们青铜铃铛的秘密。否则，嘿嘿。"

那群黑衣人齐刷刷地亮出了武器，每个人的手里都攥着一根小臂粗的木棍。

陆达待在保卫处里埋头整理卷宗。袁则行叫他一起去吃饭他也没理。

于是袁则行就让李可给他买了一份馄饨放在一旁。

夜深人静，今晚不是陆达的班儿。所以他就把自己关在保卫处里埋头苦思。他的思绪越理越乱，就像那碗坨得像肉酱汤似的馄饨一样。

他的思绪卡在一个地方无法梳理顺畅，他抬头重重地叹了口气，靠在椅子上重重地按了按太阳穴。

一个小时之前，老疯子来找过他，给他送来了青铜铃铛和检验结果。青铜铃铛上覆盖了一层目前还无法彻底解析的物质，目前只能检测到这种物质对人的神经系统有破坏性的作用。至于这种物质到底能够达到什么破坏程度，如何进行运作的，还需要进一步的研究。

陆达盯着桌上的青铜铃铛，心里冒出了一个猜想：难道周逸农逃学是为了躲避寻仇?

他拿起青铜铃铛，随手摇晃了几下。悠长低沉的铃铛声在安静的教学楼里显得格外的响亮。就在这时，外面突然传来了一声沉重的闷响，好像有什么东西倒了。

陆达下意识地站了起来，手里拿着配枪小心翼翼地顺着声音发出的方向走了出去。他打开保卫处的门，走廊的窗户上两只血红的手掌印猝不及防地出现在他眼前。

陆达持枪跑出门，心里做好了殊死搏斗的准备。可当他打开教学楼的大门，向血手印那边的方向张望时，只看到一个人倒在地上。

他快步跑过去一瞧，竟然是成卫东伤痕累累地趴在地上。

陆达来不及多想，赶紧把人送进医院抢救。

成卫东感觉眼前一片漆黑，冥冥之中好像有一个声音在呼唤着他。他顺着这声音一直往前走。也不知道走了多久，他的眼前开始出现了微弱的光线。再往前走几步，光线明亮了起来。他发现自己竟然站在一个陌生的地方。

　　天很黑，他只能借着月光往前走，穿过茂密的树林，前面是一条长长的山脊。他站在山脚下，只感觉自己无比的渺小。

　　他仰头凝望着山脊，忽然瞧见半山腰上好像有一个什么东西在动。他眯着眼仔细一打量，那山脊上有石头做的阶梯，一层一层向上延伸而去。那个会动的东西好像是一个人在爬阶梯。

　　成卫东赶紧追了上去。也不知道是怎么回事，他感觉自己脚下生风，三下两下就攀上了半山腰，很快就拉近了两人之间的距离。

　　他抬头看了眼那个人，总感觉对方的背影十分熟悉，他猛然想到，那不是周逸农吗？

　　"喂，周太白！"他叫着他的外号，问他，"是你吗？"

　　那个人没有停下脚步，一直往前走，无论成卫东怎样叫他都没有任何反应，就好像完全听不到他的声音一样。

　　成卫东紧跑几步，越过那个人，跑到他前面，这个人果然是周逸农，只不过他的脸色十分阴沉，跟平时的那个读诗写诗的周大诗人判若两人。成卫东站在几阶楼梯之上拦住他，想要问个清楚。

　　可是周逸农就好像看不到他一样，径直往前走，丝毫没有停下来的意思。眼看着两个人就要在阶梯上撞上了。成卫东伸手拦他，这时候却惊愕地发现，自己的手竟然直接穿过了他的胸膛。

　　周逸农毫无察觉地往前走。他的身体就像一缕幽魂一样穿透了成卫东的身体，向上而去。

　　成卫东盯着自己的手愣了一下，随即转身就要往上追赶。可他刚一转身就脚下一滑，径直从几百米高的石阶上摔了下去。

还没等他感到害怕，他周围的环境"嗖"地一下又变了模样。

"这是……"他从地上爬起来，打量着四周，这里竟然是他挨打的古宅。

宅子里突然冒出一群黑衣人，吓得他下意识地后退一步，缩起身子保护自己。可是那群人并没有攻击他，而是围在大厅中央对着一个人拳打脚踢。

成卫东猜想他们应该也看不到自己，于是小心翼翼地往前靠近，确定他们确实看不到自己之后他才放心大胆地凑上前去。

他伸着脑袋透过黑衣人之间的缝隙向里面张望，惊讶地发现躺在地上被揍的竟然还是周逸农。黑衣人打累了，把人揪起来，朝他大吼："说！铃铛在哪儿！快说！不然打折你的腿！"

听到他们的审问，成卫东猛然想起来自己被揍的时候他们也是一直在逼问自己关于青铜铃铛的事情。可是青铜铃铛跟自己一点关系都没有，他们为什么来逼问自己呢？

成卫东越想脑袋越疼。他看到周逸农身上的伤，自己的身体也相应地感觉到了疼痛。他以为这只是普通的感同身受，却没想到身上越来越疼，疼得他无法站立，直接瘫倒在地上。

眼前的一切又变得模糊起来。所有的声音、光线都逐渐远离了他的身体。他感觉灵魂轻盈地飘荡在半空，忽然间不知道从哪里来的一股力量，直接将他的灵魂从半空拽了下去。

身体下坠的力道使成卫东吓出了一身冷汗，他睁大了眼睛，眼前是一片白花花的世界，白色的墙壁，白色的被褥，白色的衣服。

刺鼻的消毒水的味道让他的脑子逐渐清醒过来——他在医院。

陆达守了他一夜，见到他醒了过来，立刻上前关心："你现在感觉怎么样？"

成卫东动作缓慢地摇了摇头。

"真的没事？"陆达又问。刚刚大夫告诉他一件奇事，成卫东身上有好几处骨折，没有三四个月是好不了的，可是一眨眼的工夫，那些伤口竟然开始愈合，速度罕见。

陆达对成卫东已经见怪不怪了，他习惯性地从兜里掏笔记本，却摸了个空，昨晚出门太急，忘记带了。于是他口头问道："说说吧，昨晚发生了什么事？"

成卫东缓慢地讲述了事情的经过。

陆达眉头紧皱，青铜铃铛！他回到保卫处拉开抽屉，拿出最大号的地图挂在墙上，根据成卫东的描述，在地图上圈圈画画，最终将周逸农出现的位置锁定在桂林的龙脊天梯。

这时，李可突然闯进来，气喘吁吁地说："陆队，你回来了。门口来了一个收废品的老人嚷嚷着要见您……"

"走——"陆达立刻冲出了出去。

来人正是老疯子，老疯子带给他一个重要线索。

"我们对这枚铃铛重新进行了检测，结果显示铃铛材质不完全是青铜，里面掺杂了一种尚不可知的物质，这种物质在特定的条件下可以通过声音来提高人体感官的各项机能，使人的反应在短时间内达到超乎寻常的程度。"

老疯子平时说话的时候跟正常人一样，一遇到专业问题说话就颠三倒四了。陆达完全没听明白："超乎寻常的程度？能说得再具体一点吗？"

老疯子进一步解释："青铜铃铛可以通过声音影响人的视觉、听觉、嗅觉、味觉和触觉，甚至在某些特定的条件下，或许能看到我们常人看不到的东西。和那位后生的状态挺像的。"

陆达又冒出一个疑问："不对啊，铃铛没影响我啊？"

老疯子摆手："我们都是普通人，这种事情都是可遇不可求的。我有一个大胆的假设，或许那位后生的体质比较特殊。可惜我这个民间野生科学家的技术还不成熟，否则一定会把这事儿研究个明明白白。"

"辛苦了。"陆达若有所思地回到保卫处，小算盘打得噼里啪啦响。他有个大胆的想法。

"让我去找周逸农？"成卫东惊讶的声音从校长办公室里传出来，经过的师生频频回头张望。

成卫东推托："我有课，我不能旷课。"

校长保证说："你放心，我会给你开一张假条，不会影响你的成绩。"

陆达趁机帮腔："协助我们找到周逸农可以给你记功，对你以后分配工作也大有好处。"

成卫东还是有些犹豫："为什么是我？"

陆达说："因为你跟周逸农关系最好，如果我们找到他的时候，他愿意乖乖跟我们回来最好。反之，我们希望你可以帮忙劝劝他。毕竟你们是朋友，不是吗？"

确实是这么回事。主要是不会影响上课，还能记功，何乐而不为呢？成卫东点了点头。

随后，陆达申请了《异地调查申请书》，为周逸农失踪案专门成立了一个巡查组，由他、袁则行、李可三人组成，成卫东是协助人员。

出发那天，成卫东、袁则行、李可在校门口等着，陆达开着一辆三轮车出来。就在他们要出发的时候，一个温柔的声音传来："等一下，还有我。"

来人竟然是顾晓晴。

陆达迟疑："顾医生？你有事吗？"

"我要跟你们一起去。"顾晓晴坚定地从口袋里掏出一张单子，上面盖着红戳，那是一份申请报告，"周逸农同学失踪的事情，我或多或少也要承担一部分责任，如果不是因为我，他也不会离开学校。所以我也想尽一份力。而且我们北方人到南方很容易水土不服，我想你们应该也需要一个懂医疗的战友吧？"

"哒哒哒"，三轮车启动，巡查组五个人向着龙脊天梯出发。

第四章　山中异事

7

倒火车，倒三轮车；再倒火车，再倒三轮车。五个人日夜兼程，花了十多天的时间，终于来到了广西地界。

李可对照着周围的景物比对地图："前面就是海洋山，绕过海洋山向西北方向，穿过一个小县城就到了。"

海洋山这边刚刚下过雨，地表十分泥泞。三轮车摇摇晃晃，走得艰难。就在他们为路途一帆风顺而感到庆幸的时候，三轮车剧烈晃动了一下，以一个高低肩的姿态卡在了路中央。李可光顾着看地图，一个没留神把自己甩到了对面，扑在顾晓晴和成卫东之间。

"车轮陷在泥坑里了，下车。"陆达挽起衣袖。

"一二三、一二三、一二三……"

几个人使出吃奶的劲儿，车轮却纹丝不动。三轮车以一个慵懒的姿态歪在地里，两只车灯和车前的挡板活像一个无奈的表情。

"广西的地是胶水做的吗？这么黏！"袁则行一边使劲儿，一边抱怨。

"雨道泥泞很正常。"陆达说。

"正常？就正常成这样？"袁则行咬着牙说。

又是一番努力后，推车以失败告终，大家靠着车厢大口地喘着粗气。

突然，天空传来一声闷雷，异形的闪电划破天空。

陆达着急地说道："今晚要有大雨。这车一时半会儿抬不出来，我们得先找个地方过夜。"

李可拽出地图，指着一个小坐标说道："前面有一个村庄，我们可以去借宿。"

袁则行拍拍他的肩膀，夸赞道："地图从哪儿弄来的，这么详细？"

李可咧嘴一笑，露出一排小白牙："这都是小事。我以前经常跟表格、地图打交道，绘制地图是我的基本功。"

袁则行笑着说："没看出来啊，你小子还挺深藏不露的。看来我跟校长把你要来就对了。"

李可不好意思地挠挠头，酒窝里盛着腼腆。

陆达本不愿意去老乡家借宿，但附近没有招待所，一番权衡之下，他还是采纳了李可的建议。

五个人悄悄地进了村。村子地处偏僻，多少年没来过外人，突然出现五张生面孔，大家都争相围观。

五个人在老乡们好奇又热情的目光中有些狼狈。直到村长听到消息匆匆赶来才把他们从被观赏的命运中解救出来。

村长将他们安排在一处放杂物的空房间休息。照顾到顾晓晴是女同志，老村长还拿来一条床单，把房间隔成两个部分。

"谢谢您。"顾晓晴为人温柔，话很少，一路上就没怎么听她开过口。

陆达向村长说明情况后，拿出审批表："这是我们跨省的证明文件。"

老村长看过审批表，得知他们是从首都来的同志，特别热情。他端来一大盆热汤放在桌上："你们放心，我已经跟村里的人说好了，等明天天一亮，我们村里的青壮年帮你们去抬车。"

"太好了。谢谢您。"几人纷纷表达谢意。

"不用客气，都是应该的。"老村长眯着眼睛走了出去。

陆达吃完饭，坐在炕边拿出青铜铃铛发呆。成卫东的前两次昏迷有可能都是因为听到青铜铃铛的声音，所以，他特意拿棉花球把铃铛给堵上了。

袁则行瞧了一眼铃铛，忍不住地想亲自体验一下。这个念头刚闪过脑海，他的手就开始执行命令。等大家反应过来的时候，青铜铃铛已经在他的手里。

陆达着急地阻止，可是袁则行的手又快了一步，他把棉花球抠出来，小小的铜舌撞击铜壁，发出低沉而摄魂的响声。

陆达下意识地看向成卫东。

成卫东正在捧着碗呼噜呼噜地喝着热汤，丝毫没有受到青铜铃铛的影响。

难道是老疯子的推断出现了失误？

袁则行将铃铛翻来覆去看了个遍，也没看出什么名堂来，于是又把棉花球塞了回去。他疑惑地问陆达："你老揣着这玩意儿干什么？丁零当啷的也不嫌麻烦。"

陆达谨慎地将青铜铃铛放回贴身的兜里："这枚铃铛不是咱们当地的东西，应该是周逸农家乡的。带着它，等我们找到周逸农的时候，或许能派上用场。"

一旁的顾晓晴低着头吃饭，她的身体微不可察地颤抖了一下，随后恢复如常。

李可好久没见到家常饭菜，一门心思都扑在吃饭上。这时，老村长推门走了进来，手里拿着一壶酒："几位同志辛苦了，我们这里穷乡僻壤的，没什么好东西，这是我们自家酿的酒，尝尝？"

一听说有酒喝，袁则行双眼放光地去接。不过，陆达早有防备，率先将他的手摁住了。

陆达对老村长抱拳："您的心意我们领了，办公期间不饮酒，这是我们的规定。请您谅解。"

"哦，这样啊。也对，规矩不能破。"老村长缓缓地点头，"等你们办完正事，我送你们几瓶，带回去喝。"

老村长都这样说了，陆达也不好再推辞，诚恳地道谢。

袁则行的目光追随着老村长的背影，直到看不到人影了，才恋恋不舍地转过头。他转头后迎上的是陆达那张没有温度、没有感情的脸，他心虚地低下了头。

其实，在《异地调查申请书》批下来之前，保卫处查到周逸农失踪的当天，袁则行就是因为当班喝酒分了神，让周逸农偷偷溜出学校的。校长对此大发雷霆，当场就要把这件事情报给上级。幸好陆达为他求情，争取了一个戴罪立功的机会。他必须要找到周逸农。

众人连着赶了几天几夜的路，终于可以休息了。

夜里，酝酿了一整天的闷雷震耳欲聋，在半空炸裂，划破夜空的闪电照亮了古老的村庄，紧接着是一场瓢泼大雨。

电闪雷鸣，大雨如注，众人却睡得异常安稳。平稳绵长的鼾声在雷雨交加的夜晚显得格外的惬意。

一夜过去，顾晓晴最先起床。打开房门，一股雨水混着泥土的味道顺着冷风倏地一下灌了进来。

"阿嚏"，顾晓晴浑身哆嗦，其他人感受到寒意，陆续起床。老村长慌慌张张地从外面跑进院子："不好了，不好了。昨晚打雷，劈山了，去资源县的路堵死了！"

"啊？"众人异口同声地惊呼。

李可立刻掏出地图，指着路线："北面这条路堵上了，我们可以走南边的路，就是得绕一大圈才能过去。"

陆达凑过来，南路确实要比北路绕很大一圈，几乎是围着海洋山跑一大圈。他算了算时间："要多花三个小时，我们走南路。"

老村长摇头，叹气道："两边的路都被堵上了。"

陆达有点着急了："疏通道路需要多久？"

老村长伸出三根手指比画："至少得三天。"

陆达等人商议了一会儿，由陆达和李可去探路。果然，和老村长说的一样，乱石、烂泥还有碎裂的树干搅和在一起，两条狭窄的村路被堵得严严实实。

两人返回村长家，三轮车已经被村里的青壮年抬出来，放在院子里。袁则行提议："要不我们等个三四天。"

"不行。"陆达着急地说，"我们的文件上规定了时间，逾期不回是要受处分的。再说，前面不知道还会出现什么状况，我们必须把赶路的时间压缩到最短，才能给将来争取更多的时间。"

他停顿一下，仔细打量着地图，指着海洋山问李可："这山有多高？"

"主峰大概两千米。"李可说道，"陆队，您不会是想直接翻过去吧？"

"两千米……"陆达说，"一天一夜足够了，你们呢？"

袁则行率先表态："你是队长，听你的。"李可、成卫东和顾晓晴纷纷点头表示同意。

但是老村长神情大变，双眼瞪得像青铜铃铛："那地方不能去啊！山里头有不干净的东西，去了就没命！"

"海洋山闹鬼？"袁则行直白地问。

"对，是恶鬼，吃了我们村里好多人！"老村长的手指不受控制地哆嗦起来，"我和附近几个村子通个气儿，让他们多派几个青年来通路，你们千万别上山！"

陆达皱着眉，想了想："世上根本没有鬼。村民失踪或许是被野兽袭击了。放心吧，我们多加小心就好。"

"真有鬼！我们都亲眼看见了！"老村长举起双臂，混浊的眼底满是恐惧，"漫山遍野全是鬼魂。要不是我们跑得快，早就被它们抓去做替身了。"

成卫东挠头："我只听说水鬼抓人当替身，山鬼也要抓替身吗？"

"别瞎说，那都是吓唬人的。"陆达转而问老村长，"您说您见过鬼，它们长什么样子？"

"凶啊！"老村长陷入回忆，"起初，我们以为村民在山里迷路了，我带着几个青年去找人。可是当我们走到山窝窝里的时候，突然起了一阵大雾，我们冒着大雾往前走。一个人被绊了一跤，摔倒在地，绊他的东西是一颗血肉模糊的人头，是人头啊，还有血肉模糊的尸体，都是我们失踪的村民。我们要把尸体带下山。可是，山里传来了奇怪的声音，那声音不是哭，不是笑，让人从心底发怵，后背发凉。然后，雾里出现了许多穿着盔甲的骷髅，每个骷髅头上都带着血印子，我们只能逃跑。有两个人，跑得慢，人没了，跑得快的侥幸逃过一劫，我们都不敢再上山了。"

"太……太可怕了！"李可和成卫东到底是年轻的娃娃，光是听故事就浑身发麻了。

袁则行虽然也发颤，但他坚信世上没有鬼，只有顾晓晴安安静静地坐在一旁不说话，面无表情，好像失了魂魄。

陆达脸色沉了下去："除了眼睛见到的之外，还有别的证据吗？"

老村长的目光稍有迟疑，随即缓缓弯下身子，撸起裤腿，枯瘦的小腿上有一个颜色清晰的牙印，牙印周围都是黑色。

顾晓晴瞄了一眼，在众人期待的目光中缓缓说道："不是动物的牙印，是人的。"

山上真的有恶鬼？绝对不可能。那老村长腿上的痕迹怎么解释？陆达的神色有些微妙。他想了片刻，依旧决定翻山而过。

节省时间为第一要义，如果能查清伤害村民的真凶，就算是意外收获，世上的事情，怎么可能不明不白？

五个人神情紧张地上了山。陆达在前面探路，袁则行在后面断后。成卫东和李可一左一右护着队伍中间的顾晓晴。

雨过天晴，山路泥泞，陆达走得虽辛苦，心中却坦然。成卫东就差点意思，一路上左顾右盼，有点风吹草动就吓得哆嗦，好几次差点被自己绊倒。

袁则行忍不住地揶揄："这么大的人，走路都走不好。你看看人家顾医生，一个女孩子都比你稳当，你不会是害怕吧？"

"我才不怕呢。"成卫东小声嘀咕，"你就不害怕？"

"我才不怕呢！"袁则行一贯地嘴硬。

陆达毫不留情地拆穿他："是吗？那你把兜里的东西掏出来给我们看看。"

袁则行的笑容瞬间僵在脸上，扭扭捏捏地不肯掏出来。成卫东、李可和顾晓晴都好奇地看着他。

陆达从他兜里掏出一串大蒜、一把糯米，还带出两根鸡毛。

"的确不怕。"陆达笑着说。

袁则行抢回那些家伙事儿，嘴里念叨："我这叫以防万一，行军打仗还得要考虑意外情况，我这也是为大家着想。"大家笑得肚子疼。

山风袭来，天色渐渐阴沉，翠绿的景色仿佛披上了一层薄纱，宽阔的视野变得模糊，山里的可视度大幅下降。

五个人打起了手电，在山林中艰难地穿行。

突然，手电筒的光掠过一个似乎是人形的东西，吓得成卫东大叫：

"啊，那是什么！"

　　稍稍放松一点的神经再次瞬间绷紧，几道微弱的光汇成一束光亮。

　　"啊……"

第五章　夜袭之人

8

陆达一行五人的巡查组日夜兼程到达桂林地界，却因天气原因被迫取道海洋山。听说山上有恶鬼伤人，巡查组虽不信邪却也谨慎前行。夜幕降临，成卫东的尖叫响彻山野，五个人汇聚一束光去照：对面树藤上竟然悬挂着一具白骨。手电的光芒打在枯骨上，折射出瘆人的白光。

陆达、袁则行和李可立刻掏出申请的配枪，将成卫东和顾晓晴围在中间。

四周很黑，很安静，除了偶尔划过几片枯萎的树叶死寂地落下，再没有其他的动静。越是如此，五个人越是不安。

陆达朝袁则行和李可打手势，三人缓缓地凑了过去。粗大的树藤宛如一群蜕皮的蟒蛇，层层叠叠地缠绕，再缠绕。它们用彼此的躯体咬合、摩擦、挤压，直到蜕下皲裂的老皮。

老皮下埋藏的除了一具白骨，竟然还有一架残破的飞机。

陆达和袁则行将枯骨从树藤中放下来，成卫东和李可去清理飞机。

顾晓晴仔细查验过尸体，干练地说道："骨头上没有人为造成的伤害，断口是高空坠落导致的。很明显，他是摔死的。尸体白骨化需要时间，这里气候湿热，我推断，这个人至少过世一年。"

"陆队长！"成卫东又喊了起来。

陆达和袁则行直接拔下挡在眼前的几根树藤，看到了飞机残骸的全貌。

袁则行说："陆达，我听说五年之前这地方掉下过一架飞机，是它吗？"

"不是。"陆达斩钉截铁地解释，"这架飞机没有编号，像是自己组装的。"

"自己装飞机，多大能耐？"袁则行惊呼，"这可是个人才。"

"去里面看看。"陆达等人将残破的飞机翻了个底朝天，什么都没有发现。

等他们出来的时候，顾晓晴已经将枯骨正面的枯枝、青苔之类的杂物清理干净。

成卫东一看到骷髅那双黑洞洞的眼睛和一口白森森的牙齿就心里发怵。他惊讶地问："顾医生，你一个人对着它不害怕吗？"

顾晓晴眉眼弯弯地笑了笑："我在学校学医的时候，整个教室都是这些东西，早就见怪不怪了。"

"好厉害啊。"成卫东充满了崇拜。

袁则行看着枯骨，若有所思地说："老村长说的鬼，不会就是它吧？"

"不是。"陆达说，"老村长说那些东西都穿着盔甲，可是这个尸体光秃秃的什么都没有。而且老村长说他们见到那些东西的时候有很大的雾，这里并没有雾。"

"那他应该是失事飞机的驾驶员。"袁则行推测。

"我们把他埋了吧。"陆达建议。

袁则行点点头："对，入土为安，也算是为我们积点阴德，保佑咱们这一路顺顺利利。"

成卫东和李可挽起袖子，利用树枝和石块临时绑了一个简陋的挖掘工具，开始挖坑。

顾晓晴翻动尸体，清理尸体背面的杂物。

"奇怪。"顾晓晴发现一个青色的印记在白色的骨头上显得格外的扎眼。

"别碰。"陆达拦下了她。袁则行也凑过来："有什么新发现吗？"

陆达从兜里掏出青铜铃铛。枯骨上的印记虽然模糊，但花纹的轮廓与青铜铃铛如出一辙。

也就是说，这具枯骨上的青印和师父身上的青印都是他手上的青铜铃铛造成的。

眼尖的袁则行也发现了二者之间的相似之处，他想不通，有点愣神，一不小心勾到铃铛里的棉花球。

"当当当……"青铜铃铛在古老的山林中发出沉闷中透着死亡气息的响声。

"成卫东、成卫东。"正在挖坑的李可突然大叫。

陆达立刻冲了出去，成卫东翻着白眼，倒在刚刚挖好的坑里，那坟坑仿佛就是为他准备的，仿佛他是自己的掘墓人。

"不会又是低血糖吧？"袁则行说。

"他吃了干粮，肯定不会低血糖。"顾晓晴冷静地说，"快把他抬上来。"

袁则行和李可将成卫东从坑里抬到平地上，轻轻放下。

"他是怎么了？"李可满脸着急。

顾晓晴扒开成卫东紧闭的眼皮，又摸着手腕，没发现任何异常现象。她眼神茫然地摇了摇头。李可以为成卫东没救了，一屁股坐在地上。

顾晓晴解释："体温和心跳都很正常，看不出有什么毛病。"

袁则行有些质疑："他躺在地上翻白眼，也算正常吗？"

"这……"顾晓晴有些迟疑,"我不知道他以前的病史,一时之间不好做出判断。"

陆达一直沉默。袁则行用胳膊肘推了推他,问道:"陆达,你觉得呢?"

陆达死死盯着成卫东,目光似乎穿透了那具年轻的身体。

话说成卫东正挖得起劲儿,铃铛一响,眼前一黑,他整个人直挺挺地倒在土坑里。

当黑暗散去,他发现自己坐在一架飞机里。这不就是那架坠毁的飞机吗?他陷入了巨大的震惊之中。

这时,身后传来细微的"咔哒"声。成卫东仔细地看过去,有个神秘人从一个大箱子里钻了出来。飞机内空间狭窄,那人戴着口罩,穿着帽衫,根本看不清他的容貌。

随后,神秘宅院的事情再次发生,神秘人似乎看不到成卫东,径直奔向驾驶舱。成卫东紧跟上去。

神秘人蹑手蹑脚地推开驾驶舱的门,掏出一枚青铜铃铛。

会不会是周逸农?成卫东瞪大双眼。神秘人竟然和飞机驾驶员扭打起来,那不是周逸农。

突然,成卫东脚下剧烈地颠簸起来,这可是在飞机上啊,神秘人和驾驶员还在缠斗,神秘人更胜一筹。他一掌劈在驾驶员的脖子上,摇起青铜铃铛,喋喋不休地念叨着谁也听不懂的一种语言。

驾驶员的眼神逐渐变得迷茫,整个人就如同行尸走肉一般,慢慢坐在驾驶位上,机械式地操纵着驾驶台。

神秘人一点一点地往舱门的方向走去,他猛烈地摇了一下铃铛,冷风倒灌,神秘人不见踪影。

成卫东透过机窗,一个巨大的降落伞在空中绽开,消失在云层里。

驾驶员神志不清地逼问自己:"我是谁?我是谁?我是谁……"

飞机飞速地向下坠落，穿过无形中变幻为有形的云层，风声越来越大……

"啊！"成卫东大叫着惊醒过来。

9

陆达、袁则行、李可、顾晓晴两人一组轮班守夜。四个人刚换班，成卫东直勾勾地坐了起来，袁则行差点闪了腰。

"怎么了？"四人围过来问。

顾晓晴摸了摸他的额头："做噩梦了吗？"

成卫东目光呆滞地盯着前方。陆达立刻明白，这是青铜铃铛的威力。他轻轻拍了拍成卫东的肩膀："我是保卫处的陆达，你还好吗？"

成卫东的身体颤抖了一下，眼睛重新恢复了光芒。他拉着陆达的手，神情激动地喊道："我看到了，是青铜铃铛！神秘人用铃铛操纵驾驶员，然后直接从飞机上跳下去，驾驶员疯了，飞机掉下来了。"

"什么？"袁则行满眼疑惑，"他说什么呢？"

"什么操纵？什么掉下来了？"李可更是一头雾水。

顾晓晴又摸了摸成卫东的脉搏，一切正常。

陆达显得十分镇定，他看着成卫东的眼睛，慢慢说道："你不要慌，刚才只是做了一个梦。现在，把你在梦里看到的情景，完整地讲出来，不要漏掉任何一个细节。"成卫东一五一十地将梦境所见，告诉了大家。

"死者身上的青印就是这么来的。"陆达若有所思地说道。

"陆达，你不会真的相信他的梦吧？"袁则行半开玩笑似的说，"你还好意思说我？你也挺迷信的。"

"不是迷信，青铜铃铛的材质特殊，能够在特定的条件下影响人的神经系统，从而让人看到一些平时看不到的事情。"陆达向大家解释，"成卫东同学的体质特殊，或许能与青铜铃铛发生反应，前几次我已经验证过了。"

成卫东总算是明白为什么陆达一定要让他加入巡查组："我之前在梦里见到的那些事情，都是真实发生过的？"

"或许可以这么理解。"陆达说。

袁则行还是将信将疑："这也太玄乎了吧？"

陆达说："这不是玄乎，这是科学，只不过现在我们的水平有限，还不能对每一件事情做出合理的解释。不过我相信将来有一天，我们一定能够揭开这些离奇事件的神秘面纱。"

"我赞同陆队的话。"顾晓晴的态度鲜明，"在几百年前的中国，咳嗽发烧都是要死人的。但是现在，随着我们医疗水平的进步，头疼脑热都不是大病，几盒药、几瓶吊针就能够治好。所以我相信，很多事情之所以看起来神秘而离奇，是因为我们现在的科学水平还达不到能够解释它的条件，只要坚持下去，总有一天我们能够用科学来解释的。"

顾晓晴停了一下："你们为什么这样看着我？"

李可愣愣地说："顾医生，这是这一路以来，你说话说得最多的一次。"

顾晓晴愣了一下，没再说话。

山风吹过树林，树叶的翻动中夹杂着细微的声响。陆达猛然间拔出配枪对准树林，大喝一声："谁！出来！"

一双圆眼在黑暗中泛着绿莹莹的光芒，随即消失于黑暗。

"你这一惊一乍的，吓死我了。"袁则行长舒一口气。

众人放松下来，困意上涌，决定就地休息一夜，等明早天亮再赶路。

睡眼迷蒙中，成卫东感觉好像有什么东西在自己身上摸来摸去。

是黑衣人！

大脑的第一反应是给他一拳，以报当日之仇。

陆达也惊醒了，他一把摁住对方的手，下意识地去摸配枪。

手中一空，配枪丢了！袁则行和李可的配枪同样也不见了。

黑衣人越来越多，将五个人团团围住。

成卫东认出他们手里的木棍："就是他们！殴打我和周逸农的人，就是他们！"

黑衣人二话不说，拎起棍子就朝他们涌了过来。

李可护着顾晓晴往树林深处撤退。陆达、成卫东和袁则行拖住黑衣人，没了配枪只能用拳头。陆达和袁则行是经过训练的，拳脚功夫的套路如出一辙，很快被对方看出破绽，十几条小臂粗的木棍纷纷朝着他们的命门处袭来。

成卫东冲了过来，他拎着一截树枝，对着黑衣人一通疯狂抽打。他出手的路数毫无章法，逼得黑衣人连连后退。此时，柔软的树枝变成了有倒刺儿的皮鞭，打得黑衣人惨叫连连。

三人见好就收，拔腿就跑，冲进山林深处。

黑衣人刚要去追，被人叫住："站住。"

顾晓晴从树林的另一侧缓缓走出来。

领头之人示意大家不要轻举妄动。他摘下黑色面巾，笑着说："好久不见啊，顾医生。"

顾晓晴没有回应他的嬉皮笑脸，反而阴沉着脸训斥："孟宽，你不要坏我的好事。"

"你的好事？"孟宽不屑地哼了一声，"女人只会优柔寡断。上次要不是你从中作梗，我早就从姓成那小子嘴里问出青铜铃铛的秘密了。你不要忘了，是我把你从周逸农手里救下来的，说起来我是你的救命恩人。"

"你除了暴力还会什么？"顾晓晴的表情冰冷，与平日里温柔的模样判若两人，"即便你知道了青铜铃铛的秘密又能怎么样？没有周逸农，我们还是没办法进入那个地方。青铜铃铛的事情我自有打算，我警告你，不要再来坏我的事，否则，别怪我不念同族之情。"

顾晓晴转身就走，好像想起什么，又折返回来，朝孟宽伸手："枪。"

孟宽不耐烦地摆了摆手，黑衣人将三支枪交到顾晓晴的手里。孟宽气愤地踹了一脚空气："我真是上辈子欠你的！"

第六章　误入白骨坑

10

陆达、成卫东和袁则行靠着树干喘着粗气。

袁则行上气不接下气地夸赞成卫东："你小子行啊，深藏不露，刚刚使的什么路数？"

成卫东警觉地看着四周："没有什么路数，就是瞎打的。"

瞎打？瞎打能用一根小树枝把那么多人打得节节败退，连连惨叫？袁则行很显然不相信他的话。

陆达一直没有机会问，可不能白瞎了这一身的好功夫："功夫不错，跟谁学的？"

"我没学过功夫。"成卫东解释，"我是天生力气大，以前在家里种地的时候，隔壁的牛都干不过我。"

陆达点点头，没再继续问下去。

"李可和顾医生呢？"成卫东担忧地问。

袁则行低头看了看，发现了李可留下的标记。他指着其中一条小路："在那边。"

三人顺着小路前行，厚厚的乌云遮住月光，周围湿漉漉的，树梢间起了白雾，迅速弥漫整个山林。

三人放慢脚步，不约而同地想起老村长的故事——白雾里隐藏着抓替身的鬼。

三人小心翼翼地探路，一步，两步……

或许是三人的运气好，又或许是机缘巧合，一会儿的工夫，雾气竟然缓缓散去。林间的气候多变，袁则行松弛下来："我以为是什么呢，就是下雾了。我跟你们说哈，啊！"他的话还没说完，脚下一滑，滚了下去。

"老袁！"

"袁老师！"

陆达和成卫东同时朝着黑漆漆的山下大喊，呐喊的回声悉数返回。

"怎么会是山坡呢？"成卫东问了一个关键问题。

夜里虽昏暗，可是借着月光他们还是能够辨别出树林一片坦途。即使偶尔有起伏的地方，也不至于出现这么陡的山坡。

莫非是白雾出了问题？

陆达和成卫东互相看了一眼，双方达成了共识。诡异的事情真切地发生了，山林起了风，沉重的脚步声伴随着金属摩擦的声音从远而近传来。

两人心头一紧，慢慢地回头看去。青铜盔甲、白骨士兵，老村长说的鬼魂真的出现了。

"跑！"陆达大喊一声，两人转过身拔腿就跑。

冷风在耳边呼啸而过，残枝碎叶抽打着身体，裸露的皮肤生疼生疼的。两人不敢停下，拼命地与死神赛跑。

跑着，跑着，两人脚下一软，滚落山坡。陆达撞到石头停了下来，成卫东撞在他的身上。

"呃……"陆达发出痛苦的闷哼。

成卫东赶紧爬起来："陆队长，您没事吧？"

"没……"陆达说不出来话，另一个字卡在胸腔，憋得生疼，就是说不出来。

成卫东紧张地四处张望，确认白骨士兵没有追来，这才松了一口气。

"这是哪儿啊？袁老师呢？"

"指南针？"陆达平息着呼吸。

"这里。"成卫东从兜里掏出一个手表大小的指南针，可是任凭他如何摇晃指南针，指针一直转个不停，无法定位。

"摔坏了？"成卫东拿过指南针，走了两步。脚下踢到一个说硬不硬、说软不软的东西。他打着手电照过去。

"啊——"那是一张血肉模糊的脸，成卫东没有丝毫的心理准备，吓得连连后退，"死人，有死人！"

陆达走了过去，的确是一具尸体。

死亡时间不长，五官被挠花了，双手也是鲜血淋漓，尤其是指尖的部分，指甲里塞满肉丝。陆达立刻懂了，这个人是自己将自己挠死的？可是脸上的伤不至于丧命，致命伤在哪儿呢？

"陆队长，你看那是什么？"成卫东的声音带着战栗。

陆达震惊地看着眼前的一幕。

一排排身穿盔甲的骷髅士兵在他们面前排列开来，每个士兵的身上布满了血筋，散发出莹莹的绿光，黑洞洞的眼睛里不时跳跃着诡异的火苗。

"老村长说的是真的，真的有鬼魂来抓替身。"成卫东开始往后退。

"世上没有鬼。"陆达嘴上打气，心里却怀疑。

那一团团鬼火将地面照亮，两人这才发现，漫山遍野都是尸体。残破的铠甲和支离破碎的骸骨混杂着血腥，这分明是：战争！

山风愈烈，骷髅士兵们举起兵器大踏步地飞奔而来，一时之间，杀声震天，当年两军交战的场景又在重演。

陆达和成卫东没有武器，只能捡起地上的石头朝他们扔过去，可是周围趁手的石头本来就不多，很快就投没了。

成卫东初生牛犊不怕虎，从地上捡了两根长矛，可惜年代久远，矛头已经锈掉，不过是两根腐烂的棍子。

两人牙一咬，心一横，拎着棍子冲上去，木棍像酥饼一样掉了一地的木渣儿。陆达和骷髅士兵都愣了。

另一边的成卫东倒是幸运，他手里的烂木头非但没有掉渣儿反而还帮他扛住了许多攻击。但是对方"鬼"多势众，成卫东力气再大，再能打，也双拳难敌四手，很快他就淹没在骷髅士兵之中。

一个骷髅士兵用长矛打在他的臂弯，震得他虎口一麻，唯一的防身武器掉落在地上。成卫东豁出性命冲上去，不知挨了多少打。

他杀红了眼，狠狠地掐住一个骷髅士兵的脖子，那骨头格外的硬，怎么掐都掐不断。对方在拼命反抗，修长尖锐的白骨爪死死地抠着他的肉。

"当当当……"一阵悠长而低沉的铃铛声从黑暗中传来，成卫东狂躁的情绪逐渐平复下来。

山林又起了一阵浓雾，待云消雾散，成卫东浑身发冷，周围空荡荡的，哪儿有什么骷髅士兵？

他低头一瞧，慌忙地松开手。

"陆队长，怎么是你？"他不解地问，"我明明打的是那些骷髅，怎么变成你了？"

陆达捂着脖子咳嗽两声，哑着嗓子说："手劲儿不小，我差点死在你手里。"

成卫东手足无措地道歉："陆队长，对不起，我不知道是你。这到底是怎么回事？"

陆达捡起掉在地上的青铜铃铛，沉默了一会儿，说道："应该是磁场的问题。"他举起铃铛，"就像它一样，能在特定的情况下影响人的大脑，让人产生幻觉。"

"我们刚刚看到的一切都是假的？"成卫东摸了摸脖子，疼得他倒吸一口凉气。他伸手一瞧，手指上沾染着斑斑点点的血痕。

陆达不自然地咳嗽一声，解释说："对不起，我刚刚也把你当成骷髅了。村民之所以失踪，并不是被恶鬼抓去做替身，而是受到这里的磁场的影响，陷入幻觉。他们在幻觉里自相残杀，最终才死得那么凄惨。要不是这枚青铜铃铛掉在地上发出声音，我们今天恐怕也要栽在这里。"

"那现在怎么办？"成卫东回头看看脚下的尸骨，古战场上的肃杀之气似乎还萦绕在这些枯骨之上，似乎它们随时都可能重新站起来作战。

陆达抬头看看天："我们只能熬到天亮，再想办法。"

"哦。"成卫东找个地方坐下来。

"别睡！"陆达推了他一下，"睡着更容易被它们影响。"

成卫东这才明白"熬"的意思。他苦着脸说："我们要坐到天亮？我实在是很困。"话说了一半，他就忍不住打了一个哈欠。

打哈欠是一个神奇的事情，人传人，至今无解。陆达也不能幸免。

两人对着打哈欠，好像陷入一个怪圈。陆达实在是受不了了，狠狠地掐了一下大腿，他疼得直皱眉，眼泪差点飞出来。

成卫东一看前辈对自己下手这么狠，也不甘示弱地在大腿上捏了一块肉拧了一下。这一招手劲儿小，后劲儿大，疼得他直接跳起来。

两个人就靠着吃皮肉之苦勉强撑到天亮。随着太阳升起，视野变得清晰了起来。

他们这才看清，这里是一个由累累白骨堆积而成的巨坑，昨晚手电照到的只是巨坑的冰山一角。白骨坑外除了古战场的士兵枯骨，还有很多村民的尸体，每具尸体都异常狰狞，体无完肤。

成卫东和陆达站在原地，满脸惊愕地望着这些尸骨。

两人心里一阵阵后怕。昨晚倘若不是青铜铃铛救了他们的性命，恐怕他们已经成为这些尸骨中的一分子。

青铜铃铛。原本以为它是害人的工具，是招致灾祸的不祥之物，可是现在看来，这个小东西恐怕没那么简单。

"谢谢你。"成卫东鬼使神差地开口道谢。诡异的事情再次发生，青铜铃铛发出微微震动，好像在回应他真诚的感谢。

陆达和成卫东从白骨坑里爬上来，山林一片寂静祥和，山风、飞鸟、草叶肆无忌惮地穿梭着。阳光透过树叶间的缝隙漏下来，落在身上暖洋洋的，驱赶着夜间遗留的凉意。

"不知道袁老师、顾医生和李可他们在哪儿。"成卫东有些垂头丧气。

"年轻人，别这样。"陆达拍拍他的肩膀说，"如果他们还活着，一定会往下山的方向走。我们按照路线走，肯定能跟他们会合。"

看陆达这么笃定，成卫东也坚定了信心。想起昨晚的事情，他有些害怕："要是我们再遇到黑衣人怎么办？"

陆达加快脚步："我们快点走，争取在遇到他们之前下山。"

说来奇怪，爬出白骨坑之后，指南针也好用了。两个人往西北方向前进，听到了枪声。

黑衣人？

两人放轻脚步，快步赶到枪声传来的地方，并没有发现黑衣人，说话的是袁则行。

袁则行、李可和顾晓晴三个人不知道什么时候聚在一起。

听到草丛有声音，袁则行拿着枪指着草丛大喝一声："谁！出来！再不出来我就开枪了！"

"是我们。"成卫东和陆达缓缓从草丛里走出来，五个人是又惊又喜。

"你们还活着！真是太好了！"袁则行拍拍陆达的胳膊。

"枪声是怎么回事？"陆达问。

"还不是李可这小崽子，做噩梦擦枪走火，我正训他呢。"袁则行瞪了李可一眼。

李可站在一旁不知所措。

袁则行把陆达的配枪递过去："这是你的。"

陆达仔细检查了一遍，确实是他的枪，没有被人动过手脚。他不解地问："你们从哪儿找到的？"

"这要多亏了顾医生，真是奇了，这枪是她在路上捡到的。"袁则行兴奋地说。

"捡到的？"陆达显然不相信。

顾晓晴点点头："昨晚我和李可跑散了。我在路上捡到了三把枪，然后又听到袁队和李可打架的声音。他们两个好像中了邪，我也拉不开他们，还好我随身携带了风油精，给他们用上就好多了。"

袁则行和李可露出脖子和手臂，两人的胳膊上遍布抓痕，脖子上也有十分明显的手指印记。看来他们两个昨晚也中招了。

"顾医生没事吧？"成卫东关切地问。

"我没事。"顾晓晴揉着头，"起初感到有些头晕，涂了风油精好多了。你也受伤了？"顾晓晴指着他的脖子。

成卫东把昨晚的事情仔细地说了一遍，五个人围着青铜铃铛看了半天。

"之前打我的也是他们，他们一直在逼问青铜铃铛的事情，他们会不会是冲着这个铃铛来的？"成卫东推测，"如果真是这样，太白兄可是匹夫无罪，怀璧其罪啊。"

"太白兄？"李可疑惑。

"哦，是我给他取的外号。他天天读诗写诗，说一些我听不懂的话，就像李太白似的。"成卫东解释。

　　陆达收起铃铛："既然人齐了，我们抓紧时间赶路。"

　　五个人沿着小路下山，不一会儿，孟宽等人从山林里冒出头来。

　　"走！"

第七章　天梯

11

巡查组下山后的第一件事就是去当地的路边摊大吃一顿，然后去派出所报案，向公安说明了海洋山白骨坑的离奇经历，希望他们能够将古战场的白骨安葬。第二件事就是拿出了周逸农的照片，说明了他失踪的情况，希望得到当地的帮忙。前两件事情比较好办，关于第三件事，陆达出示了工作证件和异地调查的审批表，同时说出了遭到黑衣人袭击的事情。

为了更具说服力，成卫东、陆达、袁则行和李可验了伤，证明并不是他们信口雌黄。

从派出所出来，袁则行"啧啧"两声长叹，调侃陆达："还以为你有什么神通，原来也不过如此。"

"敲山震虎不懂吗？"陆达耐心地说，"行凶伤人不应该报警吗？走，我们不能浪费时间。"

"顾医生！"一行人刚要走，顾晓晴被人叫住。

"孟宽。"顾晓晴心里一惊：好大的胆子，光天化日就出来了。

孟宽抱着一个木盒子，向众人打个招呼："好巧，你们也在这里。"

"你怎么在这里？"陆达迟疑地问。

"我来这里办货。"孟宽打开木盒子，里面装着一枚金铃铛和一枚银铃铛，"陆达同志，上次我跟你说的那事儿，你考虑得怎么样？我进了一批新货，你有没有兴趣？"

陆达推开木盒，果断拒绝道："不必，金光闪闪、银光灿灿的东西，我都没兴趣。"

"行，爷们儿够刚。不过，没关系，我这还有木头的，好木材。"孟宽神秘兮兮地掏出一串大大小小的木头铃铛。

"孟宽！"顾晓晴叫住他。

"哎。"孟宽下意识地答应。

"你……"顾晓晴想质问他到底要做什么，又怕露出破绽惹人猜疑，于是话到嘴边，临时变卦，"你有事吗？我们赶时间呢。"

"我当然有事啊。"孟宽从贴身的兜里摸出一块玉佩硬塞过去，"这枚玉佩是我刚寻来的，成色特别好，送你了。"顾晓晴来不及拒绝，他又说："既然你们赶时间，我就先走了。不用送，留步！"之后，他三步并作两步，消失在熙攘的人群中。

成卫东诧异地挠头："他怎么走得好急？"

"是怕顾医生不肯收玉佩吧？"袁则行幽幽地说。

"玉佩我不会收的。等我们回去就还给他。"顾晓晴的态度异常坚决。

在学校，孟宽追求顾晓晴的事情尽人皆知。但是顾晓晴对孟宽的态度冷淡如冰。陆达心怀疑惑，顾晓晴有点醉翁之意不在酒的意思。

成卫东也有同感，他模模糊糊地感觉到顾医生对孟宽有敌意，可怕的想法在脑海里一闪而过，没有留下任何痕迹。

"时间不早了，我们走吧。"陆达说。

资源县到龙脊天梯有一段距离，光靠双脚走路是不行的，五个人决定在当地租一辆牛车。

"大哥，我们能租您的牛车吗？"袁则行走到一个车夫面前，"穿过县城要多少钱？"

"我这是拉货的车，要是不嫌弃就捎你们一程，不要钱。"车夫大哥一边往车上装货，一边回应。

"谢谢大哥。"袁则行拎起一袋货，"早听说这里的人热情淳朴，果然如此。"

陆达等人上了车，憨厚的车夫大哥多嘴问了一句："你们要到哪里啊？"

"龙脊天梯。"李可不假思索地应道。

龙脊天梯？车夫大哥的脸色突然一变，立马把他们赶下牛车："下来下来，那个地方我可不去，我劝那儿你们也别去。"

袁则行傻了眼："大哥，我们不白坐车，给钱。"

"给多少钱我也不去。"车夫大哥的态度更加坚定，"我怕没命花。"

"为什么？那地方怎么了？喂，大哥，你别走啊，等会儿……"袁则行的话没说完，车夫大哥就急不可耐地驱车离开。五个人成了不祥之人，满脸茫然地站在原地。

李可有些自责："我是不是说错话了？"

"不，这里的人似乎对龙脊天梯很恐惧，是的，是恐惧和害怕。"陆达笃定地说，"这里面一定有问题。"

"现在怎么办？他们一听到龙脊天梯，就躲开老远，我们走过去？"李可盘算着地图上的距离。

"那就别让他们知道。"陆达的眼底闪过狡黠的眸光，袁则行立刻心领神会，"怪不得你能当上队长，真是一肚子'好主意'。"

五个人绕过两条街，在一处集市上以去北门办事为由，租到一辆牛车。可怜的车夫被他们一通忽悠，淳朴的车夫高兴地上了路。

一路上，袁则行没事找事地和车夫唠嗑，到了八角山，车夫才回过味来，一步都不肯再往前走了。

"哎大哥，你怎么不走了？"袁则行假装无辜。

"不能再往前走了，会死人的。"车夫赶着牛车掉头，"我们得赶紧走。"

成卫东追问："会死人是什么意思？山里有野兽？"

车夫急得直跺脚："可比野兽可怕多了！你们是外地人，不知道情况。我告诉你们吧，那里面活人进不得，进去就出不来，连个尸首都留不下，魂魄会被困在山脊，入不了轮回，只能做恶鬼，晚上出来，吃人。"

又是恶鬼吃人的传说。五个人心照不宣地笑了。看来封建迷信也就这点本事了，找不到原因的事情全都堆在鬼神头上，倒是省事儿。

"我得赶紧走了，我劝你们也别去那里。"车夫的脸色泛着惨淡。

"大哥。"李可快跑几步，追过去，把车钱塞到他手里，"谢谢你送我们过来，这是车费，收好。"

车夫犹豫了一下，再次叮嘱："我不知道你们为啥去那里，如果一定要去的话，就白天去，千万不能晚上去。晚上有妖怪，是要吃人的。"

"谢谢，我们知道了。"李可微笑着点头。

车夫狠抽黄牛一鞭子，黄牛屁股一疼，跑了起来。

袁则行哼了一声："刚才还说是鬼魂吃人，转眼就成妖怪了，编瞎话都编不利索。"

陆达看着高耸的山峰，就算有牛车也进不去，还得靠双脚一步一步地爬。

"走吧。"陆达走在前面，顾晓晴跟在最后。她似乎想到了什么，猛地停下脚步，回头看，身后空无一人。

是她想多了？顾晓晴加快了脚步。

五个人越走越远，山中的奇景跃然而出，刀削斧劈的龙形丹霞石峰仿佛坚硬的脊骨，狭窄的骨缝间是天然形成的石阶。远远望去，犹如一道天梯垂挂而下，因此得名龙脊天梯。

龙脊巍峨蜿蜒，随着地势的上升，群山在身侧逐渐变得矮小，山风袭来，刮得人透骨生寒。

顾晓晴衣衫单薄，不由自主地打了个寒战。李可将自己的外套披在她肩上，顾晓晴没有推辞。

"再坚持一下。"陆达为大家打气。

三个小时后，五个人来到龙脊天梯的尽头。当地人管山头平坦的地方叫"寨子"，所以，他们所处的位置得名龙角寨。

龙角寨位于群山的第二高峰，除了龙头香之外，其他的山峰都在脚下。峻岭壮丽秀美，天上碧空万里。

仙境也不过如此。

"都到头了，一个人影都没有，咱们的情报可靠吗？"袁则行搓着僵硬的双手。

成卫东仔细回忆着梦中的情景："没错，是这里，我亲眼看到的。"

"你看到过？又是做梦梦到的？"袁则行始终对成卫东的梦话保持怀疑，他更不明白陆达为什么会相信那些荒谬的话，还向上面申请成立巡查组千里迢迢地到这深山老林里来找人。

陆达想了想："这是现在唯一的线索，而且他的确见到了后山的案发现场。"

"也许只是瞎猫碰上死耗子。"袁则行满不在乎。

"偶然性是必然性的表现形式和补充。凡是存在偶然性的地方，背后总是隐藏着必然性。"陆达给出理智而科学的解释。

"啥偶然，必然是啥？"袁则行争辩。

眼看着两位队长就要吵起来了，李可连忙劝说："有线索总比没有线索好。反正我们已经到这里了，不如就顺着这条线索查下去，说不定会查到些什么。"

袁则行转头问成卫东："按照你的梦，我们已经到了这里，周逸农人呢？"

成卫东回头看向走过的石阶，犹豫了一下，纠结地说道："这里和我梦到的地方，好像不太一样。"

袁则行叉着腰："有什么不一样？世上难道有两个'龙脊天梯'吗？平行的，一公一母啊？"

李可怔怔地掏出地图，认真看了一遍："没有，只有一个。"

袁则行伸着脖子想骂人，被陆达打断。陆达看向成卫东，声音沉稳而平缓："你再仔细想想，梦里见到的地方与这里到底有什么不一样？"

成卫东皱起眉头，盯着蜿蜒的石阶看了很长时间，那虚幻的梦境在他的脑海闪过，周逸农的身影清晰地出现在这条石阶上。

"我想起来了。"成卫东的眼睛里闪烁着光芒，"是晚上，山里起雾，不是这样的大晴天。"

李可想起车夫的话："晚上可不行，刚刚那大哥说，不能晚上上山。"

袁则行看了眼陆达，像是在询问："你怎么看？"

陆达看着天边的夕阳："已经黄昏了，马上就知道了。"

"希望平平安安。"顾晓晴紧了紧衣服，冷冽而无常的环境让她感觉异常的压抑，浑身充满抗拒。

天色在五个人各自的猜想中逐渐地暗了下来，厚厚的云层悄无声息地抽走了最后一丝阳光，时间都停止了，天地间陷入了一种原生态的混沌。

人在自然面前是渺小的，任何一粒沙砾都攒足了上亿年的力量，而人是需要休息的。五个人接连奔波劳苦，身体实在吃不消了。袁则行、成卫东、李可和顾晓晴靠着石壁睡着了。陆达因为惦记青印的事情，睡不着，于是又拿出了青铜铃铛。

子夜时分，清冷的月光透过云层洒向山林，万鸟归巢，青铜铃铛突然毫无预兆地震动起来。

"起来！快起来！"陆达迅速地叫醒众人。

"怎么了？"大家纷纷从睡梦中惊醒。

"铃铛动了。"陆达喘着粗气。

"当当当……"众人游荡天际的魂魄瞬间归位。

青铜铃铛的震动引来山脊的回应，龙角寨忽然刮起一阵阴风，迷得众人睁不开眼睛。随后，风停雾起。

雾色弥漫，越聚越浓，竟是与青铜铃铛一般颜色的青雾。

陆达立刻用胳膊捂住口鼻，闷声警告："小心，这雾有毒。"

成卫东等人纷纷照葫芦画瓢地捂住口鼻，静静站在原地。青色的浓雾仿若一幅绿纱帐缓缓而来，艳丽的背后是瘆人的血腥和看不见的秘密。

眨眼的工夫，青雾将众人包裹，谁也不敢动。那是一种静默的寒冽，每个人的头顶仿佛高悬着锋利的冰锥，稍有不慎，便会扎入胸口，万劫不复。

伴随着压抑的憋闷，顾晓晴伸出手指轻轻地探了一下，无形的雾气与体温进行热交换，气体化成水珠。

水珠无色、无味，顾晓晴嗅了嗅水珠，跟平时的雾气没有两样："没有毒，是水。"

成卫东憋得脸颊通红，终于可以肆意地喘息。其他人也缓缓地放下胳膊，大口呼吸。

此时，在青雾的弥漫下，山林似乎变成了另外一个世界。

"那是什么！"成卫东指着龙角寨的悬崖，"就是这里。"

众人顺着那方向看过去：悬崖之上，青雾之中，一级级蜿蜒通天的阶梯在黑暗中展露真容。

李可的眼睛都直了，不由自主地说道："天啊，这是天梯？"

成卫东笃定地说道："是的，这才是真正的龙脊天梯，和我梦里见到的一模一样。"

成卫东走在前面，想要过去，陆达拦住他。陆达从地上捡起一块小石子扔了过去，小石子嘣的一声掉在坚硬的石梯上，清脆的声音在幽静的山谷显得格外空旷。

"是真实的，不是幻境。"陆达试探地走到天梯前，踩了上去。大家终于松口气，跟着上去。

天梯陡峭湿滑，愈浓的青雾聚成一团团黑色的雾团，虽然没有毒，可是身处其中，让人不寒而栗。

每个人都小心翼翼，一个踩着另一个的脚印前行，速度缓慢。

可是，马有失蹄时，李可走着走着，脚下一滑，绊了自己一下，高大的身体重心不稳，半个身子探出石梯之外。那雾气之外的世界若有若无，万丈深渊的丛林好像一张吞人的巨口随时等待着入肚的食物。

"小心！"成卫东眼疾手快，及时拽住了他，顾晓晴也伸出双臂做出拦截的动作。

"天啊，吓死了。"李可惊魂未定，出了一身冷汗。陆达仔细叮嘱："这里不是寻常地方，大家一定要多加小心。"

五个人继续在黑暗中前行，而天梯似乎没有尽头。

一小时后，陆达停下脚步，看向成卫东："在你的梦里，有没有看到天梯的尽头，得走多久，才能到头？"

成卫东摇头："当时我光顾着看周逸农，没注意其他的事情。"

"你们有没有发现雾气好像越来越浓，好像是黑色？"顾晓晴说着在空中挥一下手，似乎散发着黑色的煞气。

突然，脚下的石梯猛烈地震动起来。

"怎么回事？"众人没有丝毫的防备，抓住一切坚固的地方，稳住自己。紧接着，一声声不祥的声音从石阶深处传了上来。

众人脚下的石梯出现细小的裂纹，几秒的工夫就会断裂、塌陷，变成碎石。成卫东眼睛一红，大喊：“不好，天梯要塌了，快跑！”

第八章　惊魂生死谷

12

声音的传递远不及石阶的崩塌速度，锋利的碎石向上喷射而出，宛如一条喷射火焰的巨蟒，碎裂的速度越来越快，五个人的体力已经达到极限。

"快跑！"陆达在前面带路，脚下危险，面前更凶险。逃跑途中，一团鲸鱼模样的雾团气势汹汹地迎面而来。

陆达和袁则行一个闪身避过云鲸，云鲸从两人中间斜穿过去，成卫东一个仰头下身躲开了攻击。身后的李可就没那么幸运了，他毫无防备地直接撞上了云鲸，被包裹其中，拼命挣扎躲避。

此时，无数团云鲸从青雾中倾巢而出，众人忙着逃命，还要随时躲避云鲸的袭击。

眼看，碎裂的石阶崩塌而来，成卫东听到李可的呼救声，立刻掉头，一通胡乱地扑腾将云鲸打散，拽着李可的胳膊往前跑。

一秒钟而已，两人身后的那节石阶破碎，数不清的碎石腾空而起，脚下已变成万丈深渊。

"往上跑！"走在最前面的陆达盯着远处的一个光点，那是龙脊天梯的尽头。众人心里有了盼头，咬着牙，拼了命地快跑，直跨到平寨。

顾晓晴跟在最后，刚跨上平寨，脚下的石阶突然断裂。她一脚踩空，整个身体坠在半空。

"啊！"石阶的碎石擦着她的脸掉下去，黑暗的深渊仿佛有无数双来自地狱的鬼手在极力地向下拉她。

"拉住我。"关键时刻，成卫东伸出一只手抓住了她。陆达、袁则行、李可用拔萝卜的方式跟在后面。

陆达沉着冷静地指挥大家一齐用劲儿："一、二、三，一、二、三……"

顾晓晴的身体在整齐划一的口令下一点一点地向上，向上，再向上。终于，她的另一只手攀上平寨的边缘，利用支撑的力量爬了上来。

顾晓晴暂时脱离危险，五个人筋疲力尽，连手指都不想动弹，大家横七竖八地倒在平寨上喘着粗气，甚至希望时间静止，就在这里永远地沉睡下去。

"当当当……"直到青铜铃铛发出震动，大家才清醒过来，一时的舒适不过是障眼法。

"这到底是什么鬼地方，怎么到处都是机关？"袁则行出了一身冷汗，要不是被铃铛唤醒，恐怕再也醒不过来了。

五个人拖着疲惫的身体勉强站了起来，认真地环顾着四周。这是一个圆形的大平寨，平寨没有任何楼梯支撑、绳索拉拽，就像一座孤岛，凭空悬浮。而平寨下方一片漆黑，深不见底。视觉的盲角让大家心生恐惧。

李可瞪大眼睛："这……这怎么可能？"

是不可能，石阶从下往上掉落，本来就不合常理，又出现这么大的平寨毫无依靠地悬浮在空中，这完全颠覆科学的认知。陆达一直在思考，却给不出合理的解释。

李可猜测："你们说，下面是不是有东西支撑，我们看不到？"

陆达摇头："按照我们爬山的时间，这里离地面少说也有两三千米，什么东西能有这么高？"

"啊！"陆达身子一晃，脚下又传来震动。

"不是吧，又来？"袁则行惊呼，五个人赶紧退到平寨后面，极力保持身体的平衡。古人云：上天无路，入地无门，用来形容此时的险境再贴切不过了，若是平寨崩塌，留给大家的只有死亡。

好在震动仿佛传送带，传送了一会儿，就渐渐平息。

但是众人惊魂未定，一道闷雷在黑暗中轰隆作响，每个人僵硬着脖子傻傻地向上看，恶龙般的闪电撕裂天空，随时都会引爆人世间的惊雷。

"快闪开！"陆达暗道不好，大喊一声。一团球形闪电飞轮般地滚向平寨，五个人分别跑向不同的方向。

陆达也不禁惊慌：难道今天要在这里因公殉职吗？

"轰隆隆！"闪电过后，一道道惊雷接二连三地从夜空中劈下来。

"快跑！"成卫东手疾眼快地去推陆达，可惜晚了一步，平寨早已被劈得四分五裂。

"啊……"渺小的众人随着烧得火热的碎石坠入了万丈深渊。

13

成卫东揉着眼睛醒来的时候，眼前红红的，一道明亮的光照在他的脸上，他遮挡着额头站起来，环视四周：树木青青，凉风习习，空气里包裹着雨后的泥土清香。

静谧中夹杂着舒适，这种感觉真好。

我在哪里？成卫东赶紧检查自己的身体，完好无缺，没有一丁点伤痕。

很快，附近的陆达、袁则行、李可和顾晓晴陆陆续续地醒来。

"我居然没死？"袁则行掐着大腿，"从这么高的地方摔下来，你们都没事吧？"

众人确认过平安之后，开始打量这个神秘的地方。

"这是哪儿啊？"李可问，"成卫东，你梦里来过吗？"

成卫东老实地摇头说："没有。"

袁则行开始调侃："哎，你也没告诉我们，天梯会塌呀。"

"没有，我……"成卫东无奈地低下头。

"奇怪。"陆达皱起眉头，"指南针又失灵了。"只见他拿着指南针在各个方位试了一遍，指针就像被强力胶粘住一样，纹丝不动。

"是不是坏了？"袁则行检查了一遍，脸色不知不觉地变得凝重，"有问题，问题很大。"

"我来试试。"成卫东折了一根树枝立在地上，温暖的阳光从上空照射下来，树枝的影子在地上形成一个小圆圈，毫无方向。成卫东喃喃自语："不应该啊。现在不是中午，怎么会这样？"

陆达抬头向上望去，参天大树遮天蔽日，透过树叶的缝隙依稀看到清澈的蓝天白云，根本无法与龙脊天梯和瘆人的青雾联系起来。

"你们说这里会不会是龙脊天梯下面的树林？"李可猜测。

"不对，如果是龙脊天梯，不就是说我们是从天上掉下来的吗？"袁则行摆手，"从那么高的地方掉下来还能毫发无伤，根本不可能。"

李可从兜里拿出地图，反复比较一番，笃定地说道："如果我们真是从上面掉下来，那么我们现在应该在这个位置。要想回去，就得往西南方向一直走才能回到原来的地方。"

"目前来看，只能这样走了。"陆达心里有些惴惴不安。

成卫东也觉得浑身不舒服，总觉得有一双眼睛在暗处盯着他们。

顾晓晴的表现就沉稳多了，她站在原地一动不动，似乎是一尊风化的雕像，李可担心地凑过去："顾医生，你怎么了？快走啊。"

顾晓晴"哦"了一声，闷头追上。

诡异的树林像是一座明亮的大迷宫，地上的树木、头顶的光线、空中的飞鸟、左右的岔路口……

所有的所有都一模一样，阳光下的美景隐匿着罪恶，五个人来来回回走了大半天，又一次在岔路口集体沉默。

"五条路，难道要我们一人选一条吗？"袁则行身心疲惫地叹气。

陆达想了想："古人有句话叫'尽人事，听天命'。"

"什么意思？"李可傻傻地问。

袁则行苦笑着从兜里掏出一枚硬币递了过去，这是二人的默契。陆达接过硬币，抛了上去，再伸手一接，硬币稳稳当当地落入掌心，花面朝上。

"往那边走。"陆达抬头一指。

成卫东和顾晓晴二话不说跟在陆达身后，李可却拽住袁则行，小声地问："袁叔，这里有五条路，可是陆队就抛了一次硬币，他怎么知道那条路是对的？"

袁则行拍拍他的肩膀："小子，你要学的东西很多啊。"

李可"啊"了一声，一脸茫然地跟了上去。

世上的事皆如此，用最简单的办法解决最复杂的问题。

这条路看起来平平无奇，但有之前天梯的事情作为前车之鉴，五个人都提心吊胆，小心翼翼，生怕半路再出些什么幺蛾子。

突然，一块石头引起了成卫东的注意："陆队长，等一下，那边有东西。"

众人停下脚步。

陆达壮着胆子迈进草丛，拨开细密的草叶儿，一块异形的石头露出庐山真面目。那不是石头，而是一块石碑，石碑上阴刻着红底的草书"生死谷"三个大字。

笔画连绵，险峻挺健，颇有名家风骨。成卫东盯着三个字久了，恍惚间似乎看到金戈相交、铁马奔腾的场景。

那"死"字的长矛朝着他迎面横劈而来，他却定死在地面上，毫无躲闪之力。紧接着，另一边的匕首斜插而过，嗜血的锋芒透着血气，令人胆战心惊。

那是一股寒意，从骨头缝里冒出来再钻进肉里，最后在血液里凝结成冰霜。成卫东动不了，只能眼睁睁看着长矛和匕首将自己大卸八块。

"嘿，想什么呢？"李可推了一下他的肩膀，救世主般地将成卫东从死亡的边缘拉了回来。

顷刻间，铁马长刀、锋利的匕首全都不见踪迹，身上的寒意也消失得无影无踪，成卫东轻松地抬起手臂，血液又重新流动起来，浑身上下暖洋洋的。

好一个生死谷，成卫东长舒了一口气。

"这里叫生死谷。"李可念出石碑上的字。

袁则行喃喃地说："这名字听起来不怎么吉利。"

李可绕到石碑后面，拨开杂草惊讶地说："有地图！"

这一重大发现如同久旱逢甘霖，简直是求生的出口。

众人全都围了过来。石碑历经岁月，石刻地图有些部分已经风化模糊，李可拿出纸笔，顺着石刻，将地图拓印一份。

袁则行却问出一个关键又煞风景的问题："我们拿到地图有什么用？有周逸农的线索吗？"

成卫东指着地图的中央说："你们看，地图上有铃铛的标记，会不会跟周逸农有关？"

陆达说："有没有关系，去看看就知道了。"

李可抬头看了看方向，与地图做了对比，指着对面说："往那边走。"

有了目标和方向，众人重新燃起了斗志。

只有成卫东暗自心惊肉跳，他对自己产生了深刻的怀疑，难道是最近太累，出现了严重的幻觉？

成卫东揉了揉眼睛，快跑几步，跟上了众人。只是他没看到的是，在他转身的时候，老树上的藤条正顺着树干朝着他的方向，不声不响地蠕动着。

阳光正暖，明媚的光洒在众人的身上，似乎没有带来任何温度，周围越来越安静，没有一点声音，连风都静止了。

这样的气氛让人心底发怵，陆达突然站定脚步，低头往下看。

"怎么了？"袁则行慌忙停下。

"我们走了有多久了？"陆达迟疑地问。

李可估摸了一下，说："大概两个小时。"

陆达的脸色一变："你们看地上的影子。"

"影子？影子怎么了？"众人纷纷低头看影子，顾长的身影映在地上，没多出什么，也没少什么。

陆达一语惊醒梦中人："两个小时之前，我们的影子就在脚下，两个小时过去了，影子还在这里？"

"这……"众人面面相觑，"太阳呢？"

这时，繁茂的草丛中传出沙沙的声音，谁也不敢乱动。一阵安静后，一条静止的藤蔓突然"咻"的一声缠上了李可的腰，将他倒吊在半空。

"救命啊……"李可慌神地大叫，眼前一片模糊。他甩着头，明亮的世界在他的眼里黑白颠倒，耳蜗深处传来"嗡嗡"的声音，仿佛隔了一层滚烫的蒸汽。

"救命……"他听不到自己的声音，好像在做口型一样。

"快救人！"陆达拿出配枪对着藤蔓开了一枪，藤条吃痛放开李可，缩回树上。

成卫东和袁则行一左一右接住李可，成卫东关切地问："没事吧？"

李可听不见，身体发软，只能依靠着两人的力量勉强起身，那滚烫的热气在耳边慢慢散去，血液重新回归正轨。

"这地方太怪，快走。"李可顾不上眩晕，颤抖地说道。

他的话音刚落，四周的树冠竟然不约而同地抖动起来，宛若绿色的波涛般发出"哗哗"的声响，随之，无数条藤蔓从树冠上冲了出来，好像长了眼睛一样袭击过来。

袁则行下意识地摸枪，被陆达摁住："子弹有限，不到万不得已，不能再用了。"他说得没错，凭那几颗子弹根本抵挡不住疯狂的藤蔓。

"那怎么办？"

"跑！"

五个人再次狼狈奔跑，所有人的体力在天梯就已经消耗殆尽，如今再次深陷险境，只能靠保命的本能，激发体能。神奇的大脑下达了"逃跑"的命令，他们的身体跑得极快。

可是藤蔓的速度更快，转眼的工夫就追上来了，坚韧的藤蔓捆住了五个人，将他们甩到半空，狠狠地掼到树干上，震得树叶飞刀似的掉落。

顾晓晴从裤腿里拔出携带的匕首，砍断藤蔓，幸运地得以脱身。那些断臂的藤蔓扭动着身体，痛苦地缩了回去。顾晓晴赶紧去解救附近的李可和袁则行。

有灵性的藤蔓好像知道了什么，捆着陆达和成卫东转向就跑。

袁则行毫不犹豫地掏出配枪，瞄准捆绑陆达的藤蔓。那藤蔓在奔跑中时隐时现，袁则行多次准备扣动扳机又不得已放弃，几个回合下来，终于在一个转弯的时候，那藤蔓慢了一步，暴露在袁则行的视线之内。袁则行抓住时机，立刻开枪。

"嘭"的一声枪响，紧紧束缚在陆达身上的力道突然消失，一股透明的液体喷在他的脸上，他随手抹掉脸上的东西，奋起直追。

那条捆绑成卫东的藤蔓见识到火器的厉害，始终将自己掩藏在成卫东的身后，用人肉盾牌护住自己。

成卫东被绑得严严实实，使不上劲儿。藤蔓拖得厉害，一路上磕磕绊绊，一会儿撞到树干，一会儿磕到石头，一会儿被抛上天空，一会儿又被摁在地上摩擦。他整个人七荤八素，眼冒金星，还呕出了酸水。

大概"飞"出五百米的距离，藤蔓竟然往悬崖下方爬去，准确地说是要跳崖。成卫东瞪大了眼睛，也不知道从哪儿来的力气，对着近在嘴边的藤蔓吭哧就是一口，活活将藤蔓咬断。

藤蔓因为疼痛快速缩回崖底，而成卫东却因为惯性，止不住地往悬崖边上滑行。他的大半身体已经探出悬崖，此时一条藤蔓突然飞过来，拽住他的脚踝。

原来是陆达在情急之下拽来一段藤蔓当作绳子甩了出去。

成卫东的心里一阵后怕，悬崖峭壁下全是嶙峋的尖锐石柱和无数人和动物的尸体。密密麻麻的虫子趴在尸体上来回爬动，看得他一阵头皮发麻。成卫东吓得闭上眼睛。

众人脱险，坐在地上大口喘气。人的气息冲荡在神秘的山谷。

突然，悬崖底下传出轰鸣声，铺天盖地的虫子震动着翅膀席卷而来。

第九章　藤蔓尸虫

14

巡查组终于踏上了龙脊天梯，不料反被困在平寨之上，惨遭雷劈，坠入生死谷。他们根据石碑上的地图寻找铃铛印记的所在之处，却遭到不知来历的巨型藤蔓袭击。为救成卫东，他们偏离路线，追到悬崖边，谁知那是藤蔓的老巢，还存在着比藤蔓更加可怕的东西。

五个人绝望地看着天上密密麻麻的虫子，令人作呕的尸臭味道扑面而来，熏得他们直犯恶心。顾晓晴虽然是学医出身，但也对这种味道难以忍受，其他四人更是当场呕吐。年纪尚轻的成卫东和李可吐得最为厉害，几乎要把胃呕出，恨不得将五脏六腑都拿出来清洗一遍再放回去。

尸虫鼓着翅膀嗡嗡作响，集体行动。

巡查组再次拔腿逃命，尸虫紧跟其后。前面的人分成几组，尸虫就分成几组。顾晓晴掏出驱虫喷雾，这原本是用来对付南方蚊虫的药，现在就是死马当成活马医。

可是尸虫接触到喷雾没有任何不良反应，反而变得更加狂躁，疯狂的黑点将顾晓晴包裹得严严实实，仿佛一个巨大的茧立在林子里。

李可从前是做文职工作的，体力跟陆达、袁则行无法比肩，他很快就被尸虫追上，也变成一个茧，立在路上。

袁则行被尸虫团团围住，根本没有援兵，只能孤立无援地孤注一掷，他朝着尸虫连开四枪，打光所有的子弹，也没有逃过变成茧的下场。

陆达就不同了，他默默地计算着子弹的数量，每隔一段距离，稳稳地开枪。子弹射出后，带出的火焰让尸虫下意识地后退。他趁着这个空当飞快逃离。

当他打完最后一颗子弹，前方已经无路，只能从坡上滚下去。神秘的山坡十分陡峭，他护住头，翻了好长时间，跌进水塘。冰冷的池水瞬间吞没他的头顶，他挣扎着漂在水里，筋疲力尽，没了动作。

成卫东顺着一条小路奔逃，双腿像灌了铅一样才停下脚步，他浑身松软地靠着路边的石壁喘气。疲惫的五官扭在一起，每一口呼吸都带着胸腔里连着神经的钝痛，喉间更是腥甜。唯一庆幸的是尸虫竟然没有追过来。

成卫东认真打量着周围的环境，这是一条狭窄而幽长的山谷，一眼望不到尽头，两侧都是高耸的石壁。每一侧石壁上都刻着很多文字不像文字，花纹不像花纹的图形。

他顺着石壁慢慢前行，脚步的声音伴着山风微微作响，那是一种可怕的安静。等他走了一段距离，诧异地发现两侧的石壁离自己越来越近，似乎随时可以夹碎他的骨头。

石壁在动？成卫东受到藤蔓和尸虫的惊吓，宛若惊弓之鸟，任何一点风吹草动和怪异的事情，都足以让他心惊胆战。

成卫东心里发慌，越想越怕，想要快点离开这里，他飞快地跑了起来。可是胸口传来的钝痛牵制他奔跑的步伐，但他仍然坚持一步一步地往前跑。诡异的石壁似乎是看出他的想法，闭合的速度肉眼可见。

很快，石壁间的距离与成卫东的肩膀平齐，只能容下半个人。成卫东侧身，屏住呼吸，眼看着冰冷的石壁贴上额头，他闭上了眼睛。

成卫东到底没能走出来。

死亡的气息笼罩着这片吞噬生命的山林。远处，水面之上，青铜铃铛从陆达的兜里浮出来，铃铛里的棉花因为进水涨开顺水而去。斑驳的铃铛慢慢地坠落在水底，磕在河床的岩石上。

"……"

无声的震动在水里荡起层层涟漪，逐渐向外扩散开来，一圈一圈，圈圈相绕……

15

云开雾散，初阳东升。龙角寨悬崖边的古松萦绕着丝丝缕缕的雾气，远远望去像一座龙角仙宫。一滴清澈的露珠顺着古松的针叶坠落，砸在成卫东的额头上，他从噩梦中惊醒。

成卫东挺身惊坐，细密的冷汗顺着脸颊流进衣领，打湿整个后背。他抬手擦擦汗，茫然的眼神飘忽不定，眼前是熟悉的龙角寨，却恍若隔世。

"我死了？"他喃喃自语地摸着加速的心跳，"陆队他们呢？"

陆达、袁则行、李可、顾晓晴都睡在一旁，难道刚刚的经历是一场梦？

成卫东将众人唤醒。大家露出与成卫东相同的迷茫表情。

李可揉着肩膀说："我做了一个噩梦，被一群虫子吃了，好大一群虫子。"

"不，这不是梦。"顾晓晴斩钉截铁地撸起袖子，胳膊上露出被虫子撕咬留下的斑斑点点的印记。

陆达和袁则行立马拿出配枪，打开弹匣检查：空的。

"下山。"陆达清醒地说道。

当五个人浑身狼狈地从山上下来时，资源县的老百姓避之唯恐不及。

一位大哥甚至一头扎进河里。袁则行忍不住指着自己发问："我们看起来不像好人吗？"

话一出口，他自己也觉得不对。五个人互相一瞧：不过一个晚上，好好的样子变成了双目无神、面容憔悴、头发蓬乱、衣衫褴褛，身上还散发着尸虫的恶臭。这副尊容就算不是坏人，也绝对跟好人扯不上一点的关系。

五个人决定先找个落脚的地方安顿下来。可是招待所的人也吓得够呛，差点将他们当作不法分子。陆达及时拿出工作证证明身份，才算通关。

招待所的同志为他们准备了米粥、包子和咸菜。五个人狼吞虎咽的模样惊得他们躲在门外不敢进来。

食物下肚，五个人恢复了力气。回忆起那惊险、刺激、诡异又无法让人相信的场面，袁则行不禁感慨："龙脊天梯真是个要命的地方，怪不得村民不去。我这条命差点就交待了！"说到这里，他还在脸上轻轻地拍两下，做出一副后怕又侥幸的表情。

李可忍不住地问："接下来我们要做什么？"

陆达想了想，说："这次去龙脊天梯确实是我们准备不足，过于冒进。这两天我们暂时先不要上山，需要养精蓄锐。而且我们对龙脊天梯的了解太少，利用这两天的时间搜集一些资料，知己知彼百战不殆。"

袁则行伸了个懒腰，心满意足地说："终于可以睡一个囫囵觉了。"

这一觉五个人睡得都很沉。

陆达一直在做梦。梦里一会儿是教书先生身上的青印，一会儿是龙脊天梯，一会儿又是冰冷的池水。那种无力的窒息感逼迫着他醒来。

陆达睁眼一瞧，发现是袁则行把胳膊搭在他的胸口上。陆达苦笑，穿上衣服到外面透气。

他刚出门就看到顾晓晴从外面回来。顾晓晴的手上提着一个包装袋，脸色看起来不太好。

陆达过去打招呼："顾医生，你这是去哪儿？"

顾晓晴提起手中的购物袋："我买了一件御寒的衣服。"陆达瞄了一眼，没说话。

成卫东站在门口看着，总觉得哪里怪怪的，又不知道说什么才好。

陆达转过身，看到他："哎，成卫东，你醒啦。走，跟我出去一趟。"

成卫东向顾晓晴点头致意，紧跟在陆达身后："陆队长，你要带我去哪儿啊？"

"档案馆。"陆达应道。

"袁老师和李可不去吗？"成卫东又问。

陆达笑了："他们太累了，一时半会儿醒不了。怎么，你不愿意跟我一起去？"

"我不是这个意思。"成卫东急忙摆手表明心意，"我只是有点意外。"

两人说话间，档案馆到了。这里是封闭式管理，想要进门不是一件容易的事情。陆达最头疼填表了，这个重任就落在了成卫东身上。

半个小时之后，两人走进档案储藏室。

门口负责登记的管理员嘟囔了一句："怎么又是巡查组？"他直接收走了成卫东手里的登记表。成卫东不知所措，陆达的眼底泛起寒光。

两人在档案管理员的带领下，推开了储藏室的木门，一股陈年木头混着墨气的味道扑鼻而来。房间里是规矩的深棕色木质书架，每一行每一列都十分整齐，每个书架上塞满了鼓鼓囊囊的档案袋。

管理员熟练地将他们带到角落的书架前，指着其中一排："有关龙脊天梯的资料全在这里，你们可以慢慢查找。"

"谢谢。"陆达表示感谢。

成卫东赞不绝口："您真厉害，一下子就能知道我们要找的资料在哪里，看来这里所有的资料您都了如指掌？"

档案管理员摆手："我哪有那个本事，你们来之前，有一批巡查组的人来调资料，我们找了好半天才找到的。"

陆达脸色微变："巡查组？你是说有自称巡查组的人来过这里？找的是龙脊天梯的资料？"

"对啊，他们看完资料就走了。"档案管理员看他们脸色不太对劲，追问一句，"有什么问题吗？"

陆达摇摇头："没什么，辛苦你了。"

"这是我应该做的，我不打扰你们了。"档案管理员离开资料室。

"他们抢在我们之前动手了。"陆达分析。

"他们是谁？别的巡查组？"成卫东的脑子有点慢。

陆达默默地抽出两个档案袋，一个递给他，一个自己翻看。好一会儿，他小声地说道："袭击我们的黑衣人是冲着青铜铃铛来的，青铜铃铛与龙脊天梯关系密切。所以，我怀疑他们冒充巡查组混进来，偷查龙脊天梯的资料。"

"那我们要不要报警？"成卫东问。

陆达沉默一秒，说道："目前，找出龙脊天梯的秘密最重要。"

"好。"成卫东低下头，逐页逐行地搜寻有关"龙脊天梯"的字眼。

16

日落西山，月上中天。陆达和成卫东回到招待所的时候，屋里热闹极了。一把长刀横扫而来，直劈成卫东的面门。成卫东下腰躲闪。

袁则行收起长刀，摆出一个豪放不羁的姿势："你们回来了，去哪儿了？一个下午都不见人影。"

成卫东与陆达小心翼翼地避开横七竖八的棍棒和长刀，找到位置坐下。

陆达皱着眉头问："你们这是打算开个杂耍班子？"

"我们这是在交流，为去那个鬼地方做准备。"袁则行沾沾自喜地开始介绍起搜罗来的好东西，"这把长刀是我专门去老乡家里借来的，下午现磨的，虽然不能削铁如泥，但是对付那些藤蔓绝对没问题。这是火棍。我听这儿的人说，虫子都怕火，再遇到那些臭虫子，非烧死它们不可。还有绳子，以备不时之需。"

陆达想起那些尸虫对火花的畏惧，不由自主地点了点头。袁则行更得意洋洋了。

李可也有新动作，他递过一张纸："陆队，这是我根据记忆和大家的描述对石碑上的地图进行的还原修复。"

"很好。"陆达惊喜地看着地图，将自己的经历也详细地说了一遍。李可根据他的描述将残缺的部分补齐。

"基本差不多了。"李可高兴地说，"只可惜铃铛印记附近的地图还有些残缺，不然的话，就完整了。"

"我知道。"成卫东语出惊人。

"你知道？"众人惊讶。

"我被虫子追赶，不知道为什么，跑到了这里。"成卫东将自己朝着哪个方向逃跑，又怎么被石壁夹死的经过，原原本本地复述一遍。

陆达脸色阴沉地说道："这个信息非常重要，你确定是这里？"

"确定。"成卫东点头，"虽然我不认识石壁上的花纹，但是我认得带有青铜铃铛的石雕，石壁上有一整排的青铜铃铛。"

李可埋头补充着地图，细致地问道："这条峡谷大概有多长？"

"这个嘛，我也不太清楚。嗯，很长很长。"成卫东回想起那恐怖的情景，冰冷坚硬的石壁越靠越近，容身的空间逐渐缩小，就仿佛将一个不会游泳的人扔在深不见底的大海，希望一点点消失，在垂死挣扎中消耗最后一丝力气，最后在绝望中死亡。

成卫东打了个寒战："不管我跑得多远、多快，前面永远没有尽头。"

李可停顿一下，尖锐的笔尖在铃铛印记的位置上勾出两条线代表石壁，又在线条上打了一个问号。

　　"这可难办了。"他困惑地挠头。

　　顾晓晴分析："会不会有机关？"

　　"机关？"李可看向她。

　　顾晓晴继续分析："成卫东同学不是说石壁上有很多奇怪的花纹吗？你们说，让石壁停下来的机关会不会藏在石雕里？"

　　"不是没有这个可能。"陆达转向成卫东，"你还记不记得那些花纹长什么样子？"

　　成卫东想了半天，头疼得厉害，毫无线索。袁则行倒是想起一件事来："我和李可去外面找你们的时候，发现一件奇怪的事情。"

　　"哦？"陆达眯起眼睛。

　　袁则行说道："这里的人之所以不敢上山，是因为他们认为山里有妖怪会吃人。于是，我问了一些关于被害人的情况，居然没有一个人能回答出来被害人是男是女、是老是少、姓甚名谁、家住哪里、多大岁数。所有的情况，他们一概不知，就直接认定有人死了、没了。"

　　陆达一语中的："那就意味着不存在被害人。"

　　"可是无风不起浪啊。如果没有人被害，消息是怎么传出来的？难道是有人故意造谣吗？图什么？"

　　无心插柳柳成荫，袁则行无意的一句话惊醒了陆达："就是图没人敢上山，这样就没人知道龙脊天梯的秘密了。"

第十章　峡谷玄机

17

经过一个晚上与一个白天的养精蓄锐，巡查组整装出发，重新登上龙角寨。此时刚好是午夜时分，月光如水而泻。陆达沉稳地拿出青铜铃铛。

"当当当！"

铜铃震动，青雾骤起，真正的龙脊天梯再次出现在云雾之中。

有了上次的经验，五个人踏上石阶飞快奔跑，左闪右避地躲避云鲸。所以，当石阶开始塌陷的时候，他们已经稳稳地站在平寨上，等待下一道劫：天打雷劈。

又是世界末日般的电闪雷鸣，平寨被生生劈开，所有人掉下生死谷。他们轻车熟路地来到岔路口，分别拿好带来的冷兵器：左手长刀，右手木棍。乍一看还以为是劫路的。

陆达屏住呼吸："准备，我们冲进去。"

"啊——"袁则行、李可、成卫东和顾晓晴提着手里的家伙，跑了进去。

果然，老对手——藤蔓出手了。五个人用手中的长刀横劈竖砍，将对方逼退。

李可率先锁定前往峡谷的方向，其他人也趁着藤蔓退后的间隙飞快地朝峡谷奔去。

紧接着，密密麻麻的尸虫铺天盖地席卷而来。

陆达拿出打火机点燃手中的火把，火把连着火把，形成刺眼的光圈，尸虫不敢靠近，五个人直接冲入那片有铃铛印记的领地。

尸虫仿佛有了知觉，如临大敌般地掉头返回，大家如释重负地靠在石壁上松了口气。

成卫东指着前方的大峡谷通道，说道："就是那里。"

众人远远望去，石壁外侧雕刻着两个硕大的铃铛雕像。陆达拿出青铜铃铛对比一番，这两个雕像与铃铛简直一模一样，不过是大号和小号的区别。

"走。"

五个人来到石壁下方，石壁上的石刻精致优美，铃铛的弧线惟妙惟肖。透过两个大铃铛，狭长幽深的峡谷望不到尽头。

"只要进了峡谷，两边的石壁就会往中间聚拢，最后把人活活夹死！"成卫东仍然心有余悸。

顾晓晴若有所思道："或许是触碰了重力机关？找到机关的位置说不定就能阻止石壁的闭合。"

李可满脸崇拜地感叹："顾医生，真想不到你对机关这方面也有了解！"

顾晓晴不好意思地别过头："我哪知道什么机关，武侠小说上看来的。"

"嗯。"陆达别有深意地看了顾晓晴一眼，"武侠小说里有没有说重力机关怎么破解？"

"这个我就不知道了。"顾晓晴为难地摇了摇头。

袁则行提出建议："不如我们拼一把，以百米冲刺的速度跑过去。"

陆达始终在犹豫。如果只有他一个人，一定会毫不犹豫地去尝试每一种可能。但是，现在是五个人、五条命，他怎能拿别人的性命来冒险？

之前的死而复生，他至今也没弄明白其中的缘由。他不敢保证这一次会有上次的幸运，他绝对不可能拿生命做赌注。

"我觉得……"他的话音未落，袁则行急躁地冲了进去，"啰嗦啥，我先去给你们探路。"

"袁老师！"

"袁叔！"

"袁队长！"

"老袁，回来！"陆达惊恐万分，褐色的瞳孔里映着一场生死时速，夺命石壁一步步地靠拢，求生的人随时都会被夹得粉身碎骨。

不能眼睁睁地看着袁则行去送死，陆达大喊："追！"

所有人追了进去，石壁闭合的速度越来越快。

这时，冲在前面的袁则行见到前方透出一丝光亮，他兴奋地大喊："前面有出口，快……"

嘴里的"快"字还没来得及完全出口，石壁以光的速度重重地闭合，永久地暗了下去……

等到清晨的光映出一道道疲倦的影子，五个人再次在龙角寨醒来，长刀和火棍整齐地放在一旁，毫无疑问，他们又被神秘的力量送回来了。

下山的路上，袁则行一再强调："我真的已经看到出口了，就差那么一点，我们再快一点，就冲出去了。"

谁都没有搭茬儿，因为又白费了一天的工夫。

回到小镇，成卫东坐在招待所院落里的楼梯上发呆，不停地重复着："到底是什么意思？"

两次葬身峡谷的瞬间他都清楚地看到了周逸农。第一次，周逸农就走在龙脊天梯上，步伐不紧不慢，表情如此从容，丝毫没有因为石壁的靠近而感到恐慌。他眼睁睁地看着那石壁间越来越窄，窄得宛如一条穿越时空的缝隙，周逸农好端端的，毫发无伤。

第二次，周逸农依旧在走，石壁闭合的时候也没有退缩。与他所处的情况不同的是：石壁一碰到周逸农的身体便化作一团光点，那光点越聚越亮。最后，所有的石壁在耀眼的光芒中复归原位。

"到底是什么意思？"

陆达从屋里走出来，坐在成卫东身边："你是不是有什么事情想对我说？"

成卫东猛地直起身子："我……"

陆达拍了拍他的肩膀，语重心长地说道："不要有顾虑，当初你梦到周逸农的事情，我都能接受，还有什么事情我不能接受呢？你如果有线索，可以随时告诉我。就算别人不相信你，我信。"

陆达的诚心打动了成卫东，成卫东将两次在峡谷看到周逸农的事情说了出来。陆达震惊得合不上嘴。

成卫东低声道："我仔细想过了，会不会是我们过峡谷的方式不对，所以两次都没能通过？如果我们也像周逸农那样慢慢地走过去，会不会就过去了？"

看着那双期待的眼睛，陆达陷入了沉默，声东击西，不按常理出牌？或许这才是真正的机关。

"吃饭啦。"李可喊大家吃饭。

饭桌上，陆达和成卫东几乎没说一句话。袁则行、李可和顾晓晴面面相觑，本来还想着让陆达出主意。得，这下好了。

饭桌上的气氛异常的沉闷，袁则行有些受不了，刚想开口，却被陆达抢先开口了："我有件事情，想征求大家的意见。"

众人全都停下吃饭的动作，聚精会神地盯着他。

陆达说道："成卫东说他在峡谷见到过周逸农。周逸农走过峡谷遇到机关却毫发无伤。我想，这个机关应该可以感应人走路的速度，跑得越快越危险。所以我们可以尝试慢慢走过去。"

"你疯了吧？"袁则行腾地一下站起来，"我们再跑得快一点，就可以穿过去，你宁可相信幻觉也不相信我！"

"成卫东看到的不是幻觉，是之前发生过的事情，是青铜铃铛……"

袁则行一拍桌子，粗暴地打断陆达的话："就是因为这个破铃铛，我还不如一个死物？"

成卫东、李可和顾晓晴被他这突如其来的情绪吓到了，谁也不敢说话。

陆达劝说道："你冷静一下，我们得快点找到周逸农。迄今为止，我们遇到的事情都不能用常规的思维看待，只有打破常规才能看到希望。"

袁则行愤怒地大吼："打破常规？对，就是因为你打破常规，才成了巡查队的队长；就是因为你打破常规，才受到校长的器重；还是因为你打破常规，我就活该一辈子屈居于你之下。"

原来是私怨！

顾晓晴不想参与其中，她起身说："我吃饱了，先走了。"

"我也吃饱了。"成卫东立马反应过来，拉着不明所以的李可一起离去。

屋里只剩下陆达和袁则行两个人。

陆达用十分平静的口吻说："老袁，你是因为我是你的顶头上司，所以才这么生气，对吗？"

"对。"袁则行毫不避讳地承认，"我不觉得有什么地方比你差。论资历论经验，我哪一点不如你？就因为那次我跑得没你快，没能像你一样亲手抓到歹徒，所有的赞美、掌声、鲜花全都是你一个人的了！"

"我从来没有这样想过。在我心里，你一直是那个带我入行、帮我改正错误、与我一同并肩作战的同志。"陆达站起身来，缓缓走到袁则行身边，"其实，我早有感觉，你在刻意疏远我，我没有机会跟你解释，也不知道和你说什么才好。我只想告诉你，我们从小一起长大，你是我的兄弟、我的家人，无论什么时候都不会改变。"

成卫东三个人站在院子里，哪儿也不敢去。半天听不到屋里的动静，李可急得在院子里走来走去，时不时地停下脚步，抻着脖子向屋里张望。

顾晓晴并不关心陆达和袁则行的事情，她站在一旁暗中上下打量成卫东，不知在琢磨什么。过了好一会儿，她温柔地开口："成卫东同学，你到底是怎么用青铜铃铛看到那些景象的？"

"我也不清楚。"成卫东挠挠头，"我每次听到那个铃铛声都会头疼，顾医生，我是不是生病了？"

顾晓晴摇头："你没生病，我只是有些好奇，毕竟这种奇遇不是每个人都有的。"

成卫东回应："其实我不想要这种奇遇，只想顺利毕业，找个好工作，早点赚钱。"

"是个好孩子。"顾晓晴笑眯眯的，昏黄的灯光懒洋洋地散落，那张脸似乎半暗半明。

这时，袁则行的声音从屋里传了出来："你们几个站在外面干什么？快进来吃饭！"

听那声音似乎缓和了许多，三人赶紧进屋。陆达和袁则行又成了谈笑风生的哥们儿。

气氛回暖，陆达开了口："大家好好休息，晚上有场硬仗要打。"

18

趁着茫茫的夜色，五个人再次来到峡谷，成卫东挽起衣袖："我先去给大家探探路。"陆达递过鼓励的眼神。

成卫东在众人的注视下缓步走进峡谷。伴随风声和脚步声的振动，两侧的石壁开始缓慢移动。

成卫东屏住呼吸，尽量控制动作，他收起紧张的心情，轻柔地迈开双腿，一步、两步、三步……

成卫东仿佛变成了一只拖着碎壳的小蜗牛，生怕碎片掉落，失去宝贵的生命。他走啊，走啊。石壁越来越近，空间越来越狭小，成卫东的呼吸也变得越发的急促。

峡谷外，众人目不转睛地盯着他，心提到了嗓子眼儿，几乎忘记了呼吸。

忽然，左侧的石壁碰到他的肩膀，成卫东身体一震，暗道不好。他抬头看去，石壁已经闭合，眼前尽是黑暗。这次，成卫东却没有失去知觉，他甚至可以看到暗处的微光，那是一帧帧清晰的画面……

"成卫东！"陆达在外面大喊。

石壁紧紧闭合，意味着成卫东再次失败，熟悉的轰鸣声由远及近呼啸而来，那是数不清的尸虫。

众人再次从失望中醒来，找不到任何出口。

成卫东却双眼发亮，兴奋地大喊："我知道是怎么回事了，我看到了。"

"什么？"李可好奇地问。

成卫东点头："生死谷，人字天。陆队长，你记不记得档案上写过，曾经有一群术士来过龙脊天梯，后来消失不见了。"

陆达说："是的，据说是跌落山崖了。"

"古人讲天人合一，'人字天'就是解开机关的关键！"成卫东的身体因兴奋而颤抖起来，"天人合一，天就是我，我就是天。我不会伤害自己，天也不会伤害自己，所以只要心里坚定信念，物我两忘，就不会受到伤害。"

众人听得糊涂，都是一副一脸茫然的样子。成卫东进一步补充说道："石壁根本不会伤害我们，是我们心生害怕，才招来伤害。换句话说，那条峡谷可以感应到我们的恐惧。"

"峡谷成精了？"没人相信成卫东的这番说辞，就连一向支持他的陆达都陷入了怀疑。

成卫东却一改往日的懦弱，充满信心地说道："相信我，今晚我们一定能穿过那条峡谷。"

袁则行悄悄地问陆达："他说的是真的吗？我怎么觉着一点都不靠谱呢？"

"实践出真知。我们现在没有别的办法，只能大胆假设，小心求证。"陆达想了想，"如果他的办法实在行不通，我们就硬闯过去。"

这是巡查组五个人第四次来到峡谷，成卫东充满信心地走进峡谷，英气的少年对两侧石壁的靠拢丝毫不在意。那瘦弱的脊梁和梦中周逸农的背影重叠、分离、再重叠、再分离……

两个人似乎穿越了时空，在此时此地重逢。

但是，阻碍随影而至，两侧的石壁逐渐接近他的肩膀，十厘米、五厘米、三厘米、一厘米……

毫厘间的距离宛如细小的针孔逼近世上最珍贵的瞳孔，在石壁刺入的瞬间，成卫东的身体发出无形的力量，那是一道强光，随即"哗"的一声，碰到他的石壁变成无数灿烂的小光点。

浪漫的光点倒映在冰冷的石壁上，映出一幅幅动人的画面。

成卫东没有慌乱，他深吸一口气，迈着从容的步伐走出峡谷。待他回头展望，神奇的石壁在光芒中复归原位，只有头顶的"人字天"停留在上空。

"天啊，太神奇了！"陆达等人虽然不能理解，却大受震撼。不过，此时峡谷机关已破，尸虫、藤蔓无所顾忌地卷土重来。

"快跑！"陆达带领大家冲进峡谷，尸虫和藤蔓紧随其后。峡谷是藤蔓和尸虫大施拳脚的好地方，藤蔓顺着岩壁飞速爬行，一个猛子扎下来，挡住顾晓晴的去路，尸虫顺势而上，将她团团围住。

陆达拿着长刀，袁则行持着火棍冲上来，他们救出顾晓晴，闪耀的火光为阻拦尸虫争取了必要的时间。

三人刚刚逃出尸虫的包围，顾晓晴从医疗包里掏出一个小瓶子扔给陆达："酒精喷雾，接着！"

"老袁！"

"明白！"

顾晓晴飞快地逃离现场，袁则行举着火棍，陆达朝着火苗喷酒精喷雾。火焰如同一条活龙喷射而出，将冲到面前的尸虫、藤蔓烧成了焦炭。

陆达将喷雾瓶盖扭开，扔到半空，袁则行顺势将火棍抛了出去。剧烈的爆炸从狭窄的缝隙中快速蔓延，陆达和袁则行扭身就跑。

风声、火声、炸裂声、嘶吼声传遍峡谷，那些说不清的东西再也出不来了。

第十一章　食腐鸟

19

巡查组五个人有惊无险地穿过人字天峡谷，顺着悬崖峭壁继续前行，这是一条黑漆漆的隧道，手电的光芒有限，只能在黑暗中摸索前行。陆达默默用心记着步数，大约走了有五百米的距离，前方出现了一束光。

黑暗中的光弥足珍贵，除了驱散恐惧，更是带给人希望。

"那里是不是出口？"李可兴奋地说道，众人也加快了脚步。

随着众人的靠近，光芒越来越强烈。袁则行光顾走路，一不留神，人"唰"地一下往下坠。幸好陆达反应快，一把抓住他的衣领。

"停！"

陆达拦住大家。

待五个人的眼睛重新适应光线才看清楚，山洞的出口根本没有路，那是一座年代久远的木质吊桥。

吊桥看起来破败不堪，木板间的缝隙像极了老人残缺的牙床。一阵阴冷的风吹过，吊桥飘了起来，锈蚀的藤绳发出"嘎吱嘎吱"的声音，仿佛在低泣这么多年的风雨飘摇，又仿佛在哼唱摇篮里的歌谣。无论怎样，都逃离不了生命最后的哀歌。

"我们要从这里过去？"李可看着桥下湍急的河水，往后退了几步。

"从峡谷过来只有这一条路，我们一定要过去，你不会是恐高吧？"袁则行看他瑟瑟发抖的模样，安慰道，"别怕，跟在我后面。"

"好。"李可嘴上答应下来，双腿却抖得厉害。

陆达皱起眉头："这座吊桥看起来有些年头，贸然过去，太过冒险。"

"那怎么办？这里只有这一条路。"成卫东四处张望。

"一条路？"陆达瞟了眼下面的河流。

"水路？"成卫东连连摆手，"太高了，万一失手就麻烦了。"

"嗯，我有一个想法。"顾晓晴眨着大眼睛，"吊桥虽然古旧，但是过一个不太重的人问题不大。我可以过去把绳子绑到对面，即使吊桥塌了，我们也可以通过绳索爬过去。"

"好主意。"陆达微笑，"这也是武侠小说里学来的？"

顾晓晴愣了一下，尴尬地笑了笑。

"李可，你可以吗？"成卫东担心地看向可怜的李可。

李可点点头："没问题，我以前接受过攀爬训练。只要不睁眼，肯定没问题。"

"好，那就这么办。"陆达从包里掏出绳索，在顾晓晴的腰上绑了一个结实的扣结，另一头绑在吊桥的石柱上。虽然他对顾晓晴的身份存了一丝疑惑，但是仍然郑重地叮嘱她："注意安全。"

顾晓晴面色凝重地点点头，在众人的注视下，小心翼翼地踩上破旧的桥板。吊桥很长，水汽很重，木板极其湿滑，顾晓晴刚踩了一步，就是一个趔趄。

她急忙抓住吊桥上的草绳，这才勉强站住不再晃动，她顺势调整了一下呼吸。

"小心。"陆达大喊。

顾晓晴瞄准下一块木板，半跳半跨地踩了上去。孤独的吊桥已经许久没人来过，桥身剧烈晃动。

不知道是激动还是抗拒，顾晓晴站在原地，等着桥体平静下来才寻找下一块木板，小心谨慎地跳过去。

就这样一块，一块，又一块，足足花费一个多小时才走到对岸。众人的心跟着起起伏伏，直到看见纤柔的身影平安到达，才算是松了口气。

顾晓晴麻利地将腰上的绳索解下来绑在吊桥的石柱上，为保险起见，她特意打了一个死结，还谨慎地拽了又拽，确定扣结绝对结实之后，才向对岸比了个手势。

陆达和袁则行对视一眼，两人心照不宣地后退一步，李可第一个上了吊桥。

"我不行，救命。袁叔，陆队，救救我啊，我动不了了！"李可抓紧绳索，半蹲在吊桥上鬼哭狼嚎，死活不敢迈出一步。

成卫东心肠软："陆队长，袁老师，这样不太好吧。"

"帮他练练胆子。"袁则行"阴险"地笑着说，"别嚎了，闭眼往前走。别尿，你个尿包。"

李可停止号叫，但依然不敢动。

陆达使出了激将法："顾医生一个小姑娘都敢单枪匹马地走过去，你一个顶天立地的男人怕什么？还不如一个小姑娘吗？快点站起来，抓住绳索，看清桥板，一块一块踩过去，别在顾医生面前丢人。"

不能丢人，事关尊严。李可真的鼓起勇气踩了过去，他的双手紧紧地攥着绳索，直到桥体不再晃动才继续前行。成卫东看在眼里，心里却想：以后千万不能让陆队知道我怕什么，真是太可怕了。

李可吊着一口气挨到对岸，握紧了那双白皙的小手。这一刻等待太久了，付出都是值得的。

"成卫东，你过去。"陆达喊道。

"好。"成卫东痛快地走上吊桥，他不恐高，又是初生牛犊不怕虎，他拽着绳索飞快地在吊桥上穿行，看得大家直发愣。

袁则行看着他身手矫健的模样，忍不住地提议："这小子身手这么好，以后给安排到咱们保卫处，是个好手。"

陆达点点头："我正有此意。到时候问问上级的意见，给他一个参加考核的机会。"

成卫东丝毫不知岸边的两只"老狐狸"已经对自己虎视眈眈了，他一直在专心过吊桥，就差最后一块桥板就能上岸，顾晓晴和李可已经朝他伸出温暖的双手。

突然，成卫东脚下的桥板突然断裂，他来不及抓绳索，整个人以仰卧的姿势掉了下去。

"成卫东！"

陆达趴在吊桥边，向下张望。成卫东趴在一个突出的山体上，像一只断尾的壁虎紧贴着石壁。他的头顶是遥不可及的吊桥，脚下就是湍急的河流。山壁的碎石不时地掉落，瞬间被翻滚的浪花吞没，没有一点痕迹。

"马上过桥。"陆达和袁则行做出过桥的决定，二人一起走上吊桥。桥板无法承受两人的重量，纷纷断裂。两人紧握绳索，悬空前行，艰难地抵达对岸。

陆达刚落地，就朝桥下大喊："成卫东，撑住，我这就来救你。"他从包里掏出另一条备用绳索，熟练地绑在自己的腰上。袁则行将另一端绑在石柱上，叮嘱："多加小心。"

陆达拽着绳索，双脚交替地蹬着石壁快速下行，靠近成卫东的时候，他腾出一只手："抓紧我。"

"不行。"成卫东咬着牙说，"我一松手就会掉下去。"

陆达瞄了一眼，他说得没错。如今的成卫东就像长在石壁上一样，他和石壁、碎石形成了一个微妙的平衡，如果移动一点打破平衡，真的会掉进河里。

陆达想了想，用力地用双脚蹬住石壁，让绳索、身体与石壁形成一个稳定的三角形："放绳子！"

袁则行听到指令，立即往下放绳索。

陆达顺着绳索的长度下行几步，随后单手解开腰间的绳索拽住，惊险地来到成卫东偏上的位置，再将绳索重新绑在腰上。与之前不同的是：这一次，他腰间的绳索多出一段长度。

陆达甩出绳索那段用性命换来的长度，垂到成卫东面前："咬住绳子。"

成卫东鼓起勇气，盯着眼前的绳索，瞄准位置，等到头顶的碎石散落，他猛地张嘴，死死地咬住绳索。

突然，突起的石壁生生地断开，上半身的剧烈摇晃打破了突起的石壁与双脚之间的平衡。成卫东脚下一空，整个人叼着绳子悬空贴在石壁上。

成卫东突然的泄力让上面的人有些猝不及防，袁则行差点被向下的力道拽下山崖："哎哟喂！"

陆达也受到连累，身体失衡，像坠落的大鹏在空中摇摆。他努力地踩住可以支撑的石壁，但是石壁好多地方已经酥了，无法支撑他的重量。

怎么办？陆达的体力在一点点地消耗。

青铜铃铛随着他身体的晃动发出声响："当当当！"

成卫东听到铜铃的声音，双眸变得模糊起来，他看到一个山洞，周逸农就在山洞里面。

"周太白！"他想上前去问，可是刚往前走一步，手腕就传来一股强大的力量，直接将他拽出山洞。

一股钻心的疼让他清醒几分，再睁眼看：哪有什么山洞，脚下是湍急的河水，陆达正紧紧抓住他的手腕。

其实，青铜铃铛响起来的时候，陆达也听到了。他心头一紧，下面那位"小祖宗"果然又中招了，眼见他的眼神逐渐迷离，陆达一个箭步跃过去抓住他的手腕，再晚一秒成卫东就下去喂鱼了。

"抓住，别松手！"陆达一手拽着绳子，一手拽着他，手臂上青筋暴起，脸颊连带着脖子憋得通红一片。

成卫东反应过来，立刻停止挣扎，抓紧救命的手。

"拉上去！"陆达仰头大喊。

袁则行收到指令，与李可、顾晓晴合力将两人拉上来。

成卫东、陆达安全上岸，瘫坐在地上大口喘息，袁则行揶揄道："你们俩在下面干吗呢？好家伙，差点把我报销了。"

成卫东坚定地说："我又看到周逸农了。"

这句话仿佛让时间静止下来，众人都停下手里的动作。

成卫东继续说道："我看到他在一个山洞里，好像在做着什么事情。"

"山洞？"李可怔怔地指向树丛下半隐半现的山洞。

20

神秘的山洞与之前的山洞没有任何区别，从洞口望过去，直通到头，五人快速穿过山洞，进入一片青山绿水之中。

清澈见底的小河哗哗流淌，小河的两岸一片坦途，远处的山壁陡峭高耸，偶尔有几只黑色的长尾巴鸟落在山壁上嘶哑着嗓子鸣叫，随即展翅飞翔。

"那是……"成卫东指着一处石壁。

众人仔细望去，发现几只长尾巴鸟站立的地方不是石壁，而是长在石壁上的东西，那里不时还有鸟跳来跳去。

那分明是……李可半天吐出一句："那是棺材吗？"

是的，陆达转了一圈，两侧的石壁上满是棺材。有的年代较近，棺材保存得比较完整；有的年代久远，棺材破损得厉害，被长尾巴鸟拿来筑巢；而有的棺材什么也没剩下，只有一副破烂的木板。

"过去看看。"陆达提议。

五个人脱下鞋子，挽起裤腿，小心翼翼地蹚过小河，走到近处。或许是因为"人字天"给大家留下严重的心理阴影，如今看到两侧都是石壁，大家下意识地去观察这些石壁是否有并拢的迹象。

幸运的是这里的石壁很友好，那些鸟似乎对突如其来的生人十分好奇，纷纷从巢里探出脑袋，好奇地打量着他们。

有一些胆子大的鸟甚至飞了出来，在上空盘旋，不时发出"咕咕""咕咕"的声音。

"这是什么鸟？一点都不怕人。"李可颇有童心地蹲下来跟一只小黑鸟对视，甚至还模仿对方歪头的模样。

或许是他惹怒了小黑鸟，一会儿的工夫，五个人的周围落满了黑鸟。那"咕咕"的叫声此起彼伏，颇有声势。不过，让人害怕的是那一双双小而聚光的眼睛，仿佛锋利的钢针钉进每个人的身体里。

袁则行打了个寒战，悄悄对陆达说："我怎么看着这鸟瘆得慌呢？"

"我也感觉不太对。"陆达盯着崖壁棺材里的一只小鸟，幽黑的瞳孔慢慢冷去。那只鸟竟然一头扎进棺材，叼出一只腐烂的手臂，一口口地吞着腐肉。

"是食腐鸟。"陆达脱口而出，"不好。"

突然，李可惨叫："啊！"

那只盯了他半天的小黑鸟跳了起来，差点啄了他的眼睛。幸亏李可闪躲得及时，鸟喙只啄到他的颧骨，即便是这样，他还是破了相，疼得要命。

小黑鸟威武地拍着翅膀在空中盘旋，地上的黑鸟也纷纷而起发出吓人的声音。

"食腐鸟极具攻击性。"陆达从腰间抽出长刀，喊道，"大家小心。"

五个人拿出长刀，背靠背围成一个圈，严阵以待。

李可的脸颊见了血，鲜血的味道刺激着食腐鸟的神经，它们不要命似的扑了过来。

"快给他止血！"陆达将李可挡在身后，挥舞长刀，将两只食腐鸟劈成两截。

"收到。"顾晓晴立刻从随身的医疗包里掏出包扎棉垫摁在李可的伤口上，又去包里翻找医用胶带。

这时，又一群食腐鸟袭来，袁则行和陆达合力将其驱散，成卫东还杀了两只。随即，鸟的身体里喷出绿色的血液，散发着阵阵恶臭。这味道，人闻了是生不如死，对于食腐鸟来说却是珍馐美味。

李可的脸上贴上了胶带，血腥味儿减淡消失，食腐鸟们将目光投到了死去的同伴身上。

它们围着尸体抢食儿，看得让人恶心反胃。趁着空当，五个人赶紧离开。

也不知道跑出去多远，空气里不再有那股难闻的味道，更看不见食腐鸟的身影，五个人这才在一个半开放的山洞前停了下来。

"那玩意儿太邪性了，自己的同伴也下得去手！"李可一想起那个场景，胃里就有些翻江倒海，他想到自己的脸蛋还被那张嘴"亲"了一下，越想越觉得恶心。

"它们不会再追过来吧？"袁则行心有余悸地仰头看了一眼。

"嘭！"

头顶的斜上方传来一声巨大的声响，五个人警觉地握紧手中的长刀，神情紧张地看向声音的来源处，那是一口巨大的悬棺。

第十二章　镇龙木棺

21

巨大的悬棺发出的响声，将巡查组的注意力全都吸引了过去。陆达和袁则行举着长刀慢慢靠近悬棺，这时声音又突然停止了，五个人在崖壁底下等了半天，那口棺材不再发生动静。

"要不要开棺看一下？"袁则行提议。

成卫东摇头："我们老师在课上说过，这里的人有悬棺下葬的习俗，我们不经过人家的家里人同意就直接开棺，会惹麻烦的。"

"没错，现在找周逸农最重要，多一事不如……"陆达的话还没说完，棺材居然从崖壁上砸了下来，多亏袁则行眼疾手快地拽了他一把，否则这个地方又要多一副新棺材了。

棺材落地，棺材盖飞走，里面的尸体以一个扭曲的姿势从里面滚出来，停在陆达脚边。

"这算是死者自己报案吗？"李可小声地问。

面对这一变故，众人一时间不知如何是好。

"尸体有问题。"在尸体面前，顾晓晴比任何人都冷静，她干练地戴上手套查看尸体，"看他的穿着打扮，不像是当地人，这具尸体刚刚断气。你们看，尸体手指上的伤口还没有完全结痂，在流血。死者的嘴唇和脸呈青紫色，明显是窒息死亡的特征。所以，我猜测死者生前是被活活闷死的。死亡时间是一分钟前，我明白了。"

顾晓晴瞪大双眼："我们刚才听到的声响应该是他断气的时候，手掌碰到棺材所发出的声音。"

成卫东站在后面不敢上前看，陆达、袁则行、李可站在尸体前，听着顾晓晴的分析。

袁则行不解地问："顾医生，你有这本事干法医多好，窝在校医院可真太屈才了。"

顾晓晴笑了笑，说："这具尸体的死因很明显，我们卫校毕业的都能看出来。如果再复杂些，我就真的无能为力了。"

陆达看过棺材，沉重地说道："棺材上的血迹和抓痕还没有干涸，如果这具尸体是刚刚断气，那么他手上的伤应该就是抓挠棺材想要逃出去而造成的。可是这个人是谁？他为什么会被关进棺材里呢？"

李可的声音从山洞的内侧传来："你们快过来看，这有东西。"

半开放的山洞前后没有石壁的遮挡，只有摆满棺材的两侧石壁和一个类似拱形的穹顶。李可和成卫东穿过山洞跑到了后面。陆达三人闻声而去，发现山洞后面是一片宽阔的场地，三面被高大的山体包围，每一面山体上都摆满了悬棺，场地正中央立着一块石碑，石碑后面是一口年代久远的井，井沿儿长满了墨绿色的青苔。

成卫东壮着胆子，趴在井沿儿，向下张望，里面黑咕隆咚，什么也瞧不见。李可就聪明多了，他从地上捡起一块小石子投入井中，过了一会儿才听到闷闷的回声。

"是口枯井。"陆达笃定地说。

顾晓晴一直站在石碑前，皱着眉头，盯着石碑上的文字："这是篆体？你们有人认得篆体字吗？"

虽然大家听说过什么大篆、小篆，但是当他们亲眼见到那密密麻麻的笔画时，看得他们头晕眼花。

"不行我看不了这个，我眼晕。"袁则行一脸痛苦地捂住眼睛别过脸去。

所有人都对石碑上的文字束手无策，除了成卫东。

"镇龙棺。"他喃喃自语。

陆达一脸惊奇："你看得懂篆体？"

成卫东有些不好意思："学校里有文字学这门课，我还在学，认识一些。"

文字学教这个？陆达有些怀疑，学校里的老师他几乎都认识，没听说谁有辨别篆体的本事，如果真有，也早让省里的高校挖走了。

陆达将目光定在成卫东身上，有身手、会篆体、体质异常。

这一路上的行为，丝毫不像是毛头小子的性情。

成卫东有秘密！陆达没有说破，而是选择了沉默。

"这里到底说什么？"李可起了好奇心。

"我试试。"成卫东边看边比画，"好像是说一千多年前，有一条恶龙降临在这里，残害百姓无恶不作，这里的人奋起反抗，最后有一百零八位勇士自愿献身，用鲜血和生命把恶龙永远封印在井中。"

"没了？"袁则行问。

"没了。"成卫东摇头。

"这不就是个神话传说吗？"袁则行一脸疑惑地说，"我听说很多地方都有类似的传说，尤其是什么庙啊、道观啊之类的地方，这种故事更多。这能说明什么？"

李可似乎想到了什么，抬头开始数数，当他数完最后一口棺材，脸色白得像一张纸："真的是一百零八副，那口井里不会真的有龙吧？"

袁则行反驳道："怎么可能？龙只是一个图腾，是古代部落四处征战，将战败一方部落的图腾融合到自己部落图腾里而形成的。那是古代人们杜撰出来的东西，实际上根本不存在的。"

他话音刚落，井里传出一阵令人毛骨悚然的低吼声。这声音沉闷阴森，像是一只从远古走来的庞然大物在无助地嘶吼。声音在三面山壁间回荡，山壁上的棺材也随着这声音开始震动。

"快闪开！"陆达生怕再有棺材掉下来，赶紧招呼大家撤回山洞里。

凑巧的是棺材震动的时候，青铜铃铛也随之产生了共鸣，可惜陆达只想着躲避棺材，没有注意到这一点。好在这恐怖的声音很快消失了，棺材也停止了震动。

"不是说没有龙吗？刚才那是什么东西？"李可颤颤巍巍地问。

"风声。"陆达解释说，"风吹进狭窄的空间就会发出鬼叫一样的声音，再加上枯井会反射声音，所以出现这种声音也不足为奇。"

"那也太吓人了吧？我还以为真有龙呢。"李可拍拍胸脯，佯装镇定。

但是成卫东却直勾勾地盯着那口井，他明明在那声音中听到有人在叫自己的名字："成卫东、成卫东……"

那声音凄惨又殷切。

成卫东慢慢走到井边，向下张望，下面似乎有东西在召唤自己。

突然，一道光柱穿破黑暗，射进古井，是陆达打开了手电："你不会也怀疑这里面有龙吧？"

"我……"成卫东想把刚才听到名字的事情说出来，却被李可打断。

李可指着石碑说："你们看，这石碑后面有一幅画。"众人凑过去看，画面一分为二，右边是一群手持长矛的人，左边是一条黑色的巨龙。可能是因为作画的时间太过久远，绘画水平又不高，这条黑色的巨龙乍一看更像是一条加大版的森蚺。持矛人对着巨龙，双方像是在对峙。

画面的左下方刻着一行细小的篆体，李可立刻招呼："成卫东，这有一行字你来看看。"

"哎，来了。啊……"成卫东起身太急，忽视了井沿儿一圈墨绿色的青苔，脚下一滑，一头栽进了井里。

事情发生在眨眼间，谁也来不及反应。众人迅速围拢过来。袁则行把手放在嘴边作喇叭状，朝下面喊："成卫东，成卫东，能听到吗？"

可惜，井里返回来的除了他的回声外再无其他。

陆达翻出绳索就要下井救人。

"陆达，你要干什么？"袁则行一把摁住他的手，"下面什么情况都没摸清楚，你就这样下去太冒险了。"

"我不能在这里干等着，是我提议他加入巡查组，我有义务对他的生命安全负责。"陆达甩开袁则行的手，把绳子往腰上绑，"我把一个活蹦乱跳的大活人带出来，就一定要把人再全须全尾地带回去。"

"陆达你听我说，我知道成卫东对我们寻找周逸农来说很重要，但你是组长，你是我们巡查组的组长，你得保重自己留下来主持大局。"袁则行暗中用力与陆达抗衡，争夺他手中的绳索，阻止他做傻事，"让我下去吧，要不是我喝酒误事，就不会给周逸农出校的机会，也就不会有后面的事情。再说了，这可是我戴罪立功的好机会，你说呢？"

"老袁……"陆达心里清楚，袁则行是不希望他去冒险，所以才用"戴罪立功"做挡箭牌。

袁则行从陆达手里接过绳索绑在自己身上，边绑边说："别说了，再磨叽下去，说不定那小子就真出事了。"

"我也去。"顾晓晴说，"万一出事我可以帮上忙。"

众人默认了顾晓晴的提议。陆达和李可把绳索的另一头绑在石碑上，在井口上方扯着绳子小心翼翼地把两人先后放了下去。

井里很黑，即使两人打着手电也不能照亮井里的全貌。袁则行顺着绳子慢慢下去，大概过了二十分钟，他的脚才踩到坚实的地面。

"顾医生，小心。"袁则行扶着顾晓晴从绳索上下来。

两人打着手电晃了一圈，没有发现成卫东的影子。不过，顾晓晴的手电从地面一晃而过，余光好像看到了什么东西，她急忙把手电打回来照向脚下的地面。

井底虽然没有水，却沉了一层厚厚的淤泥。成卫东掉下来的时候应该是脸朝地，所以他们脚下踩着的正是成卫东留下的痕迹。

看着那无意间留下的五官扭曲在一起的表情，顾晓晴似乎能够想象到他掉下来吃了一嘴臭泥的痛苦。

"这是？"袁则行也发现了成卫东留下的"痛苦面具"。虽然这是个悲伤的事情，可是他突然看到地上的这玩意儿着实忍不住想笑。只不过碍于顾晓晴在身边，他还是努力地维持着保卫处干事的严肃。

就在他即将破功的时候，顾晓晴却突然说："太好了，有这层淤泥垫着，他就算受伤也不会伤到骨头。我们还有时间。"

袁则行努力憋着笑一本正经地点头。玩笑终究是玩笑，还是正事要紧，他立马收敛心思，用手电四处寻找可疑的地方，终于在侧面下方的角落里发现了一个狗洞。此时，顾晓晴顺着成卫东的脚印找来，两束手电在小小的洞口前相遇。

"这个……"袁则行看看狗洞，又看看自己的身形，好像是不太能钻过去的样子。

顾晓晴打量了一下自己的身形，似乎可以过去。她刚想对袁则行说让她钻过去探探路，却没想到对方二话不说，对着狗洞上方的墙就是一脚。

墙壁那头是空的，他这一脚下去踹碎了半人高的墙壁，险些闪了腰。

井壁倒塌的声音通过深井回音直接传了出去，发出雷鸣一样的轰鸣声，吓得陆达和李可慌忙探头下去大声询问："老袁、顾医生，能听到吗？"

过了一会儿底下才传回了袁则行的回答："能。井底没有发现成卫东。但是我们发现了一个通道，我们先去看看。"

"喂！"陆达想劝他们别冲动，可转念一想就算拦着他们，依照袁则行的个性也未必就会回来，还不如让他们放手去干，"你们多加小心。"

底下没有回应，看来是已经进入了他们说的那个通道了，陆达心情沉重地叹了口气。

狗洞虽小，通道却大，足够容一人直立穿行。袁则行和顾晓晴打着手电顺着成卫东泥泞的脚印一路跟过去，但是脚印在通道的出口处凭空消失了。他们左右寻找都没有找到蛛丝马迹，就好像突然人间蒸发了一样。

两人找不到脚印，只能抬头看看四周：这里是一个宽阔的圆形场所，拱形的洞顶上镶嵌着一颗硕大无比的珠子，那是山洞里唯一的光源。珠子下方，山洞的正中央是一个水潭，水潭中央有一个凸起的圆台。圆台在东、南、西、北、东北、东南、西北、西南八个方向伸出石头做的锁链浸入水潭中。正南和正北两个方向各搭了一座石桥通向圆台。圆台上放置着一张石床，石床上躺着一个人。

两人从北边的石桥上跑过去一瞧，袁则行差点当场吐出来。就连在大体老师的身上练习过的顾晓晴都忍不住皱眉。

石床上躺着的不是成卫东，而是一个陌生人。这个人的上衣被撩开散在两旁，上半身从胸口到小腹被剖开，肋骨像一个翻盖礼盒一样被打开翻在胸腔之外，五脏六腑不翼而飞，只留下一个空壳。更可怕的是这人的双手双脚有被捆绑过的痕迹，他死前的表情痛苦狰狞，眼睛瞪得老大，极有可能是在活着的时候被人开膛破肚，被人活生生地取走了内脏器官。

两人还沉浸在震惊中久久不能回神的时候，山洞外面传来了有人说话的声音。他们赶紧跑下石桥躲在通道后面，把自己隐藏在黑暗中，从通道里探出半个脑袋打量来人。

是两个人。

这两个人的穿着打扮十分怪异，一套长长的红色袍子，脖子、肩膀和手腕的位置插满了五颜六色的羽毛，头上戴了一顶由羽毛拼接而成的高帽子，两根长羽毛从帽顶中央甩出去，像戏服的翎子一样随着他们的走动而四下摆动。

两个人说说笑笑地从南边的石桥登上圆台，其中一人拿着刀子从尸体的大腿上割下一大块肉，放在另一人双手托着的木盘上。

托木盘的人看到这么一大块人肉，非但没感到恐惧恶心，反而垂涎三尺，像是受了诱惑一样两眼冒光地把头凑近，张开嘴想痛快地咬上一口。

拿刀的那人看到这一幕，咳嗽了一声，那人不情不愿地闭上嘴抬起头。割肉的人指着托盘里的肉说：“这肉是要留着当祭品的，给他吃了，再拿他祭上主，上主就会保佑我们长命百岁。”

“知道了。”托木盘的人神情恢恢地嘟囔。

“这次的祭品还挺厉害的，活蹦乱跳的，我们好几个人才把他捆起来，上主一定会喜欢的。”拿刀的人边说边从尸体的肋骨上剔下一些碎肉扔进托盘。

听着两个人的对话，袁则行和顾晓晴差点把隔夜饭吐出来，为了不被发现，他们只能强行忍下恶心。直到听不到脚步声和说话声，他们才赶紧出来扶着石头一通干呕。

“他们说的那个活蹦乱跳的，该不会就是成卫东吧？”顾晓晴推测。

“八成是，我们跟上去看看。”袁则行说。

两人偷偷地从山洞跟出去，躲在山间的草木中，利用地理优势居高临下地追踪那两个人的去向。

他们一路跟到了村寨口。整个村寨由一根一根粗壮的树干围成，树干的顶端都被削出了一个一个宝剑尖儿，直冲云天，村寨大门的横梁上挂着一个巨大的野兽头骨。顾晓晴一时之间也没认出来那到底是个什么东西。

村寨里人来人往，村民们的衣着打扮十分落后，不过，大家见到拿刀拿托盘的人却都毕恭毕敬，纷纷向两人鞠躬行礼。

两人一瞧这村寨里这么多人，想救出成卫东恐怕是难如登天，还是得回去跟陆达商量一下对策。

第十三章　神秘村寨

22

　　袁则行与顾晓晴悄悄地原路折返，经过山洞的时候，他们忽然感觉到一股阴风从水潭上吹来，吹得他们毛骨悚然。顾晓晴下意识地看向那具惨不忍睹的尸体，他张大的嘴巴好像有什么事情要说。顾晓晴只感觉心头一颤，好像这具尸体所受的刑罚在自己身上又重演了一遍，一股莫名其妙的恐惧从她的心底冒出来，吓得她赶紧别过头，跟紧袁则行离开这里。

　　两人从井口上去，将事情原原本本地告诉了陆达。听到袁则行说自己一脚踹开了狗洞的时候，陆达心里又惊又怕，心想：这老袁怎么还是那么鲁莽！好在这次没出事，万一井壁塌陷把他们两个全埋了怎么办？

　　"村子里的人不少，来硬的肯定是行不通的。"袁则行说，"我们得想个办法，悄悄地进去，再悄悄地把人带走。"

　　"我们得快一点了。"顾晓晴一脸担忧地说，"我记得他们说要拿成卫东祭上主，我怕他们……"

　　"怎么还会有拿人祭天的陋俗？这村子一定有问题。"陆达面色沉重地说道，"而且在你们下去之后，我又去看了眼那具尸体。"他指了指那副从上头掉下来差点砸死自己的棺材，"我怀疑他是逃犯。"

"逃犯？"众人惊讶地看着他，"他怎么会死在这里？还被人装进棺材活活憋死？"

"这就是蹊跷的地方。"陆达说，"我原本以为他只是躲在这个深山老林里逃避追捕。可是看他的死状，再结合你们所看到的事情，我怀疑他是被村子里的人谋杀的，杀人的目的就写在那石碑上。"

"你是怀疑村子里的人用活人来祭镇龙棺，以此祈求上苍保佑？"袁则行说。

"没错。"陆达说，"成卫东落在他们手里恐怕是要凶多吉少了，我们得赶紧进村。"

站在一旁听了半天的李可拦下他们："等一下，我从袁叔和顾医生的话里听出那些村民不像是很好说话的样子，如果我们的行踪被发现了，他们不肯放人，还要把我们也搭进去，我们该怎么办？"

"这个大家放心。"顾晓晴拍了拍随身医疗包，"我带了一些麻药。原本是为了疗伤时用来麻醉的，如果真到了万不得已的时候，我们就可以用这个保命。"

"顾医生你真厉害。"三人动作整齐划一地向她竖起了大拇指。

"出发。"陆达说。

四个人依次下井，通过井下通道，穿过山洞，顺着山间小路来到了村寨门口。见到陌生人来访，村子里的人倒是十分热情。村长收到消息一路小跑着出来迎接，这场景倒是让他们感到有些出乎意料。

袁则行和顾晓晴也感到有些迷糊，这些村民一个个笑脸相迎，跟之前他们看到的诡异场景根本就是天差地别。如果不是在人群里看到去山洞里取肉的人的面孔——尽管他们已经换下了奇怪的衣服，跟村民们的穿着一致，两人可能真的要怀疑之前是不是自己眼花看错了。

"村长来啦！"不知道是谁喊了一声，原本将陆达等人围个水泄不通的人群突然向两边闪开，让出一条路来，一个身形消瘦的佝偻老头向他们走来。

陆达主动伸出手："您好。您是村长吧？我们是来这里旅游的游客，不小心在山里迷路了，请问能不能在村里借宿一晚？"

"当然可以，我们这里已经很久没有外人来了，欢迎欢迎。"村长握着陆达的手不撒开，说话的时候拼命摇晃，陆达几次想要挣脱都以失败告终。

村长把陆达等人带到一个荒废的小屋里，说："我们这个小地方，荒山野岭的，很少有外人来，所以只能委屈你们住在这里了。你们饿了吧，我马上就叫人来给你们送饭。"

"好，谢谢您。"陆达说。

村长离去的时候，外面还有很多村民在房子附近伸着脖子朝着这边好奇地打量。

陆达关上门甩了甩手，脸色黑了下去。这老村长看着岁数挺大，人也瘦削，可手劲儿却是不小，陆达手上的红印到现在都没消，甚至还有红肿的迹象。

袁则行透过窗户打量周围的环境："陆达你看，这里四周都有人家，出了这道门，我们的所有动作就全都在他们的眼皮底下，现在就是不知道他们晚上会不会出没。"

在他们说话的时候，附近已经来来回回走过了很多人，还有一些村民明目张胆地对着他们指指点点。

陆达皱了皱眉，说："现在首要的事情是找到成卫东的位置。"

袁则行十分赞同他的说法："没错，一会儿我带李可出去逛一圈，争取把村子的平面图搞到手。"

陆达说："好，我和顾医生留下来，等送饭的人来了，套套话。"

日薄西山，夕阳为村落披上一层深黄的薄纱，袁则行和李可在村落里穿行，袁则行远远看到了山洞里拿刀的人。

袁则行站在李可斜前方，压低声音："你的十一点钟方向，他就是在尸体上割肉的人，跟着他。"

李可微微点头，没有直接盯着那个人看，而是用余光瞥着，两人融入人群……

陆达和顾晓晴也没闲着，两人尽量和村民套近乎。这个村寨着实落后，女人们每天的工作就是洗衣、做饭、带孩子，平时没有重大事件根本不出门，所以能在村里走动的全是男人。这群没见过世面的男人听说村里来了一个漂亮女人，一个一个的全都围在小房子前扒着窗户向里面张望，还时不时地吹几声口哨来吸引顾晓晴的注意。

陆达看到了这一幕，悄无声息地挡在顾晓晴前面，也挡住了那一道道野蛮粗鲁不怀好意的目光。

有顾晓晴吸引了村子里的大部分男人，袁则行和李可的跟踪变得格外的顺利。他们一路跟随那两个人来到一处偏僻的山洼。可那两个人像鬼魅一样，眨眼的工夫人就不见了。

"人呢？"两人赶紧追出去。四周草丛树林都找了一通，始终没有那两个人的影子。

"你们干什么呢？"就在两人有些迷糊的时候，声音从他们背后传来。是刚刚的那两个男人。

"哎哟，吓我一跳。"袁则行拍了拍胸脯，李可有些心虚。

姜还是老的辣，应付这两个人还是绰绰有余的。袁则行捂着肚子，五官扭曲在一起做出鬼脸，佯装一副痛苦的模样："我肚子疼，我要拉屎，但是我不知道你们的厕所在哪，就想找个没人的地方解决一下。对不住了，我实在是憋不住了。"

他说完就拨开草丛一头扎了进去，为了不让那两人起疑，他窸窸窣窣地脱下裤子蹲下来，又借着草丛的遮掩把嘴放在手背上模仿放屁的声音。

两个男人果然上当了，他们皱起眉头，捂着鼻子，迅速离开。

　　见那二人跑远了，李可笑道："袁叔，他们走了。"

　　袁则行提着裤子站起来，走出来的时候已经穿戴整齐。

　　"袁叔，我们还跟吗？"李可问。

　　"不用了，关押成卫东的地方就在这附近。"袁则行说。

　　"这附近？"李可看看周围，别说房子了，就是一片瓦都没有。

　　袁则行说："他们往这边来的时候手里拿着食物，可是刚刚，吃的已经不见了，说明他们已经把东西送到该送的地方了。他们就在这里消失的，所以那个地方也一定就在这附近。快找找，这附近很可能有密室。"

　　两人从两个不同的方向背对着撅着屁股往回找，一步一步后退靠近，两人撞在一起的同时，脚下"嘎啦"一声踩中了什么东西。

　　地雷！袁则行脑海里猛地蹦出一个念头，后背瞬间被冷汗浸透。

　　李可正要弯腰查看情况，却被袁则行厉声喝止："别动！"李可立马停在原地，像被施了定身法一样保持着屈腿弯腰的姿势一动不动立在那里。

　　袁则行暗暗挪转用力，踩中的那只脚始终保持着同样的力道不变，另一条腿弯曲下来，以一个极其别扭的姿势蹲下来查看脚下的情况。

　　他轻轻拨开树叶，发现了一条缝隙；再拨开一点，缝隙更大了，一直延伸到了李可的脚下。李可还保持着原来的姿势不变，整个身体开始微微地颤抖。

　　好像不是炸弹。袁则行心中窃喜，手上的动作也逐渐加快，缝隙终于露出了庐山真面目，是一块石板。

23

天色逐渐黯淡，光在这个村子里是稀罕物。蜡烛、油灯想都不要想，电灯更是天方夜谭。村子里只有村长和祭司有权力支配火种，其他人只能服从命令，每家每户都有定量。

现在因为是客人的缘故，陆达等人被村长格外照顾，分到了一小根火种。陆达和顾晓晴坐在桌前盯着石碗里微弱的火种，其实，火苗还没有手电亮呢。

眼看着黑暗逐渐笼罩了整间屋子，袁则行和李可还没有回来，两个人的心里开始有些着急，担心他们行迹败露被村里的人抓住，但又不敢贸然出去找人，免得横生枝节。

陆达的心情开始烦躁起来，手指敲击桌面的频率越来越快。最后他实在忍不住一拍桌子站起身，带起一阵风熄灭了火苗。

黑暗让顾晓晴猛地一哆嗦，她握住陆达的手，柔声宽慰："陆队，你不要着急。袁队经验丰富，李可又很聪明，我想他们两个人一定可以平安回来的。我们再等等。"

陆达冷静下来，慢慢坐了回去。虽然心里很着急，但不得不承认她说的确实有道理。就算他现在出去也未必能帮得上什么忙，说不定还会打草惊蛇。

就在他们心急如焚却又无计可施的时候，门"吱呀"一声开了。

"我们回来了。"袁则行小声地说。

陆达赶忙上去相迎："你们怎么去了这么久？没被人发现吧？"

"没有。我们刚刚回来的时候，一个人都没看到，估计是都睡了。"袁则行一不小心碰到了桌腿，"哎哟。哎我说，这屋里这么黑，怎么不点灯啊？"

"这里比较落后，条件艰苦，没有灯。"陆达没好意思说自己刚刚因为担心他们把村长送来的唯一的火苗给熄灭了。

顾晓晴笑了笑，没有戳穿他："你们去了那么久，有没有找到成卫东同学的下落啊？"

"当然。"袁则行颇为自豪地说，"我们在路上碰到了那个拿刀取肉的人，一路跟着他，查到了他们关押成卫东的地方。"

"真的，那太好了。事不宜迟，我们现在就去把成卫东同学救出来。"顾晓晴情绪高涨，哪怕是在黑暗中都能看到她的眼睛里闪烁的光芒。

陆达很纳闷儿，顾医生什么时候对成卫东这么上心了？他没有吭声。

李可凭借着超强的记忆力担任着活地图的责任，为大家引路。半小时后，众人来到关押成卫东的地窖。几个人合力撬开石板，月光透过云层落下来，在漆黑的地窖里洒下一道清冷的光芒。

"李可，现在我有一个重要的任务要交给你。"陆达一本正经地说。然后他又指了指袁则行和顾晓晴，"我跟老袁和顾医生下去，为了防止村子里的人半夜突然袭击，我要你在这里给我们放风，我们的性命就全都交到你的手里了。"

身系整个巡查组的生命安全，李可觉得十分光荣，立马将身体挺得倍儿直地保证："交给我，你们就放心吧。"

袁则行拍拍他的肩膀，语重心长地说："去草丛里蹲着点，别站得这么扎眼。"

"明白！"李可猫着腰蹲在草丛里，紧张地盯着外面。

陆达第一个下去，然后是顾晓晴，最后是袁则行。三人打开手电照了一圈。看来这个村子不仅落后，还很穷。地窖里空空如也，耗子溜进来都得哭着出去。

手电照到了地窖里唯一的"物件"——一个人躺在地上。

"成卫东！"陆达跑过去把人扶起来，"啊，这是谁？"

躺在地上的人不是成卫东，看他的衣着也不是村子里的人。顾晓晴探了一下他的鼻息和脉搏："还有呼吸。"

她又进一步检查了一番，推测说："应该是长时间没有进食加上惊吓过度导致的昏厥，给他弄点吃的。"

"吃的？哪儿有吃的？"陆达和袁则行不约而同地在自己身上摸来摸去，什么吃的都没摸出来。

借着手电的光亮，袁则行发现地上放着一块干粮："哎，这不是有吃的吗？"他捡起来一瞧，是一块馅饼，"真没想到穷乡僻壤居然还能有馅饼这样的好东西。"

袁则行把馅饼递给陆达。陆达把馅饼撕成小块送到这个人的嘴边。或许是馅饼的香气诱人，这个人的鼻子动了动，缓缓地睁开了眼睛。

"哟，还没吃就醒了？"袁则行在一旁打趣说。

这个人双眼一片茫然，目光下转看到陆达喂到嘴边的馅饼，双眼立时瞪得大如铜铃，仿佛看见了什么可怕的东西似的，一个劲儿地往后退，张开嘴就要大喊。

陆达眼疾手快，将所有的馅饼一股脑地全塞进了他的嘴里。

那个人立刻全身僵硬，一动不动，嘴巴张得老大，馅饼从他的嘴巴里一块一块地全都掉了出来，撒了一身。

"你这人，你不吃也别糟蹋粮食啊。"袁则行有些气不过，撸起袖子就要上前教训他。还没动手，那个人就呜呜地哭了起来。

袁则行愣在了原地："不是，我还没动手呢，你这哭得有点早吧？"

看袁则行还想继续说些什么，陆达抬手阻止了他。

"你是谁？怎么会在这里？"顾晓晴挑出几块稍微干净些的馅饼捡起来递给他，可是刚捡起来就被他一巴掌打掉。

"你这个人，不吃也别浪费粮食，老师没教你'谁知盘中餐，粒粒皆辛苦'啊！"袁则行忍不住训斥他。

"你知道个屁！"那个人毫不留情地反唇相讥，"这是人肉，是人肉啊！"

第十四章　火烧祭祀台

24

人肉馅饼？袁则行的表情瞬间凝固。顾晓晴也是浑身一僵，回想起圆台上的那一幕，猛然扔掉手上的东西，跑到一旁控制不住地干呕起来。

陆达冷静地问："你别怕，我们是巡查组的人。你叫什么名字？为什么会出现在这里？"

"我叫张喜，我跟朋友来这里旅游，不小心迷路被他们抓到。他们吃人。他们吃了我的朋友。"张喜缩在墙边，眼神呆滞地盯着地上的馅饼，瑟瑟发抖。

陆达继续问："你有没有见过一个二十多岁的年轻人？穿着蓝色的布衫，大概一米八，身体健壮，就是人木了一点。"

张喜摇摇头："没，没见过。"

没见过？难道成卫东没被他们抓到？还是被关在了其他的地方？一连串的疑问浮现出来。

"同志、同志！"张喜用两只脏兮兮的手紧紧地握住陆达的手，带着哭腔哀求，"求求你们，求求你们一定要救救我，我不想被人吃。他们用人肉喂我，把我当成牲口养，等把我养肥了就要杀了我吃肉，我不想死，我不想死……"

张喜的精神状况已经开始崩溃,眼神慌乱四处乱瞟,身体缩成一团不停地哆嗦,嘴里一直念叨个不停,对于陆达的话他根本听不进去。

袁则行把陆达拉到一边,悄悄地说:"他现在这个样子,就算我们把他带出去也救不了他,还会暴露我们的身份。"

见陆达不说话,袁则行又说:"你不要忘了,我们成立巡查组千里迢迢来到这里是为了什么。他是一条人命确实不假,但是事情也要分轻重缓急。再说你今晚要是救了他,你把他藏在哪儿?那不是直接给人家吃我们的理由吗?还是找周逸农要紧。"

陆达点点头,同意了他的看法。他回去对张喜说:"请你相信我们,我们一定会救你出去,只是不是现在。"

见他们要走,张喜死死地拽住了陆达的裤脚,哀号道:"你们别走,别留我在这儿!求求你们救救我!我不想死在这里!他们会吃了我的!"

"你别喊。"陆达一边低声喝止他,一边努力地把腿从他的桎梏中抽出来。

顾晓晴快步走过去,用一块棉垫捂住了张喜的口鼻,很快张喜就不动了。

"你对他做什么了?"两人惊讶地看着她。

顾晓晴把棉垫折好塞回了随身的包里,迎着他们的目光温柔一笑,说:"一点麻药,不会要他的命。"

"我们快走。"

三个人蹬着梯子从下面爬上来,却不见李可的身影。袁则行担心起来:"他不会被人发现了吧?"

话音未落他就一脚踢到了草丛里的一个"东西",那"东西""嗷"的一声站起来,双方都被吓了一跳。

袁则行的心脏被吓得怦怦直跳:"李可?你蹲草丛里干吗?"

只见李可的脑袋、脖子和手腕、脚腕各戴了一圈草编的环儿，身上还插了不少的草叶子，看着像是电影里埋伏在草丛里的狙击手似的。

李可委屈地说："袁叔，不是你让我蹲在草丛里，别那么扎眼吗？"

"你……我真是……"袁则行一时语塞，不知道该怎么评价他的行为。

李可拿眼睛一瞟，还是他们三个，不禁疑惑地问："成卫东呢？"

"下面那个不是成卫东，也是被这里的人囚禁起来的。"陆达说，"留给我们的时间不多了，我们先回去，免得被他们发现了。"

几人回到小屋，一夜辗转反侧，干瞪眼挨到了天亮。

袁则行坐起身："你们说成卫东会不会根本不在这里？"

"怎么说？"陆达问。

袁则行说："我昨晚想了一个晚上。我记得当时只听到他们说要用祭品祭天，可是没说到底是什么祭品，而且也没有任何证据能够证明成卫东就是被他们抓走的。唉，都怪我一时糊涂，看到那些场景就下意识地以为成卫东被他们抓走了。现在想想，他可能还真不一定在这里。"

他看向顾晓晴。顾晓晴对他的说法也有些赞同："这样一说好像确实是这样。我们并没有看到成卫东被他们带走，这些只是我们的推测。"

"啊？那我们现在怎么办？"李可浅睡了一阵儿，刚刚醒来听到他们谈论这些，还有些迷糊。

陆达在心里不住地叹气，老袁做事还这么鲁莽。没证据还要拍着胸脯保证人被村民抓走了。

现在不是追究责任的时候，他斟酌考虑了一番，做出决定："既然没有足够的证据表明成卫东在这里，那我们也没有必要留在这里。大家立刻收拾东西，准备离开。"

话音刚落，门被粗暴地撞开。村长带着村里的青壮年里里外外将整个屋子围了个水泄不通。

看他们气势汹汹的样子，几人心里"咯噔"一下，难不成是昨晚的事情被发现了？陆达强装镇定，上前询问："村长，您这是什么意思？"

村长脸色阴沉，语气不善："你还好意思问我什么意思？亏我们好心收留你们。没想到你们包藏祸心，存心要灭我们的村子！"

袁则行反问道："您说这话可是要讲证据的，我们什么时候要灭你们的村子了？您身为村长可不能信口雌黄，胡说八道啊。"

村长冷哼一声，冲着身边的人使了一个眼色。那人冲着外面一招手，两个村民押着张喜进来了。

张喜一见到他们，一口咬定就是他们："没错，是他们，就是他们，就是他们要带我走，就是他们要毁掉你们的祭祀，快把他们抓起来！"

陆达等人见到张喜，都有一种不祥的预感，现在被出卖更是心寒。袁则行指着他破口大骂："你这个人怎么张嘴就乱咬人呢？你是谁啊？我们都没见过你，什么就要带你走？"

"就是啊。"李可与顾晓晴附和。

陆达沉住气，保持微笑对村长说："我们昨晚一直待在房间里，从来没见过他，我想这里面应该是有什么误会吧？"

"误会？我看没有误会。"昨晚的那个男人从门外走进来，"昨天我去送饭，看到他们两个鬼鬼祟祟地跟踪我，还骗我说要拉屎。他们就是冲着祭祀来的。我昨晚占卜了一卦，他们就是来毁灭我们村庄的灾星！"

这个人说着说着展开双臂在半空中画了一个圈，把两只胳膊交叠放在胸前环抱："上主神谕，必须要拿他们祭天才能化解这次危机。"

他的声音很大，屋里屋外都能听到。所有的村民连带着村长全都跪下，低着头念念有词："上主垂怜，上主垂怜……"

袁则行悄声对陆达说："他们不会是邪教吧？"

陆达也从牙缝里挤出回答："管他什么教，跑最重要。"

袁则行收到了指令，赶紧给李可和顾晓晴使眼色。李可与顾晓晴瞬间领会。

　　村民们还沉浸在感恩上主的仪式中，陆达等人冲出屋子。

　　村长佝偻着身子追到门口急得大喊："别让他们跑了！"

　　村里所有的青壮年集体出动对陆达等人围追堵截，村民们利用对地形的熟悉从四面八方围拢过来。

　　情急之下，陆达只好暂时撤退："李可，原路返回。"

　　"明白。"李可的脑子里瞬间出现了从山洞到这里的路线，"跟我来！"

　　村民们一听他们要跑，纷纷扑上前去阻拦。陆达和袁则行与他们搏斗交手却不恋战，见李可和顾晓晴已经跑出村寨一段距离，他们立马见好就收，一脚端飞离得最近的村民，让他像保龄球一样撞翻了一群前赴后继的村民之后，扭头就跑。

　　陆达和袁则行看着前面李可的背影，很快就跑到山洞里面与他们会合了。而这时，村长和村民也都赶到了山洞，只是迟迟不敢进来。

　　陆达等人跑进山洞，想要从通道原路返回，却发现通道不知道什么时候塌了。大块的石头和黏土将通道彻底堵死，任凭他们怎么努力都不能挪动半分。这让他们原本还抱有一丝希望的心瞬间沉入谷底。

　　"完了，这下成瓮中之鳖了。"李可绝望地说。

　　袁则行扇了自己几个耳光，眼圈红彤彤的，双眼满含内疚与自责："都怪我，要不是我想当然地认为成卫东被他们抓走，我们也不会沦落到这个地步。"

　　陆达依然保持着冷静的态度："事到如今，后悔也于事无补，还是想办法出去再说。"

　　就在大家一筹莫展的时候，李可发现那些村民全都聚集在洞口，没有一个人敢冲进来："奇怪，他们怎么不进来呢？"

"对啊？难道这山洞里有什么可怕的东西吗？"袁则行向周围打量了一下，除了圆台上的那具尸体比较吓人之外，再没什么恐怖的东西了。

就在这时，外面的村民渐渐安静下来，有两个人走了进来。

陆达和袁则行立刻摆出战斗的姿态挡在前面，李可护着不会功夫的顾晓晴。

来人就是那天割肉托盘的那二位，穿着打扮也跟那天一样。陆达听袁则行描述过这两个人穿得有多奇怪，起初只是以为这是袁则行在夸大其词，现在见到真的才知道他的描述一点都不夸张，甚至还有所收敛。那两个人穿着大红袍，满头满身都是羽毛，老远一看还以为是两只鸟精走过来了。

拿刀的人说："别挣扎了，只要你们献出身体和灵魂，上主一定会原谅你们的所作所为。你们会得到宽恕，死后也会解脱。"

"哈，灵魂都没了，解脱个屁，你们忽悠人都不过脑子吗？"袁则行毫不留情地戳穿他们的虚伪，"我告诉你们，这个世界上根本就没有什么上主，要想过好日子就得靠双手去打拼，只有脚踏实地才能出人头地。我劝你们现在就放下武器，迷途知返，否则别怪我们不客气了。"

托盘的人说："愚蠢无知的下民，既然你们死不悔改，那就别怪我们不给你们机会了。"两人怒气冲冲地离开。

"愚蠢？他说我们愚蠢？"袁则行指了指自己，又对着洞口破口大骂，"你们两个穿得跟鸟似的才愚蠢呢！"

陆达等人都没明白这两个人进来一趟，说些不痛不痒的话是什么意思，但是很快他们就知道了。

洞口的村民四处散去，一小部分人看守洞口。

陆达无计可施，于是到圆台上看看尸体，他想要看看这个倒霉鬼到底长什么样子。他走上圆台，吓了一跳，这要是曝光出去绝对算得上是恶性事件。他皱着眉，目光移到尸体狰狞的面庞上。

"这个人怎么看着有点眼熟啊？"陆达努力回想，从学校出发来到桂林地界，从海洋山到资源县，所遇到的面孔——在他的脑海中闪过。突然，一张画像跳了出来，他记起来了，这家伙是一个杀人逃亡的通缉犯。他们到资源县派出所报案的时候，告示栏里贴着有他的照片的通缉榜文。

李可不敢看那么血腥的场面，远远望上一眼就心底发毛，但又架不住好奇心，于是他在桥下侧着身体问陆达："陆队，你看出点什么了吗？"

"来，你过来。"陆达在圆台上伸手招呼。

李可下意识地要过去，但刚迈出一步就把脚缩了回来，拼命地摇头："陆队，我就不过去了吧。"

"过来认人，这是命令。"

"明白。"除了对图表有着超强的记忆力，绝对的服从也是李可的优点。一听是"命令"，他的身体比脑子更快地做出反应，二话不说就迈步上了圆台。等他反应过来的时候，那具尸体的惨状已经赫然出现在他眼前。

李可瞪大了眼睛，双腿发抖、想吐。

"看脸。"陆达说。

眼不见为净，只要不看血腥的腹腔，李可就觉得自己又活过来了。虽然这张脸因为恐惧和痛苦而扭曲变形，但是大体的模样还没有变化，李可一眼就认出来："陆队，这不是公告栏里的那个通缉犯吗？他怎么死在这儿了？"

"依我看，八成是他们命不好，逃到这个吃人窝里了。"袁则行背着手慢慢走上来说。

陆达支起胳膊皱了皱眉："不对。龙脊天梯藏得那么隐秘，他们不可能知道这件事情。除非……帮忙搭把手。"

三人合力把尸体翻了过去，尸体后背布满了花里胡哨的纹身。陆达仔细辨认，没有发现青印的痕迹。

这个人跟青印没有关系，那么他是怎么进来的？难道真的是从另一条路误打误撞闯进来的？陆达满脑子都是疑问，这时候山洞外面突然开始喧闹起来。

顾晓晴一直在盯着洞口的情况，她慌里慌张地跑回来说："不好了，他们要放火烧死我们。"

果然，洞口堆满了柴火。火已经点燃，一圈村民围坐在柴火前扇风，其他村民跪在外围，不住地向上主祈祷，祈祷上主收了陆达他们的性命就不要为难村子里的人。

滚滚浓烟很快充满了整个山洞。风助火势，火焰顺着风嚣张地闯进山洞，如同一条肆意妄为的火蛇，得意洋洋地昂起头颅吐着信子一步一步逼近，包围山洞里这些弱小的人类。

"快躲进水里。"袁则行朝着他们大喊，"扑通"一声跳进水潭。

陆达、李可、顾晓晴也跳了进去。火势迅速蔓延，整个山洞变成一片火海。虽然火焰不能烧到水潭里，但火焰带来的浓烟一点一点占据了水潭的上空。

陆达等人只能在水底憋气，但是他们到底不是专业的潜水运动员，隔几分钟就必须上来换一次气。

"咳咳咳！不行了。"他们一个一个浮出水面，吸了一鼻子黑烟，呛得猛烈咳嗽起来，捂着鼻子不敢大口喘气。

李可往水潭边上靠了靠，灼热的温度与慑人的火势又将他逼了回去。

很快山洞里的氧气就要被火焰全部消耗，火焰产生的二氧化碳等气体也逐步侵占整个山洞。山洞外是村民盼望着烧死他们给上主献祭的祈祷声，山洞里是火焰嚣张跋扈的嘶吼声。

此时，石头锁链被火焰炙烤得开始发烫，陆达他们只能相互扶持地躲在水潭里。没多久，他们的呼吸开始慢慢变得困难，眼前的景象也开始变得模糊。终于，顾晓晴坚持不住，松开手，泄了力，身体滑下了水潭。紧接着是李可、袁则行、陆达。

随着陆达最后一口气的吐出，一个泡泡在水面破裂之后，水面恢复了平静。

火焰还在山洞里燃烧，骄傲地享受着胜利者的狂欢。

火舌攀上山洞的石壁，从四面八方向顶部的珠子聚集。很快，火焰吞噬了珠子，山洞里陷入一片诡异的暗红色之中。

下一刻，珠子突然爆裂，一条黑色的巨龙怒吼着从珠子里冲了出来，所过之处火焰尽灭，山洞里的火势很快就被黑龙扑灭。

山洞外的村民们还不知道里面发生了什么事情，只听见一声巨响，整个山体都在摇晃，他们惊慌失措地站起来，正要问问村长和祭司这是怎么回事，就看见一条黑色的巨龙冲出来，熄灭柴火，一飞冲天。

那条黑龙在天上盘旋一圈，对着两个祭司猛冲下来，将他们团团围住。

两个祭司就在众目睽睽之下被黑龙吸成干尸。

两具骷髅倒在地上，黑龙没有满足，双眼闪烁着红光在人群中搜寻着下一个目标。村民们吓得哭天喊地四散奔逃。黑龙没有追下山，反而掉头回到洞穴，一头扎向水潭。

水面泛起一层铜绿色的光芒，重创了黑龙。黑龙贼心不死，在空中盘旋一圈积蓄力量，使出全身的力气再次冲向了水潭。

铜绿色的屏障光芒闪耀，潭水汇聚成一条绿色的长龙与黑龙在半空中相撞。黑龙一击即溃，化作一缕黑烟顺着洞口逃走，消失不见。而潭水化作的长龙也化成水滴散落在山洞的每一个角落，浇灭了洞内的余烬。

水潭内，青铜铃铛从陆达的身上滚落下来，碰到潭底的石头，发出一串串沉闷的声音。

"啊！"成卫东从幻境中惊醒，茫然地看着四周，突然发现陆达、袁则行、李可和顾晓晴或仰或俯地倒在周围，一动不动。

"陆队长、陆队长！"他不顾身上的酸痛，跑过去推醒陆达。

陆达迷迷糊糊醒来，睁眼看到是他，又庆幸又疑惑："成卫东，你？"

"老袁！"

"李可、顾医生。"

陆达依次叫醒其他人，众人醒来，一头雾水。陆达看到成卫东好端端地出现在眼前更是又惊又喜。袁则行给了成卫东一拳："你小子从哪儿冒出来的？"

"这事说来话长。"成卫东回忆起当时的情景，"那天我听到井里有东西在叫我……"

第十五章　死里逃生

25

成卫东被井里的声音吸引，听到李可叫他看石碑，起身的时候没留神脚下的青苔，一下就摔进了井里。

他本以为这下子死定了，却没想到井底有一层厚厚的淤泥托住了他。他从上面掉下来摔了个狗吃屎，虽然淤泥很难吃，但好歹保住了一条命。他爬起来一边往外吐泥一边暗自庆幸。

"成卫东……成卫东……"那个声音又在叫他了。

"谁？谁在叫我？"成卫东转了一圈，顺着声音找过去。声音是从井壁的下方传来的，他弯着腰，把耳朵贴在井壁上倾听。

"成卫东……成卫东……"那声音果然是从这里传过来的。

确定了位置，成卫东敲了敲井壁。声音低沉有回音，井壁后面是空的。他用脚试探性地踢了一下，果然踢碎了几块石砖。

他抬头看看，担心因为下方碎裂而导致井壁坍塌，于是小心翼翼地挖出一个足够他通过的小洞。他试探性地钻过去，发现井壁后面是个很宽阔的通道。

"成卫东……成卫东……"那声音还在呼唤他的名字。

他顺着通道一直走，走出拱门，来到了祭祀台。他远远地望见台上躺了个人，以为是他在呼唤自己，于是想走近看他到底是什么人。

"啊！"当他走上圆台的时候，看到那个死人的惨状，毫无意外地被吓得连连倒退，一脚没踩稳便从石桥上翻下了水潭。

冰凉的潭水没过头顶，带来刺骨的寒意。成卫东感觉自己快要被冻僵了。他拼命地往上游，马上就要浮出水面的时候，却突然发觉有一股力道缠绕在他的脚踝处，一个劲儿地把他往水下拉。他以为是水草之类的东西，便想用脚挣断，却没想到那东西十分狡猾，他几次三番都没能碰到它。

成卫东低下头一瞧，水底弥漫着一团黑雾，他的脚就是陷在这团黑雾中动弹不得。不幸的是这团黑雾还在迅速扩散，很快就把他围在其中。他眼前一黑，便失去了知觉。当他再次睁开双眼的时候，眼前的世界已经变了模样。

一眼望去荒无人烟，四面都是荒山，寸草不生。山涧河流枯竭，露出河床，偶尔能在河床上看到几个小鱼的印坑。

"这是哪儿啊？"他顺着干枯的河床往山下走，边走边呼唤着他们的名字，"陆队长……袁老师……李可……顾医生……你们在哪儿啊？"

回应他的只有嘹亮的回音。

走到半山腰，他看到山下有一个小村庄，便高兴地奔向村庄。然而等他到了地方，却愣在了原地。

村庄很破败，零星的几个人瘫坐在地上，有气无力，没精打采地倚靠着石头。这些人穿得破破烂烂，头发又长又干枯，身上、头发里散发着长时间没洗过澡的臭味儿。有一个人突然抬手拍了一下头，然后小心翼翼地捏着一个东西迅速塞进了嘴里大嚼特嚼。

成卫东强忍着恶心慢慢靠近他们，他走到一个流浪汉身边蹲下来问他："你好，请问这里是哪里？"

流浪汉没有给予他任何回应。

成卫东伸手在他眼前晃了晃，对方仍然没有反应。他想了想，伸出一根手指一点一点地靠近他的肩膀。他的手指碰到了他的肩膀，穿过了他的肩膀。

"又是做梦啊。"他有些泄气地站起身来，抬手朝着手腕咬了一口，却没醒过来。他心中暗暗琢磨：前几次做梦都跟我们遇到的事情有关，这次会不会还是一样？会不会还是等我看到了梦要告诉我的事情才可以醒过来？

他抬头四顾，两眼可见的是一片荒凉。"可是它要告诉我什么呢？"

正当他疑惑的时候，天突然黑了。他抬头一瞧顿时吓得两腿发软，差点一屁股坐在地上。哪是天黑了，分明是有一条巨大无比的黑色大蛇立着身子低着头，嘴里吐着猩红的芯子，两只红色的眼睛像探照灯一样扫视着地上的一切。

巨蛇向村寨这边挪动了几步。成卫东胆战心惊地看着这一切，他在一旁大声地朝地上的人大喊："快跑啊！危险，快跑！"

然而并没有用。在这里没有人能够看到他，也没人能够听到他的声音。他就像一只孤魂野鬼游荡在这里，除了眼睁睁地看着这一切的发生别无他法。

巨蛇逐步靠近，突然张开血盆大口。成卫东瞳孔扩张，他估摸着那张大嘴几乎能一口吞下三四间房子，他已经能够预想到这些人的下场了。

但事情的发展却并没有如他所料。巨蛇张了张嘴，朝着村庄吐了一口口水，巨蛇的口水化作倾盆大雨浇了下来。

地上的人丝毫没有因为淋雨而感到生气，反而一脸惊喜地抬起了头，原本死气沉沉的双眼顿时闪烁着生机。他们伸出手接了雨水大口大口地喝起来；他们起身欢呼雀跃；他们把巨蛇当作神灵，行跪拜大礼，感谢巨蛇为他们降雨，拯救了他们的性命。

巨蛇合上了嘴巴，冲着他们微微点了点头，便悄声地隐入了深山。

成卫东张大嘴巴呆愣地站在原地，刚才那一幕给他带来的震撼使他久久无法平静。

巨蛇降甘霖，原本一片荒芜的山林很快就恢复了生机，濒死的村庄也再度恢复了往日的喧嚣。时光飞速穿梭，成卫东却不受影响。数百年的时光对他而言不过是弹指一挥间，他一直游荡在村庄里，看着他们耕作打猎，娶妻生子，羡慕之情在心底油然而生。

一户人家升起晨炊，女主人在院里喂鸡喂鸭，男主人穿戴打猎的装备。儿子坐在小板凳上伸出双手模仿父亲打猎的模样，一看就是打猎的好苗子。女儿还没有鸡圈的围栏高就已经开始学着饲养家畜的窍门了，将来一定会跟她的母亲一样是个贤妻良母。

成卫东"登堂入室"，站在院子里看着这和睦的一切，一会儿逗逗小男孩，一会儿又冲着小姑娘做个鬼脸。尽管他心里清楚他们都看不到他。

他站在院子里伸了个懒腰，看着院子里和睦的一切，心中不禁感慨说："等我毕业了，找个好工作，赚大钱，我也可以过上这么悠闲的生活，到时候再把师父接来一起住。"

一想到未来的理想生活，成卫东就忍不住笑出了声。好在这里没有人能听到。

26

宁静的日子在那天的傍晚被打破。村里的十几个男人一起扛着一条巨蟒，一路欢声笑语地回到村子里。

他们把巨蟒的尸体扔到村口，一方面是等着村长过来分配食物，另一方面也是为了满足自己的虚荣心。听到大家的赞美，这几个猎户把下巴抬得高高的，眼望着天，嘴角几乎要咧到耳根子后头去了。

成卫东挤在人群里看到这条大蛇，心里没有丝毫敬佩之情，反而生出了满腹的忧患。他眉头紧锁，心中暗想：几百年前，巨蛇救了你们，现在你们就这样对待它的后嗣，难道就不怕遭报应吗？

巨蛇降甘霖的传说一直在当地流传。人群中也有老人知道这个传说，她有些担忧："巨蛇是我们的守护神，你们打了蛇是要遭报应的。"

那几个猎户却不以为意，撇撇嘴说："阿姆，那都是骗小孩子的玩意儿，您这么大岁数了还信这个？再说它要真是守护神还能被我们打着吗？"

其他人跟着起哄说："就是啊，阿姆。哪有什么守护神啊，阿姆你岁数大了，要是这么害怕还是回家看孙子吧。"

"就是啊。回去抱孙子讲故事，讲个故事吓得孩子尿裤子。"

老人在众人的起哄声里嘟嘟囔囔地离开："你们不尊重神灵是要遭报应的。你们会遭报应的……"

老人的想法与成卫东不谋而合。看着老人落寞离开的背影，成卫东有些难过。

这时，村长来了，他领着人将蛇皮剥下来搭在村口的木头架子上晾晒，蛇肉则按每家每户出力的多少分配出去。在分蛇肉的时候，他们意外地发现大蛇的肚子里还有几枚蛇蛋，这可把他们高兴坏了。

他们把蛇头单独拿出来，在村子中央的空地上支起一口大锅，把蛇头丢进去熬煮，每家每户都向锅里丢入一些调料，最后把蛇蛋打进去，搅出蛋花来。美其名曰是要它们母子团圆。

众人围着蛇头汤锅跳起了舞。老人抱着孩子躲在阴暗处，冷眼旁观着一切，嘴里不住地念叨着："你们会遭到报应的……你们会遭到报应的……"

她怀里抱着的小孩子窝在阿姆的怀抱里吮吸着手指，连话都不会说却也学着老人的腔调咿咿呀呀。成卫东与老人并肩而立，冷漠地看着他们的狂欢。

蛇头汤的香味很快弥漫到整个村落，同时也引来了危险。村民们一人一碗，大口大口地分食蛇头汤。忽然间，四周的大树无风自动，一阵鬼哭狼嚎的声音在四面八方响起。成卫东心想四面楚歌说的大概就是这样的场景吧。

村民们也诧异地抬头看看天。忽然间，风停、声止。空气恢复了安静，不，比之前更加安静。成卫东手抚胸口，一种不祥的预感涌上心头。

在村民们沉浸在蛇头汤的美味中的时候，一个巨大的脑袋慢慢从树林里探了出来。成卫东认得那双眼睛，那双赤红色的、如同探照灯一般的眼睛。

他心里着急却无法把这件事告诉任何人。

老人似乎察觉到了什么，她向巨蛇脑袋的方向瞥了一眼，长长地叹了口气，转身回屋去了。

老人回屋关上门的一刹那，突然狂风四起。狂风掀翻了汤锅，滚烫的热汤浇在了站在附近的村民身上，烫得他们哇哇乱叫。

巨蛇冲入人群，张开巨口，数条生命瞬间没了。白天打猎的那几个猎户仗着自己打过几年的蛇，积攒了几分经验就艺高人胆大，抄起打猎的叉子、弓箭就跟巨蛇拼命。巨蛇没有吃掉他们，而是一尾巴甩过去将他们抡飞。

几个跑得慢的村民已经被巨蛇的尾巴压成了肉泥。一个个活生生的人在自己面前突然被拍扁，虽然成卫东无法触摸到他们，但那血腥的气味却让他遍体生寒。

巨蛇没有放过院子里的任何一个人，而那几个猎蛇的人命丧于巨蛇卷起的狂风之下。

屋子里亮起了油灯，老人抱着孩子的身影映在窗户上。老人哼唱着温柔的小夜曲哄着孩子睡觉，歌声从屋里幽幽地传了出来。

黑蛇巨大的脑袋慢慢地凑到窗户前，蛇芯"嘶嘶"地来回吞吐，似乎也在倾听老人的歌声。巨蛇的狂暴情绪在老人的歌声中平复了许多，它不知不觉地隐入了山林。

村寨大办丧事，新任村长请了许多和尚道士超度亡灵和降服巨蛇。然而前去降服它的人没有一个能活着回来。巨蛇被惹恼了，每隔一段时间就会到村子里吃人泄愤。

不知不觉，这里有妖怪的传言就传播了出去，再也没有人敢来这里除妖了。直到那一天，有一个穿着黑色连帽斗篷，戴着同样颜色的面巾的人来到了这里。他直接找到村长，开门见山地挑明了自己的目的就是这条巨蛇。

那么多人都葬身蛇口，就凭这家伙的小身板，还不够那巨蛇塞牙缝的。说实话，成卫东真的没怎么把他放在眼里。

他们说话的工夫，原本湛蓝晴朗的天空突然阴云密布，阴风四起。村民们吓坏了，连滚带爬地钻进了屋里，紧紧关上房门，将桌椅板凳全都拿来抵着窗户和门。所有人都缩在屋子里敛声屏气，生怕弄出点动静会引起巨蛇的注意。

"连帽斗篷"却对此满不在乎，独自一人迈出屋子，站在村子的空地上，他的斗篷被风吹起来猎猎作响，生怕巨蛇看不到他似的。

成卫东抱着胳膊站在旁边的树下，等着看他怎么死。

巨蛇从浓密的阴云中探出三角脑袋，两只眼睛冒着血红色的光芒，搜寻着地上的活物。它一眼就看到了"连帽斗篷"，立刻俯身冲了下去。

此人不慌不忙，等巨蛇靠近的时候，他藏在斗篷下方的手突然伸出来，手中握着的便是青铜铃铛。

成卫东惊诧地瞪大了双眼，条件反射似的绷直了身体，两只眼睛直勾勾地盯着青铜铃铛，又看向那"连帽斗篷"。

"周太白？"这个念头一出来，瞬间又被他否定了，"不，不可能。

这里是一千年前的世界，他怎么可能出现在这里呢？不过，既然他手里有青铜铃铛，那他会不会跟周太白有什么关系呢？难道这个人是周太白的祖先？"

在他胡思乱想的时候，"连帽斗篷"已经口念咒语催动青铜铃铛，将铜铃声响化作一把青色的利剑刺向了巨蛇。

巨蛇闪躲不及，被刺中了咽喉部位，但可惜不是七寸，没能当场要了它的性命，被它卷了一阵狂风作掩护给逃了。

云开雾散，天空又恢复了平时湛蓝的颜色。阳光透过窗户洒进屋里，村民们一瞧天亮了，又听到外面已经没有了声音，便认为一定是巨蛇吃了"连帽斗篷"才离开的。

村长打开门，却见到那个人好端端站在他的门口，吓得他浑身哆嗦，当即跪在地上磕头，嘴里念念有词："冤有头债有主，是蛇妖害的你，你做鬼要报仇去找那蛇妖，别来找我们呐！"

"我不是鬼。我是人。""连帽斗篷"伸手将村长搀扶起来，强行将他的手放到自己的手腕上，让他感受自己身上的温度和心跳。

温暖的触感和强有力的心跳让村长逐渐镇定下来，他狐疑地抬头看着他，又伸手拍了拍他的身体，这才确认他是活人，惊喜大喊："哎呀，真是神人呐！你居然没事，真是太好了！大家别躲了，快出来吧。这位勇士没被蛇妖吃了。他把蛇妖打死了！"

村民们一听这话，纷纷从屋子里跑出来，把"连帽斗篷"围了个水泄不通，都想瞻仰一下勇士的尊容。

"连帽斗篷"伸出双手在空中压了压，示意大家伙儿安静一下，他说："诸位，那条巨蛇并未被我打死，只是被我重伤，暂时不会再来村子了。"

听他这么说，大家就像热锅上的蚂蚁急得团团转，七嘴八舌一起说起来：

"啊？那怎么行，要是它养好了伤再来报复我们怎么办？"

"那条蛇妖肯定不会放过我们的。"

"就是啊，勇士，你可得救救我们呐。"

村长也说："这位勇士，你就好人做到底，帮我们除掉这个妖孽吧。"

"诸位，""连帽斗篷"一开口，村民们立刻安静下来，他继续说，"要想除掉这条蛇妖也不难，只是需要诸位鼎力相助。"

村长说："勇士你需要什么尽管开口，只要能除掉这妖孽，你让我们做什么都行。"

"如此甚好。"

但是，透过人群的缝隙，成卫东却看到那"连帽斗篷"的眼睛似乎在笑，笑得十分诡异邪恶，也许这个人并不像表面上看起来的那么简单。

第十六章　血祭上苍

27

除掉巨蛇的方法只有一个，就是以活人的鲜血为引，血祭上苍。

"连帽斗篷"指挥村民在半山腰的山洞里修建了一个祭坛，又在村里找了一百零八个青壮年与他一起在山洞里日夜苦练武功。山洞成为禁地，没有"连帽斗篷"的允许，任何人不得随意出入。

成卫东也待在山洞里，他并不好奇那些人是怎么训练的，他只想知道青铜铃铛到底有什么秘密，这个"连帽斗篷"跟周逸农之间又有什么样的关联。

不过可惜，自打这人出现以来就没见他摘下过面巾。成卫东心里纳闷：这家伙这么长时间不吃、不喝，还不拉屎，这还是人吗？

这天夜里，操练了一天的青壮年们睡得正酣，躺在一旁的"连帽斗篷"却突然坐起身来，一步一步踏上祭台。

成卫东被他的脚步声惊醒，跟着他一起上去。

"连帽斗篷"抬头看看，祭台山洞上有一个大窟窿，月光透过那里直直地打在祭台上。今天是月圆之夜，"连帽斗篷"打开祭台的暗格，从斗篷里掏出一块刻着奇怪花纹的圆形石刻，双手恭恭敬敬地把它放在暗格中拜了几拜。

成卫东看呆了，这几天他一直与"连帽斗篷"待在一起，他怎么不知道这里还修了一个暗格，还有这个石刻是什么东西？

也不知道是不是自己眼花了，成卫东竟然看到这石刻的花纹在月光下微微泛起一层青铜色的光芒。他急忙揉揉眼睛，再去看时那光芒已经不见了。他猛地想起，这个花纹跟"人字天"石壁上的花纹十分相似。他想再仔细看看的时候，"连帽斗篷"已经拜过石刻关上暗格，若无其事地回去躺下了。

成卫东只能在一旁干着急。

毫不知情的一百零八名青壮年还在每天刻苦地训练。

终于，决战的那天到来了。

巨蛇隐匿在深山里，刚把伤养好就裹挟着满身的怨气前来复仇。

巨蛇来临，天昏地暗，日月无光，飞沙走石，狂风怒号。所过之处，树木被连根拔起在天上毫无规律地旋转，紧接着又被扔到了山下的村庄，砸毁了大半的房屋，许多村民也被这飞来的树木砸伤，有的甚至被砸死。

"连帽斗篷"端坐在祭坛之上，不动声色。一百零八名青壮年手持武器冲下山去，五十人远程射箭吸引巨蛇的注意，五十人手持贴有符纸的长剑，等到巨蛇露面的时候狠狠地刺向它。另有八个在附近的山上围绕着远程射箭的人，依照八卦的方位依次站好，摆好了阵法，等待着同伴们将巨蛇引入瓮中。

巨蛇一尾巴甩开五十个耍剑的人，眼睛盯着射箭的人，张大了嘴巴一头扎下去将他们尽数吞入腹中。

"就是现在！"巨蛇入阵，八个人当场自尽，以血为媒，启动阵法。

"连帽斗篷"稳坐祭台，猛地睁开眼睛，一道青光从他身上顺着头顶的窟窿冲了出去。只见那道青光化作一把硕大无比的利剑，瞄着被阵法困住无法动弹的巨蛇，对准它的七寸刺了进去。

巨蛇仰头张大了嘴巴，身上的怨气化作万千怨灵游荡在半空。利剑当空一挥，斩下蛇头。巨蛇身亡，天降惊雷，将蛇头蛇身劈成了焦炭。

然而万千怨灵却好像无主孤魂，往四面八方逃窜而去。

"连帽斗篷"拿出青铜铃铛，也不知他念了什么咒语，铃铛向上蹿出一道精光通过窟窿一飞冲天，在山顶化成一个山一样大的铃铛影像，随着"连帽斗篷"抖动手中的小铃铛，外面硕大无比的铃铛影像也随着发出了低沉的嗡嗡声。

巨蛇的怨灵瞬间被铃铛的声音收了回来，一条一条隐没在铃铛中。除了怨灵，成卫东也不能幸免。看到青铜铃铛的时候，他忍不住凑上前打量，却没防备这铃铛的巨大威力，他的五脏六腑几乎要被铃铛的声音震碎。他捂着耳朵在地上痛苦地翻滚，感觉有一股力量在拽着自己，要把自己吸入铃铛中。

"别摇了！别摇了！"成卫东痛苦地大喊，但是"连帽斗篷"却完全听不到。

青铜铃铛的声音越发急促，他身上撕裂的感觉也越发强烈。他觉得自己如同置身于刀山火海，体内剧痛难忍，体外又被烈火燃烧，铃铛的声音在他的耳边越来越清晰，越来越响亮。

他被吸进了青铜铃铛里。

成卫东感觉后脑像是被什么钝物击打了一下，疼到发麻，再睁眼的时候，他已经躺在一个干枯的池了里，头挨着石头，起来的时候头还隐隐作痛。他摸了摸后脑勺，低头看看掌心，万幸没出血。

再一抬头，发现陆达、袁则行、李可和顾晓晴都躺在附近，昏迷不醒。成卫东赶紧跑过去把他们叫醒。他们几人终于重聚了。

成卫东把幻境中的事情说了一遍，也许是说了太多话的缘故，他的后脑勺又开始隐隐作痛，疼得他忍不住倒吸一口凉气。

"让我看看。"顾晓晴说，"没事，只是撞到石头，有点淤青，揉开就好了。"

"你们怎么在这里？"成卫东边揉边问。

"还不是为了找你这个臭小子。"袁则行半开玩笑地骂了他一句，随后将他们在村寨里的事情告诉了他。

"老袁，李可，过来帮忙。"陆达起身边走边招呼他们。

三人来到祭台将那具尸体抬了下去。顾晓晴也搀扶着成卫东走了过来。

"是这里吗？"陆达问他。

成卫东点点头，可就是这一个细微的动作都让他感到头痛欲裂，好像脑浆在里面翻滚。

祭台石床上没有任何缝隙。陆达、袁则行和李可绕着石床拍拍敲敲。床面上残留的尸体的味道仍然让他们作呕，可他们极力忍住，屏住呼吸，不遗余力地寻找成卫东梦中见到的暗格。

整个台面都是实心的，陆达四处敲敲，突然在中间敲出了不同于其他地方的声音——沉闷的咚咚声。

"找到了！"还没等他们高兴起来，难题就来了，"可是这连个缝儿都没有，怎么打开？"

五个人面面相觑，袁则行问成卫东："哎我说，你在梦里看没看到这玩意儿怎么打开？"

成卫东的记忆有些模糊："我没看到他是怎么打开的，我只知道这个暗格应该是这样开的。"他说着伸手在石床上比画了一下。"就这样两边分开。他把石刻放到里面之后，两边的板子就自己合上了。"

他们盯着石床看了一阵儿。

"都闪开。"袁则行卷起袖子，瞄准石床中央，一拳砸下去。空气突然安静下来，只听见清脆的"咔嚓"一声，袁则行的脸憋得通红，捂着手蹲在了地上，半天说不出话来。

"老袁……"

"我没事。我很好。"袁则行从牙缝里挤出六个字。

他话音未落就听见"咔嚓"一声，吓得他缩了一下脖子又伸头看去。只见陆达用青铜铃铛生生砸碎了石床，露出了里面的暗格。

袁则行站起身来围过去："你有这好节目不早点告诉我？"

陆达淡淡地说："我的嘴没有你的手快。"

袁则行哑口无言。

"袁队长，我看看你的手吧。"顾晓晴说道。

袁则行没有拒绝她。

成卫东、陆达和李可齐刷刷地低头看向暗格，袁则行也不顾手上的疼痛伸着脑袋凑过去。

暗格里面空空如也。

"这怎么可能？我明明亲眼看到他放进去了。"成卫东大声说。

"也许是他后来拿出来了呢。"李可说，"你不是说，你在他晃动青铜铃铛的时候昏迷了吗？或许是他收拾完了那条巨蛇就把石刻拿走了。那么好的一个玩意儿，换作是我也不会把它留在这个鸟不拉屎的鬼地方。"

"哎，外面好像没有动静了。"袁则行说。

他们放轻脚步，贴着石壁向洞口靠近。陆达和袁则行走在前面，小心翼翼地探出了半个脑袋向外张望，外面果然一个人都没有。

"出来吧，没有人了。"袁则行率先走出来，却被脚下的不明物体绊了一跤，一个跟跄摔在了地上，"哎哟喂，这是什么玩意儿，摔死我了！"

"袁叔，您没事吧？"李可刚要上前扶他却被地上的东西吓得停住了脚步。

袁则行扭头一瞧，两具面目狰狞的干尸正张大了嘴巴死死地盯着他。

"我的天！这是什么玩意儿！"他赶紧小心地爬起来，免得破坏了案发现场。

陆达已经来到了近前："看他们的穿着，应该是刚才进来的那两个'鸟人'。"

"鸟人"这词儿当初是袁则行用来骂这两个愚昧无知还耀武扬威的人的，现在倒是被陆达给学来了。

"刚刚还好好的，怎么会死成这个模样？"李可搓了搓手臂，感觉后背蹿上了一股凉气，"该不会真的有妖怪吧？难不成是蛇妖！"

袁则行无奈地说："哎我说，你能不能睁开你的大眼睛，好好看看这个美丽的世界？哪来的妖怪？不就是死得吓人了点吗？你要相信科学。别在这儿宣传封建迷信思想。"

李可有些委屈地"哦"了一声，虽然看到了袁则行有些发抖的双腿，但也没敢拆穿他。

"他们死得确实很蹊跷。"成卫东说，"陆队长，您怎么看？"

陆达说："下山去问问村民。"

28

五个人下了山，没等到村口，就瞧见一些村民在村寨门口烧纸磕头，嘴里不停地叨咕些什么。那些村民远远望见他们来了，个个都大惊失色，大叫一声，拔腿就跑，连烧纸的火盆都来不及拿就已经消失得无影无踪了。

"我们长得很可怕吗？"李可指着自己说。

袁则行哼了一声，说："我看八成是做了亏心事，心里有鬼吧？"

他们几个走进村寨。成卫东抬头看到村寨大门的横梁上挂着一个巨大的野兽头骨。他总觉得这东西看着眼熟，可就是想不起来在哪里见过。

李可带路，他们直接奔着村长的房子去了。村长开门见到他们的一瞬间，当场就跪在地上给他们磕头，脑袋和地面撞得哪哪直响，让人听着都觉得疼。

陆达硬把人扶起来："村长，我们不是人……不是，我们不是鬼，我们是人！"他一着急，说走嘴了，把大伙儿都吓了一跳。

"是啊，村长，我们没死，不信你摸摸。"李可大方地伸出手臂送到他面前。

村长将信将疑地摸了摸他的手，有温度，是活的。他紧绷的身体瞬间松懈下来，长舒了一口气。

"村长，我们的东西呢？"袁则行问。

"都在我这里，几位进来说话吧。"他们能够从祭祀台里毫发无伤地出来，村长认定他们不是普通人，一定有几分能耐在身上，于是对他们的态度也变得客气起来。

他们的东西也不过就是几个背包，几人检查了一下包里的东西，一样都没少。

村长原本认为他们回不来了，想着把这些东西分给村民们，自己先挑几件好的，却没想到他们居然活着，还找上门来了。他也只好把这点龌龊的小心思烂在肚子里，不敢声张。

陆达、袁则行和李可向村长出示了工作证。

陆达说："我们是巡查组的成员，前来调查一些事情。你们村子里的情况我们已经有所了解，但还有一些问题需要进一步明确，希望您能配合我们的工作。"

"您说，我一定配合。"村长站在一旁点头哈腰，跟之前要拿他们祭天时的态度判若两人。

陆达拿出周逸农的照片给他看："您认识这个人吗？"

村长看了半天，摇摇头："没见过。"

"你们村子为什么要用活人来祭祀？"顾晓晴问。

"对。用活人祭祀是违法行为，你老实交代，这到底是怎么回事！"袁则行义正辞严地说。

陆达习惯性地掏出笔记本，随时准备记录："关于活人祭祀的问题，我们希望您能据实相告，这对我们的工作会有很大的帮助。"

村长犹豫了一下，仿佛做了一个什么重大的决定，沉了口气，说："好吧！既然这样，我也就不藏着掖着了。其实我们村子里一直流传着一个传说，在很久很久以前，有一条恶龙，它每个月都要来我们村子里吃人。后来有一个勇士出现，他从我们村子里挑选出一百零八名勇士与他一起打败了恶龙，并且把恶龙封印在了祭祀台里。那个祭祀台就是你们去的那个山洞。勇士说，那条恶龙没有死，要想永远封印它就需要每年给祭台供奉鲜血。我听村子里的老人们说，那个勇士还给我们留下了一个阵法，他把一百零八名勇士的尸体放在棺材里，按照一定的规律摆在了石壁上，之后又在祭祀台上建了一口枯井聚集勇士的亡灵来镇压恶龙的怨气。勇士们的尸体终究会腐烂，为了保持阵法的威力，我们村子每年都要用活人入棺封印，借用他们的生气来维持阵法。"

听到村长的话，陆达等人都把目光投向了成卫东。

成卫东摇摇头，又问村长："村长，不好意思，我打断一下。你说的那个勇士是不是穿着一件黑色的连帽斗篷？"

村长说："传闻中确实是这样。怎么，你也听说过我们村子里的传说？"

成卫东不大会骗人，但又不能直接对人家说他在幻境里穿梭时空亲眼看到了这个村寨过去发生的一切，他只能含糊其词地回应："是……听说过一些。"

他停顿了一下，试探性地问："那位勇士在帮你们封印了那条恶龙之后，有没有留下什么东西？比如一个圆形的石头？"

"圆形的石头？"村长陷入沉思，回忆了好半天才慢慢地摇头，"那位勇士离开之前特地在村落里选出了几名继承人作为祭司，将祭祀的方法告诉了他们，由他们来主持村里的祭祀事宜。祭司在村子里是一个神秘的存在，他们从未向外人透露有关祭祀的任何内容，而且也不与外人通婚。按理说你们想知道的事情应该去问他们，可惜他们已经……唉……"村长叹了口气，心情变得沉重起来。

"您说的祭司该不会就是穿成……那样的那两位吧？"袁则行本想说他们"穿得像鸟人"，但转念一想，死者为大，还是不在这里讨嫌为好，于是临时改口换了说法，用手比画了一下那两个人头顶上加长的鸟毛。

村长面容悲戚地点点头。

"那么您知道他们是怎么死的吗？"陆达问。

"报应！是报应啊！"村长忽然激动起来，双手不住地颤抖。

陆达语气平和地说："您先别激动。您说的报应究竟是怎么回事？"

说起这个村长有些内疚："祭台是村子里最神圣的地方，平时除了祭司之外是不允许任何人进入的。而且传说中祭台里封印着那条恶龙的怨灵，贸然闯入会被恶龙的怨气附体，给村里带来灾祸。只是因为你们的闯入违反了村子里的规定，两位祭司决定火烧祭台。我一直不同意他们这样做，这会给村里带来祸患，可是他们却以祭司的身份说他们能够与上主沟通，上主不会降罪。我虽然是村长，可是在这方面我却一点都说不上话，只能眼睁睁地看着他们放火。"

村长顿了顿，似乎是想到了那恐怖的场景，吓得身体一哆嗦："他们毁了祭台，放出了恶龙的怨灵。恶龙来报仇了……我们村子完了……"

陆达还想再问些什么，村长家的门突然被推开，一个村民惊慌失措地冲进来，跌倒在地上，连滚带爬地来到村长膝前。他声音颤抖，带着哭腔说："妖怪来了！妖怪来了！"

村长脸色一变，瘫坐在地上，险些晕了过去。

这时，屋里的光线也瞬间暗了下来。

第十七章 "黑龙"现世

29

村落里黑雾漫天，一条黑色的巨龙盘旋在村寨的上空。千万条黑色的小蛇从黑龙身上喷涌而出，落到村寨里，见人就咬。被小黑蛇缠住咬中的人会迅速枯槁，变成干尸，眨眼间就落个与两个祭司一样的下场。小黑蛇的身体迅速膨胀，游移攻击村民的速度也加快了不少。

"这可怎么办啊！我们村子要完了！"村长跪在地上仰天痛哭。

"村长您先起来，一定会有办法的。"李可心软，把人搀扶起来，一通安慰。

袁则行通过窗户模模糊糊地看到外面的惨状，心里一阵不忍却又没有任何办法："这到底是什么东西？"

突然，一个村民因为疼痛而撞在了他们面前的窗户上，吓得他们猛然往后退了一步。村民很快化作干尸，倒地不起。

眼尖的顾晓晴发现窗台上落了几只又细又长的黑色虫子的尸体，看起来像飞蚁，像蚊子，又像蜜蜂，可是又跟它们都不太像。这应该是刚刚的村民撞在窗户上，后背夹死的虫子，窗户被他撞出了一条缝隙，这几只虫子的尸体就顺势掉进了屋里。

她想伸手拿起来看看，却又怕出意外，于是隔了一层棉垫把虫子的尸体捡起来查看。她忽然想起他们走出山洞的时候，在洞口的柴火堆上好像也有这些虫子的尸体，只不过被烤得像炭渣一样，散落在周围。当时她以为是柴火上自带的虫子，也没多留意，现在看来那些东西应该跟这些虫子是同一个东西。

顾晓晴把她的观察和猜测告诉了他们："……所以我想这东西应该怕火。"

陆达左右看看，发现他们带来的火棍还堆放在村长的房间里，于是快步走过去将火棍拿起来，可摸遍全身，也没摸到打火机，于是他对村长说："村长，借个火。"

火种在这里是十分稀有的东西，村长有些不情愿。

见村长吝啬的样子，袁则行的怒气直冲脑门："这都什么时候了，你还在乎这点火！要是让外面的东西再这么下去，我们大家就都完了！"

村长被他这么一吓，顿时慌了手脚，哆哆嗦嗦地跑到墙角，翻箱倒柜地抠出珍藏的火石，双手紧紧地攥着，恋恋不舍地递给他们。

"这玩意儿怎么用？"火石与打火机之间的落差让袁则行差点跳起来骂人，"等你这个打着火，黄花菜都凉了！"

"这是火石，很容易就能打着火。我以前在山里过夜的时候经常用。"成卫东拿过火石，边说边打，火苗在两个火石之间闪烁。

这火石十分容易磨损，打一次少一点，看得村长的心在滴血。

顾晓晴从包里掏出一瓶酒精喷雾喷在陆达的火棍上，成卫东也将火苗成功点燃，火棍"腾"地燃起了熊熊火焰。袁则行、李可和成卫东赶紧拿其他的火棍过来引火种。

村长在一旁看得目瞪口呆，一脸震惊地看着顾晓晴手里的酒精喷雾：这么大的火焰，只有在重大的祭祀庆典时才会由祭司来点燃，现在他们居然这么容易就点起来了，难道他们就是传说中的救世勇士？

陆达说："顾医生，你留在屋里照顾村民。其他人跟我一起出去。"

他们打开房门冲了出去，拿起火把在就近的村民身上挥舞，火焰炙热的温度让缠绕在村民身上的东西四散开来。

"快，去村长那里。"陆达趁机让村民往村长的房间里跑。

"快进来，快呀！"村长在门口守着，过来一个放进来一个。

顾晓晴从随身的医疗包里翻出镊子、棉球、酒精等消毒用具给村民们清理伤口。

散开的黑色虫子很快又重新聚合成黑蛇的模样向他们袭来。陆达和成卫东去救人，袁则行和李可在一旁掩护他们，帮他们挡住卷土重来的黑色虫子。

随着被救的村民越来越多，黑色虫子的攻势也越来越强。它们似乎已经看穿了袁则行和李可的攻击模式，大批黑色虫子飞蛾扑火般地飞向距离最近的李可，扑灭了他的火把。失去了火焰的保护，李可瞬间成为了黑色虫子疯狂报复的对象。

"啊！救命啊！"李可疯狂地拍打着趴在他脖子上吸血的虫子，但很快他的手上、脸上，裸露在外面的皮肤上都落满了虫子。黑色虫子越来越多，很快就把他整个人围成了一个巨大的茧蛹。被尸虫支配的恐惧再次涌上心头，李可已经开始在心里交代遗言了。

"李可！"袁则行顾不上落在身上的虫子，一个箭步冲过去用火焰驱赶李可身上的黑虫。黑虫虽然被迫飞离，可是李可也因为失血过多晕倒在地。他的皮肤上全都是斑斑点点的泛着黑气的细小伤口，看得直让人头皮发麻。

袁则行点燃李可的火棍，两只手一手一根挥舞起来，防止黑色虫子靠近李可。

此时，村民们能救的已经被救得差不多了。黑色虫子从四面八方汇聚而来，形成一条硕大无比的黑色巨龙，与镇龙棺石碑背面雕刻的黑龙一模一样。

黑色巨龙愤怒地咆哮着俯冲而下。成卫东急中生智，对陆达大喊：

"青铜铃铛！"

陆达立刻掏出铃铛用力地摇晃。

巨龙的脑袋已经冲到了他们面前，却在铃铛声中溃散奔逃，向着四面八方消失不见。

"李可，李可你怎么样了？醒醒啊！"袁则行用力地摇晃着李可，可是他却半点动静都没有。

陆达和成卫东赶过去，陆达探了探李可的鼻息："还有救，抬进去。"

两人把李可抬进了屋子里，成卫东跟在后面拿着火棍，提防着那些虫子再飞回来。

屋子里的气氛十分低沉，谁都不说话。

顾晓晴给李可做了检查："他没有生命危险，只是失血过多引发的晕厥，给他喂点糖水就好了。"

听到他没有生命危险，大家都松了一口气。袁则行狠狠地捶了一下柱子，眼圈微微泛红，有些愧疚地说："都是我不好，是我没有保护好他。"

陆达拍了拍他的肩膀，安慰他说："这不是你的错。做我们这行的哪有不受伤的，能保住命就是万幸了。"

"陆队说得没错。我在窗户那边看得清楚，若不是你及时冲过去赶走那些吸血的虫子，他恐怕就真的没命了。"顾晓晴拉起他的手，给他的手背涂抹酒精消毒，"光顾着他，你自己的伤口还没处理呢。"

冰冷的酒精与伤口接触带来烧灼的刺痛感，疼得袁则行身体微微颤抖，额头直冒冷汗。

"这些虫子有毒，伤口如果不及时处理很容易造成感染。轻则皮肤溃烂，重则性命堪忧。"

顾晓晴话音刚落，就见村长"咕咚"一下跪在地上，对着窗户"砰砰"磕头。

袁则行虎躯一震："好家伙，吓我一跳。"

"报应啊！报应！上主发怒降下灾祸了！都是报应啊！"随着村长的忏悔，屋里的村民们也跟着跪下来朝天大喊："报应！"

"嘿！我们这千方百计地让你们站起来，你们可倒好，费尽心机地琢磨着跪下。"袁则行气得牙根痒，作势就要过去把带头的村长拉起来。

"老袁。"陆达拉住了他，"千百年流传下来的东西，一时半会儿没那么容易改变。当务之急是要赶紧解决那些吸血的虫子。"他顿了顿，看向顾晓晴："顾医生，你有什么办法吗？"

"既然火焰能够驱赶虫子，那最好的办法就是用火攻。"顾晓晴说，"但现在的问题是这些虫子的数量太多，单纯的火攻肯定没办法把它们全部消灭。我们还得再想一想别的办法。"

成卫东说："我们可以把它们引到祭台的山洞里动手，至少那里是个封闭的环境，只要我们能够保证它们不能从洞口冲出来就行了。"

村长的耳朵倒是挺灵敏的，听见他们"密谋"再一次火烧祭坛，立马跳起来阻拦："什么？！你们还要放火烧祭台？这绝对不行！上主已经生气了，降下灾祸来惩罚我们，你们要是再烧一次，我们整个村子可就毁了！这绝对不行！"

看到他们的愚昧无知，袁则行心里的火气"噌噌"地上涨："上什么主！生什么气！要是不赶快解决那些吸血的虫子，你们村才是真的要毁了！"

村民们跟袁则行吵了起来：

"不行！不能再烧祭坛！"

"不烧怎么解决那些虫子！"

"上主已经发怒，都是因为你们擅自闯入祭坛！"

"那还不是因为你们要拿我们祭天！"

"是你们想要毁掉我们的祭祀！"

"祭祀！你们还敢提祭祀！你们用活人祭祀是违法行为，是要被拉去坐牢吃枪子儿的！"

"什么坐牢不坐牢的，要不是你们闯进祭坛惹恼了上主，我们村子也不会遭到上主的责罚！"

袁则行一张嘴哪能吵得过他们十几张嘴，他被气得哑口无言，回头对陆达说："爷们儿今儿算是见识到什么叫'团结就是力量'了。"

一个村民建议："对，祭天！村长，我们还有祭品！等我们把祭品送给上主，没准上主一高兴就不会再惩罚我们了呢。"

这话简直是一呼百应，村长也十分赞同这个观点："好，我们选个良辰吉日就去祭拜上主。"

祭品？难道他们还要残害生命吗？陆达他们攥紧拳头，暗下决心，之前没来得及阻止他们也就罢了，现在叫他们赶上了，就绝对不能放任不管。

这时一个村民提出了关键的问题："可是不行啊，两位大祭司都已经死了，谁来主持祭祀啊？"

其他村民附和说："对啊，大祭司死了就没人能主持祭祀了。"

陆达灵光一闪，说："谁说大祭司死了就没有人能主持祭祀了？"

不光是村民们，就连袁则行他们也不明所以地看向他。

"陆达，你这话是什么意思？"他茫然地看着他。

陆达一把拉过成卫东说："他可以。"

"我？"成卫东指了指自己，疑惑地看着他。

"对！"陆达语气坚定，"难道你们忘记了刚刚是他用青铜铃铛击退了'上主的惩罚'吗？事到如今，我也不怕告诉你们，我们到这里来其实就是为了找他。"陆达拍拍成卫东的肩膀，开始了他的胡说八道："因为他能够与上天沟通，他是上主派来的使者。这枚青铜铃铛就是最好的证明。"

　　陆达将青铜铃铛高高举起："当初恶龙之所以会骚扰你们的村子，那是因为你们犯错在先。当年村子因久旱无雨，差点灭族，是你们口中的恶龙为你们带来了水源，给了你们生机，但是你们忘恩负义，偷猎蟒蛇，这才招来祸患。说到底，都是你们的贪欲作祟。镇龙棺石碑上写的都是你们粉饰太平颠倒是非黑白的浑话。村长，你敢否认我说的话吗？"

　　别看这村子里的风俗挺血腥的，人的心思却是单纯。村长被他这么质问，当场就露了怯："我……你……你是怎么知道的！"

　　"你问我是怎么知道的？"陆达收回了铃铛，瞥了眼还处于震惊之中的成卫东，"都是这位'神使'告诉我的。他在祭台跟'上主'沟通，看到了你们这个村子数千年前的过去，你们还有什么可抵赖的！"

　　村民们议论纷纷，有的看他说得有模有样便深信不疑，有的却始终认为他说的是假话，还有的分辨不出真假，处于观望状态，摇摆不定。

　　村民们问："这……村长，他说的是真的吗？"

　　"这……"村长也不敢打包票，但据他所知，当年的镇龙棺传说确实是有隐情，可是否如陆达所说的那样，他也不敢肯定。

　　陆达暗暗用手肘顶了顶成卫东的腰，微微侧头在他耳边低语："你还有什么细节就快点补充，不能让他们再害人了。"

　　成卫东极力回想，脑海里像过电影一样闪过无数的画面，突然有一个声音在他的耳边响起。他想起了那位老人哄孩子睡觉的歌声，虽然不记得具体的歌词，但好在还能大致哼出旋律。

　　听到了熟悉的旋律，几位老人包括村长在内，他们的眼眶瞬间湿润。

　　"这……这是……"也不知道他们到底想到了什么，哽咽着连一句完整的话都说不出来了，眼泪顺着脸颊"哗哗"流淌，几个人抱头痛哭。

哭了一会儿，村长才收起情绪，擦干眼泪，给出了官方证明："是真的，是真的，他真的是上主派来的神使。"

看年轻一辈的村民面露不解，村长继续解释说："那是村里流传的驱灾辟邪的曲子。小时候阿姆经常给我唱这首曲子，她告诉我这首曲子有神明的护佑，不论什么时候，只要哼起这个旋律，那些妖魔鬼怪就都不敢靠前。据说当年恶龙侵扰村子的时候，一位老人就靠着这首曲子躲过了恶龙的攻击。她的孩子后来也被选为祭司。"

村民们虽然没怎么听懂，但还是本能地选择相信村长，村长说是，那就是了。

陆达的目光扫视着他们每一个人："所以，现在你们可以相信他是神使了。"

村民们向成卫东低下了头。

陆达狐假虎威地说："既然这样，神使要见那个祭品，你们立刻把他带来。"

"好的神使。"村长答应得非常痛快。

"另外，废除活人祭祀的规矩。"见村民们有些犹豫，陆达表情严肃地追加了一句，"这是神使的意思，也是'上主'的旨意，难道你们要违背'上主'的旨意吗？"

"不敢不敢。我们这就去办。"一瞧陆达吹胡子瞪眼的表情，村长立刻就怂了，他瞄了眼成卫东，见他没有反对，只好顺从地答应下来。

等村民们陆续离开，袁则行终于从震惊中反应过来，从后面拍了一下陆达的肩膀："哎我说，我是真没想到啊，像你这样一本正经的人居然也会说谎！连草稿都不打！"

陆达满身疲惫地坐在凳子上，闭着眼睛用拇指和食指挤按睛明穴："这里消息闭塞，文化不通，跟他们硬来只会适得其反。万一把他们惹恼了，就凭我们几个可打不过他们。"

见成卫东坐在床边一言不发，顾晓晴走过去关心地问道："你在想什么？"

"我在想周逸农。"他说，"我想起来掉下悬崖的时候看到周逸农在做什么了，他当时所在的山洞应该就是那个祭祀的地方，是他动了石刻。"

"难怪我们打开暗格，里面是空的，原来是他拿走了。"提起这个袁则行就感觉手指关节处传来一阵阵的剧痛。

"也不见得就是他拿走的。"成卫东说，"因为我只是看到他动了那个暗格，但他究竟有没有拿走石刻，我真的没看到。"

袁则行点点头，忽然问起李可的情况："顾医生，他怎么还没醒？"

顾晓晴说："他这几天连续奔波，加上失血过多，又受到了惊吓，要休息一段时间才能醒来，袁队你不用担心。"

说话间，张喜已经被五花大绑地送了进来。

见到他们，张喜"扑通"一声跪在了地上，不停地给他们磕头，边磕头边说："对不起，对不起，我不是有意要出卖你们的，我实在是太害怕了。我怕他们把我做成馅饼，我不想死……"

村民们识趣地离开了房间，并帮他们带上了门。

袁则行半蹲在他面前，幽幽地说："你怕被做成馅饼，就不怕我们被做成馅饼？你怕死，我们就不怕死？"

"我不敢了，我再也不敢了。"张喜吓得头磕得更响了。

"行了老袁，别吓唬他了。"陆达说，"张喜，现在你可以一五一十地把你们的事情交代清楚了。"

张喜犹豫了半天不肯开口。

"不说？行。我看你是不见棺材不落泪。我这就叫人把你跟你的同伙弄一块儿去。"

袁则行说着就要往外走，张喜被他这一举动唬住了，急忙抱住他的大腿哀求："别别别，别去，我说，我都说。其实村子里吃人的事情全都是我们弄出来的。"

第十八章　食人真相

30

张喜全都交代了。他们三个人确实是逃犯。

"我们三个来到这儿，发现这里的人都很迷信。王武就提议让我们在这儿装神弄鬼，我们就是为了骗点吃喝而已。没想到刘二狗起了色心，欺负了一个女孩儿，还把人给弄死了。为了保命，我们就谎称是上主选中了她，要把她献给上主，如果村里的人违逆了上主的旨意就会遭到惩罚。我们还在那些反对的村民的饭菜里下了一点药，让他们腹泻，然后又给他们喝了热水，谎称是神水，治好了他们的病，他们就对我们深信不疑。"

袁则行听到这里深深地叹了口气。

陆达一边做笔记一边问："后来呢？你为什么又成了祭品？"

张喜懊悔不已："因为后来王武想要独占、统治这个村子。他在村民们的嘴里了解了镇龙棺的传说，就利用这个传说将反对他的人都除掉。他打着上主的幌子诓骗村民，说吃活人的肉可以延年益寿，百毒不侵。他变得越来越疯狂，还想让我们像奴隶一样伺候他。我和刘二狗看事情不对劲就想跑，但是被他给抓到了。他把刘二狗活活放进棺材里憋死，还想把我一块儿弄死。谁想到村里的两个祭司认为，吃活人的肉能够延年益寿，那要是吃了神使的肉岂不是能够直接成仙？所以他们就把王武捆起来，活活地开膛破肚，还强迫我喝下王武的血。下一个就是我了。"说到这里张喜悔不当初，倒在地上哭得浑身抽搐，恶心干呕起来。

吃神使？成卫东浑身上下打了一个哆嗦。他转头向窗户外面看去，一张人脸出现在窗前，一双阴狠的眼睛正死死地盯着他。

"啊！"他被吓得大叫一声，站起来摆出战斗防御的姿态。

大家被他的叫声吓到，齐刷刷地看过去。

成卫东走到窗边打开窗户，那个人、那双眼睛已经不见了。窗户外面是宽阔的场地，村民们来往收拾地上的尸体和被摧毁的建筑。似乎是因为听到了成卫东的叫声，他们停下手上的动作，抬头看向他们的房间。

陆达走到窗边左右看看，没发现什么异常情况，于是向村民们打了个招呼，把窗户关上了。

"你叫什么？吓我一跳。"袁则行问他。

成卫东还沉浸在受到惊吓的恐惧中，小声地说："我看到外面有人。"

"那是他们在收拾村子。"陆达解释说。

成卫东想告诉他，他看到的不是这个，但是一时之间又不知道该怎么开口，只好把苍白无力的话语咽了回去，保持沉默。

张喜的双手被反绑在身后，见陆达他们并没有要给他松绑放他离开的意思，只好跪在地上磕头："求求你们，我知道我错了，我不该欺骗村民，我不该贪财好色、见利忘义，我真的知道错了，求求你们放过我吧。"

陆达没有理会他的求饶，而是问他："你们是怎么来到这里的？"

张喜浑身发抖，鼻涕一把泪一把地说："我……我们……我们就是在山里一直走一直走就走到这里了。"

陆达问："在哪座山里走的？"

张喜抽抽搭搭地说："不知道。天太黑了，我们只顾逃命，谁知道是哪座山。"

"你们逃命的路上有没有看到什么很显眼的标志？"

"标志……标志……"张喜努力回想，五官扭曲在一起，似乎整张脸都在拼命地帮忙回忆，"就全是树，还有山洞，翻过山下来就到这里了，没什么标志啊。"

陆达本来想从他这入手，寻找进入这里的另一条路，或许能够对寻找周逸农的下落有所帮助，现在看来是不行了。

时间一分一秒地过去，他们还是没能想出妥帖的处理黑色虫子的办法。

袁则行拍案而起："要不我们就直接摊牌，他们要是不同意，我们就走，到时候那些虫子来了，看他们怎么办！"

陆达听出了袁则行是憋了一肚子火在说气话，于是安慰他说："这里的人不跟外面联系，思想觉悟和文化水平实在是有待提高，他们崇尚封建迷信的确给我们的工作带来了很大的困扰。但是我们不能放任不管，毕竟是几十条人命。而且成卫东在梦中看到的那个石刻还没有线索，事情的关键就在那个山洞里，所以我们无论如何都是要进去的。"

"我有一个办法。"成卫东说，"或许我们可以以神使的身份假装祭司混进山洞，然后把那些虫子引过来再放火。"

"好主意啊。我以前怎么没发现你这么有鬼点子？看来是跟陆达待久了，近墨者黑呀。"袁则行调侃他说。

陆达瞟了袁则行一眼，没理他。他对成卫东的想法表示赞同："这个办法可以试一试，不过还是老问题，怎么堵住洞口不让那些虫子出去？一旦我们动手，村民们就会知道我们要火烧祭台，到时候事情就不好办了。"

"我有个想法，可能有些冒险。"顾晓晴说。

"你说。"

"对付那些虫子不一定非得要堵住洞口。既然那些虫子嗜血，我们可以弄来很多血放在山洞里引它们上钩，在血里下毒，毒杀它们。"顾晓晴顿了顿，说，"至于那些村民，如果你们担心他们会破坏计划，我可以给他们下迷药。等他们一觉睡醒，我们也做完了。"

"顾医生，有你是我们的福气。"陆达冲她竖了竖大拇指。

夜里陆达和成卫东去见了村长。

"村长，白天说要火烧祭台的事情，确实是我鲁莽，我向您道歉。"陆达站起身来向村长深深地鞠了一躬。

"您客气了。"村长赶紧上前扶起他。

陆达坐下后，用手掌比画了一下成卫东，说："刚刚神使与上主沟通过了，的确是因为上次放火的事情才引来那些虫子。那些虫子就是上主降下的惩罚，现在要想解除惩罚就必须让上主看到你们村子的诚意。"

用他们能接受的话来沟通，村长的态度明显缓和许多。

村长将身体微微向他的方向倾斜，虚心请教："诚意？上主要我们怎么表达诚意？请神使明示，我们一定照做。"

陆达给成卫东使了个眼色。

成卫东心领神会，装模作样地说："上主说要你们用鲜血来表明诚意。"

听到"鲜血"二字，村民们面面相觑，不知道这到底是什么意思。

他继续说："祭台的水潭已空，上主要你们在一天之内用鲜血灌满整个水潭。到时我会开坛作法，与上主沟通，解除对你们村子的惩罚，将黑龙怨灵带回天上。在我开坛作法的时候，除了他们之外，不允许你们村子里的任何人到山上来打扰。你们要在山下，待在家里向神明祈祷。明白吗？"

"明白，明白。"村长说，"其他的事情都能做到，只是这一天之内灌满整个水潭，这恐怕……"

"必须在一天之内做到。"成卫东语气强硬，摆出一副不容反驳的架势，随后又强调一遍，"还有，不许因此伤人性命。如果你们做不到，上主责罚下来，到时候别怪我没提醒你们。"

村长和几名村里的老人连连点头。因为那首歌谣的缘故，村长和村里的老人们对成卫东极为信任，几乎把他当成下一任祭司对待。对于他说的话，几乎是唯命是从："神使放心，我们一定照办。"

从村长那里回来，他们特意观察了一下周围，确认没有人跟过来偷听才放心地关上了门。

"怎么样了？"袁则行迎上前压低了声音问。

陆达满脸疲惫："他们答应了。明天会将水潭灌满鲜血，到时候你与顾医生要确保村民们全部下山，不许出现在山上，剩下的事情就交给我们了。"

"好。你们一定要小心。"袁则行说。

成卫东满面愁容，一言不发。袁则行看他一副没精打采的模样，问他："你干吗呀？脸耷拉得像是谁欺负你了似的。"

成卫东抬起头，十分为难地说："陆队长，袁老师，我快撑不下去了。我本来就不会骗人，看到他们那样的表情，我不知道我这样做到底是对还是错。我不想骗人。"

陆达和袁则行一左一右地坐在他身边安慰他。

陆达说："你要知道，如果不除掉那些虫子，不仅会对我们寻找周逸农造成阻碍，还会危及村民们的性命。虽然封建迷信不可取，但我们是事急从权。那些吸血虫子不知道什么时候就会飞回来，时间对我们来说十分宝贵，一分一秒都不能浪费。"

"你陆队长说得对。"袁则行一把搂住成卫东的肩膀，"我们对于封建迷信一向秉持着科学教育的态度，晓之以理，动之以情。但是呢，具体问题也要具体分析，像现在这样关乎生命的危急时刻，那就得剑走偏锋。这一点你陆队长可是个中翘楚。当年要不是他不走寻常路，假装跟歹徒称兄道弟，现在我就是队长了。"

"哎，好汉不提当年勇，你老翻旧账干什么？"袁则行就是因为这件事情才跟他产生了隔阂，因此陆达赶紧制止了这个话题。

"好汉不提当年勇，那什么时候提？等你进棺材之后给你写在墓志铭上？"袁则行呛了他一句，也算是解了气了。看陆达被他呛得吃瘪的模样，他心里一阵痛快，转头对成卫东说："你也看到了，这一路我们经历了多少不同寻常的事情，所以更要时时刻刻做好迎接意外的准备。骗人当然是不对的，但也要看为什么而骗。还记不记得安全教育课上我是怎么告诉你们的？目的永远比手段更重要。"

成卫东抬头看着他，似懂非懂地点了点头。

"安全教育课？什么安全教育课？"陆达问他。

说起这个袁则行有些得意："你出去参加培训，新生入学的安全教育课是我替你上的。"

陆达恍然大悟："怪不得呢，怪不得他总叫你'袁老师'，原来是这样。"

成卫东回头看看李可，他还躺在床上没有苏醒的迹象。他扭过头来问："陆队长，明天我们都走了，那李可怎么办？"

陆达看着李可，眼中充满了无奈："目前这个状况，也只能先把他留在这里了。希望明天我们能在村民们发现真相之前顺利完成所有事情。"

"你们放心好了。"顾晓晴说，"我已经检查过了，他身上的毒素已经全部排出体外，伤口也开始愈合了。按照这个趋势，明天他一定能醒过来。我会写一个条子，等明天离开的时候塞到他手里，他醒来一看就知道是怎么回事了。"

成卫东赶紧嘱咐说："那字条可千万别让村民们发现了，否则……"

顾晓晴温柔一笑，说："你放心，我用汉语拼音写。"

"汉语拼音？"他们三个异口同声。

顾晓晴微微偏头，笑着说："是啊。我不清楚他的英文水平怎么样，但是汉语拼音他应该没问题吧？"

陆达感慨："顾医生真是考虑周到啊。"

31

一天的时间很快就到了，鲜血的味道弥漫了整个山头。袁则行和顾晓晴依照计划带着所有村民下山，防止他们上山扰乱山洞里的安排。

人都走了。陆达和成卫东把专门对付蛇虫鼠蚁的药水全部倒进了血池里。做完这些，他们拿出火石粉。这是昨晚他们去村长家里时，趁着成卫东忽悠他们的工夫，陆达偷偷顺来的。他们把火石磨成粉，绕着山洞撒了一圈，剩下的全都倒在了洞口。

陆达说："现在万事俱备，就等着它们自投罗网了。"

事情一如陆达预料的那样，黑色的虫子像云雾一样席卷而来，铺天盖地遮挡了整个天空。原本晴朗的天瞬间阴沉下来。

村民们全都依照成卫东的安排，乖乖地待在家里向上主祈祷。天色暗沉下来的瞬间，他们顿时慌作一团。好在有袁则行和顾晓晴在外面挨家挨户地鼓励大家："祭祀已经开始了，大家不要惊慌，依照神使的指示，安心待在家里不要外出。上主的惩罚很快就会解除了。"

听到他们的声音大家才安静下来，重新跪在家中供奉的牌位前专心地祈祷起来。

浓郁的血腥味儿让大批黑色虫子向山洞聚集。成卫东和陆达分别躲在一块石头的后面，暗中观察。他们在身上装满了草药，以此来掩盖活人的气味。

黑色虫子见了血就像苍蝇见了屎，前赴后继地扎进了血潭中。血潭的表面很快就被一层黑色覆盖。黑色虫子一批一批地在山洞里飞个不停，像是喝饱了鲜血之后的狂欢，又像是恣意妄为时的嚣张跋扈。

水潭里的鲜血以肉眼可见的速度减少，不多时就已经见了底。鲜血中的毒药开始发挥作用，一些黑虫的飞行轨迹开始变得凌乱，时不时地与其他黑虫撞在一起，还有一些黑虫直接一头撞到石壁上把自己撞了个粉碎。

眼见药效发挥得差不多了，陆达对着成卫东使了个眼色。暗号交接成功，两人动作迅速地滚到了火石粉的位置，从两个方向点火。火焰"腾"地一下燃烧起来，沿着火石粉的轨迹，以两个弧形向中间靠拢。

黑虫发觉自己中计，又想故技重施直接扑灭火焰冲出去。成卫东和陆达早就防备着它们这一手，两人堵在洞口的火焰前面，成卫东双手拿着火棍挥舞起来，逼退想要冲过去的黑虫。陆达一手拿着火棍，另一只手摇晃着青铜铃铛，双管齐下。

黑色虫子在空中凝聚成一条巨龙的形态，冲着他们张开大口，无力地挣扎。

伴随着青铜铃铛的声音，成卫东在恍惚间好像听到了巨龙阴森的声音："你们以为这样就能杀掉我吗？杀子之仇不共戴天！你们这群忘恩负义的人类！你们会遭到报应的！"

也不知道是不是药效发作的缘故，伴随着青铜铃铛的声响，黑色虫子不断地从巨蛇的身体里掉落出来，"黑龙"的形态逐渐模糊，最后分崩离析，像土屑一样散落在了干涸的血潭里。

陆达和成卫东没有想到事情的进展居然如此顺利，两人都有些难以置信，好像活在梦里似的。

"它真的就这么死了吗？"成卫东不确定地追问。

"一物降一物，谁让这些虫子嗜血贪婪呢。"陆达说，"走吧，先把山洞里的火灭了吧。"

山洞里没有水，也没有灭火器，于是他们早早就准备好了用来隔绝氧气的尘土，以备不时之需。他们把尘土直接盖在了洞口的火焰上，火石粉的威力终究比不上火药，火很快就被扑灭了。

　　"呸呸呸！"

　　他们一边吐出混进嘴里的尘土，一边疯狂扇动眼前的空气。

　　尘土飞扬之中，他们看到洞口站着一群人。

　　陆达皱着眉头，心想：这个袁则行怎么回事，不是让他看住村民，不许让他们上山吗？

　　尘埃落定，他们两人目瞪口呆。

　　洞口前面站着的全都是死去的村民。

第十九章　上古诅咒

32

死去的村民们排列整齐地站在洞口。它们的皮肤是一片阴森的青灰色，眼眶里尽是森森的眼白，青青紫紫的血管曲折蜿蜒地布满身体，模样尤为恐怖。

山风吹来，一股土腥味扑面而来，熏得成卫东和陆达皱起了眉头。

山洞里突然传出奇怪的声音。这声音不大，却震得他们两人脑袋紧绷得发疼，疼得他们好像是被念了紧箍咒的孙悟空似的，他俩捂着脑袋，时而蹲在地上时而撞墙。可是无论如何都无法缓解脑袋内部的剧痛。

村民们像是听到了指令一样，齐刷刷地抬起了胳膊，抬起了头，咧开嘴巴露出满口白森森的尖锐牙齿，朝着他们扑了过来。

陆达抬手抵挡，用胳膊抵住了鬼东西的下巴，却没防备另一个鬼东西从侧面冲上来一口咬中他的另一条胳膊。

这些鬼东西的牙齿异常尖锐，口中分泌的唾液又臭又黏，沾到伤口上立刻发出"嗞嗞"的声音。陆达感觉大臂伤口处传来一阵烧灼的剧痛，他强忍痛楚挥起胳膊，挥开了咬他一口的鬼东西，紧接着当胸一脚踹开挡在他前面的鬼东西。

成卫东被一群鬼东西围殴，整个人都被埋在这群鬼村民中间。

陆达折回山洞捡起两根火棍照着蹒跚而来的鬼东西噼里啪啦一顿暴揍。可这些东西好像没有痛觉，棍子打在它们身上没有任何反应，只是一味地冲向陆达他们，伸着胳膊张着大嘴企图咬死二人。

　　陆达用尽全身的力气对着一个鬼东西的脑袋使劲一抡。"咔嚓"一声，斗大个脑袋应声滚落在地。泛白的眼眶瞬间黑了下去，活像耗尽电量的玩具。

　　陆达喘着粗气，胸脯起伏不定，他刚要去救成卫东，却见这个没脑袋的东西晃悠了一下，接着朝他猛扑过来。这东西已经没了脑袋，没办法张口咬他，但从脖子里汩汩流出的腥臭的绿色黏液却足以把他熏得晕头转向。

　　无头鬼伸着胳膊冲过来"抱"他，陆达急忙挥起火棍敲断了它的胳膊，他一脚踹飞这具残破的身躯，从重重鬼东西中"杀"出一条血路，冲了出去。

　　成卫东第一次见到这么诡异的场面，着实被吓得不轻，一时间甚至忘记了反抗。直到他的手臂和腿被这些鬼东西狠狠咬住，烧灼感传遍全身，他才条件反射似的一拳一个将这些鬼东西打倒在地。

　　陆达从山洞里冲出来，正巧成卫东一拳打飞了一个脑袋。脑袋向篮球一样朝着陆达飞了过来，陆达赶紧挥起火棍一挡，将这脑袋击飞了出去。这可怕的头颅在半空中爆裂，绿色的浆水"哗啦啦"地洒了一地，同时也溅了陆达一身。

　　陆达愣了一秒，很快强忍恶心捡起另一根火棍隔空扔给成卫东："接着！"

　　成卫东眼疾手快，伸手接住了火棍，他余光瞥见一只鬼东西冲了上来，反手就用火棍挡住了它的尖牙利齿。这鬼东西的力气很大，成卫东被它逼退到背靠石壁，没有退路。

　　这些鬼东西也是欺软怕硬的玩意儿，眼见着成卫东被逼得动弹不得，它们立刻冲上来，对他群起而攻之。

一见它们冲过来，成卫东立刻飞起一脚踹中鬼东西的胸膛。那鬼东西横着飞了出去，像保龄球一样撞翻了一群涌上来的同类。

成卫东趁机跑向陆达："陆队长，现在怎么办？"

"杀出去。"陆达捏紧了火棍，眼神里透着杀气。

在成卫东的印象里，陆达的声音从来没有像现在这般阴冷过，他有些不确定："杀出去？"

陆达重复一遍："对，杀出去。它们不是人，不用手下留情。"

成卫东一向听他的话，既然他这么说，就一定有他的道理。猛然间，他突然想道："糟了！村子！"

他们两个想到一块儿去了，但是这些鬼东西像狗皮膏药一样，怎么甩都甩不掉。就算被打掉了脑袋和手脚，它们的躯干依然顽强地挺立着，似乎是秉持着"咬不死他们也要砸死他们，砸不死他们也要恶心死他们"的信念，锲而不舍地向他们冲过来。

山下的情况也同样糟糕。

33

那晚，张喜被问完话就被村民们送回地窖里去了。一路上被捆得结结实实的，一丝一毫都没松开过。他本以为那些自称巡查组的家伙能够救他出来，却没想到今天听到送饭的村民说巡查组请来了神使，要帮他们解除上主的惩罚，现在正组织他们向祭坛的水潭里放血呢。

张喜听说要放血，全身的力气像被抽干了一样，浑身上下的血液逐渐凝固，整个身体只感觉到冰冷，止不住地颤抖，连汤碗都因为双手的抖动而"哐当"一声掉落在地，在空旷的地窖里发出清脆的声音。

"不行，我不能再待在这里了。"他拿出偷来的铁丝撬开了手腕和脚踝上的锁链，动作迅速地爬上梯子，蹑手蹑脚地把地窖的石板掀开一条小缝，露出一双眼睛打量周围，确定没有人监视，这才掀开石板逃了出来。

天色很黑，他也不知道自己该往哪里跑，唯一确定的是不能再往村子里去，离村子越远越好。

他趁着夜色，凭借着记忆跑进了漆黑一片的树林里。终于跑出一段距离，突然脚下被什么东西绊了一跤，"扑通"一声扑倒在地上。虽然树林里的泥土十分松软，可是这么突然地摔一跤，张喜仍然感觉到火辣辣的疼，特别是五脏六腑，就像被摔移位了似的。

他爬起来要接着跑，可是脚踝处传来一阵剧痛，像是被什么东西抓住了。他回头一看，整个人都被吓得瘫坐在地上。一只灰色的人手从地下伸出来紧紧地拽着他的脚踝！

这里是镇龙村的坟地。

"啊！"惨叫声将寂静的黑夜划破了一条缝隙。

张喜已经被吓破了胆，被鬼手抓住的那条腿早已不会动弹了，只是依靠着本能用另一只脚蹬开鬼手，全身瘫软地向后挪动，在地上留下了一条湿漉漉的印记。

"嘭！"他感觉后腰好像撞到了什么东西。

他的身体瞬间僵在了原地不敢动弹，过了好久才慢慢、慢慢地回头看去。

一个人头赫然出现在他面前，那张脸距离他只有不到一厘米。人头翻白的眼眶直勾勾地盯着他，鼻孔和嘴巴里散发出的腐烂味熏得他当场瞳孔扩大，口吐白沫，晕倒在地。

坟地里耸起无数土包，一只只鬼手从中破土而出。死去的村民从坟地里爬了出来，闻到了张喜身上的活人味，仿佛受到了刺激，一窝蜂似的扑上去，没一会儿的工夫，张喜只剩下一堆白骨。

这些鬼东西似乎是受到什么东西的感召，趁着夜色隐匿在村寨和祭坛附近。等到天一亮，血潭祭祀开始，黑色虫子在山洞里被成卫东和陆达两人"围剿"，这些鬼东西好像收到了指令一样开始进攻。

村寨中，袁则行和顾晓晴远远地望见有人影向这边走来，还以为是哪个不听话的村民出来捣乱。他们打好了腹稿，企图用"神使"的名义把人骗回去，等走上前看清楚它们的模样时，两人张着嘴却一个字都说不出来。

这些鬼东西进村后，只要是活物就咬。村里的家畜很快就被它们咬死了。袁则行和顾晓晴到底是双拳难敌四手，被它们围困在一起。

在屋里听到外面传来打斗的声音，屋里的人纷纷打开门窗向外张望。这一张望不要紧，屋里的活人气息瞬间涌出，这些鬼东西嗅到活人的气息立刻转移了目标，向村民们袭来。

"快进屋！别出来！"袁则行朝他们大喊。

村民们惊慌失措地关上门窗。有些手慢的村民被这些鬼东西拖出来活活咬死。它们知道活人就藏在门窗后面，于是拼命地撞击门窗，很快古旧的建筑便不堪重负，门板发出不情愿的"吱吱呀呀"的声音，"嘭"的一声被迫打开。

叫嚷声、奔跑声、呼救声、撕咬声交织在一起，村寨一时间变成了人间炼狱。

袁则行瞥见地上掉落的砍刀，一个箭步越过去捡起来，反手砍杀一个朝他扑过来的鬼东西。他把砍刀丢给顾晓晴："顾医生，接着。"

顾晓晴一把接住砍刀，反手一挥，砍刀被卡在了鬼东西的肩膀上动弹不得。周围的鬼东西越靠越近，顾晓晴只好放弃砍刀，拎起火棍对着它们用力地敲下去。

袁则行在另一边又翻出了一把砍刀，对着冲过来的鬼东西就劈了下去。鬼村民的脑袋滚落在地，身体却依然紧追着他不放。

"脑袋都没了还追！够执着的！"他边跑边喊，给自己壮胆。

村寨里到处都是鬼村民的身影，顾晓晴朝一个方向跑出没两步就看到几个鬼村民在地上撕咬一个人的尸体；换个方向奔逃，路上又不知道什么时候、从什么方向突然冒出鬼东西或者看到村民残破不全的尸体。

她告诉自己不能停，更不能往李可所在的屋子跑。她只能暗中祈祷这些鬼东西千万不要发现李可的存在，李可也千万不要在这个时候醒过来。

但是事与愿违，李可早不醒晚不醒，偏偏就在这个时候醒过来。他动了动手指，发现掌心里有东西，打开一瞧，是顾晓晴留下的一张写满了汉语拼音的字条。他花了一些时间拼出了她要告诉他的消息，但是因为刚刚醒过来，他的脑子里乱得像一团糨糊，所以根本没有彻底领会字条所传达的精神，而是迷迷糊糊地走到门前，稀里糊涂地打开了门。

34

眼前是满地的鲜血和残肢断臂，空气中弥漫着鲜血的腥气和不明液体的腐臭，强烈的视觉和嗅觉冲击着李可，倒是让他清醒了几分，他下意识地要去寻找陆达他们的下落。

他一脚迈出门槛，下一秒一张鬼脸就从房顶上倒吊着出现在他面前。一股臭水沟的味道从它的嘴里冒出来，熏得李可眼睛火辣辣的疼。还没等他反应过来，只听见"咔嚓"一声，这个脑袋就掉在了地上，只剩一个无头的腔子趴在屋顶向下张望。

"快走！"袁则行拉住李可往外跑，路上见到一根棍子就迅速捡起来丢给他，"拿着！"

那具无头尸体在房顶上健步如飞，十分精准地跟着他们。它快跑一步在他们前面跳了下来，挡住了他们的去路。绿色的液体伴随着一股恶臭从它脖子的断口处不断流淌，挂满了全身，光是看着就让人恶心反胃。

"你退后。"袁则行冲上前，一脚将它踹翻在地，一棍子敲断了它的脊椎，那家伙这才消停下来，没了动静。

"袁叔，这到底是怎么回事？"李可被那东西吓得心有余悸，对周围的情况也不明所以，"陆队他们呢？"

袁则行拉着他边跑边说："陆达和成卫东去祭台搞定那些虫子了。这些玩意儿也不知道是从哪儿冒出来的，脑袋没了还能继续追，真邪门。它们的血液和口水都有毒，你小心，别被它们咬到，不然就麻烦了。"

"那我们现在去哪儿啊？"李可跟在后面问。

"去一个安全的地方。"

袁则行口中的安全的地方就是地窖。幸存的村民全都被他们带到这里躲藏起来。李可不是第一次来地窖，可却是第一次进来，下楼梯的时候还有些拘谨。

听到声音，地窖下面立刻出现四个青壮年手持着武器对着上面的入口，一旦出现危险就给它一棒子。可看到是一个人下来，他们便没有轻举妄动。

"我们回来了。"直到袁则行的声音在上面响起，他们才收起了武器。

顾晓晴正在给受伤的村民们处理伤口，回头瞧见是他，急忙迎上来关心："李可，你醒了，有没有受伤？"

"我没事，就是有点头晕。到底发生了什么？"他茫然地问，"为什么你们要躲在这里？外面那些是什么东西？陆队和成卫东他们人呢？"

"头晕话还这么多。"袁则行调侃他说。紧接着又对顾晓晴说："顾医生，人我就交给你了，麻烦你保护好他们。"

顾晓晴十分郑重地点点头："放心，我会的。"

得到了她的保证，袁则行提上火棍和砍刀毅然决然地转身爬了出去。

"顾医生，袁叔他要去哪儿？我也去帮忙。"李可说着就要跟着一起去，却被顾晓晴一把拉了回来。

她说："他去找陆队和成卫东，你留下来帮我。"

袁则行在身上抹了一些令人作呕的绿色液体来掩盖活人的气息。他弯着腰一路躲藏在树干后面，跟着那些鬼东西上了山。

越靠近祭祀山洞，地上鬼村民的残肢断臂就越来越多，有的还在抽搐扭动。下手快、准、狠，一看就是陆达的手笔。这些尸体一路延伸到祭坛山洞里，门口的尸体更是堆积如山。那些鬼东西还在源源不断地进入山洞，看来陆达和成卫东一定被困在里面了。

袁则行心里着急，决定赌一把。他从树林里走出来，直接插到鬼村民的队伍当中。

一个陌生的"玩意儿"突然出现在眼前，鬼村民们都被他吸引了过来。袁则行屏住呼吸，不敢动弹，任凭它们凑近在他身上嗅来嗅去，它们身上的死亡气息辣疼了他的眼睛也拼命地忍住。

绿色黏液的气味太过浓重，它们没能认出他，反而把他当成了同类。看它们一个个离开，没有再搭理他，袁则行在心里默默地松了口气。他快步穿梭在鬼村民中间，赶在它们前面挤进了山洞。

"陆达！成卫东！你们在哪儿？"话音未落，他就感觉到后脑勺传来一阵凉风，回头一瞧是成卫东举着火棍作势要打他。他转过脸的时候，火棍就停留在距他面前不到五厘米的地方。

火棍在他的耳边贴脸擦过，重重地砸了下去。

身后熟悉的爆裂声响起，一个鬼东西的脑壳被打爆，脑浆溅了他一肩膀。

"袁老师，跟我来。"成卫东把他带到了一个隐蔽的角落。他也注意到了用鬼村民身上的绿色液体可以暂时掩藏住他们的味道，于是便在这个角落的附近堆满了鬼村民的残肢断臂。

陆达也在这里，但他身体虚弱地靠在石壁上，嘴唇与脸颊都苍白得吓人。

"陆达你怎么了？"袁则行冲到陆达面前，因为太着急的缘故险些当场下跪，"成卫东，到底发生什么事了？你们不是在这里除掉那些吸血的虫子吗？这是怎么回事？为什么他会伤成这样！"

"陆队长也是为了救我才会被那些东西打伤。"成卫东的眼眶发热，眼泪在眼眶里打转，最终还是不争气地掉了下来，"我……我真没用……"

"哎！哭什么！"袁则行看到这么大一个男人在他面前哭得这么伤心，心里不免有些烦躁，尤其是陆达伤成这样，他的心情更加暴躁，"男子汉大丈夫，流血不流泪！你跟我说明白，到底发生了什么事？"

成卫东擦干眼泪，哽咽了一声，把刚才的经过一五一十地告诉了他："我们解决了吸血虫子，刚一出山洞就碰见那些东西。我们两个寡不敌众，陆队长为了保护我，被那些东西重伤了后背，现在伤口已经开始发炎了。"

袁则行一听这话立马从兜里掏出一支针剂给陆达打了下去："这是消炎的药剂，至少能让他撑到下山。"打完了针剂，他接着说："下面的村寨也被这玩意儿袭击了。不过好在顾医生发现它们的死穴在颈椎。"

"太好了！我一定会为陆队长报仇。"成卫东的眼睛里燃烧着愤怒的火焰，牙关被他咬得"咯咯"作响。

第二十章　破解尸变真相

35

知道了鬼村民的弱点，成卫东拎起火棍就冲了出去，见一个砸一个，砸一个倒一个，像是要把心里无限的怨气全都在它们身上发泄出来。

"成卫东！"袁则行低声喊着，见没拦住他，低低地咒骂了他一句"真愣"就赶紧冲上去帮忙。

鬼村民的数量越来越多，那种奇怪的声音又响起来了。成卫东和袁则行头痛欲裂，而鬼村民却异常兴奋。

"就是这个声音在操纵那些东西！"成卫东捂着头从牙缝里挤出一句话。

"在哪儿？"袁则行感觉头快要裂开似的，手上的动作也慢了许多，一群鬼村民趁机将他摁在了地上。

"不知道！"成卫东猛扑过去，一头撞飞了压在袁则行身上的鬼东西。

随着声音频率越来越快，那些鬼村民好像打了鸡血似的，全都冲上来与他们拼命。除了它们，地上的残肢断臂好像也受到了感召，在地上飞快地爬行；无数颗头颅在半空中旋转着飞舞，似乎还没有搞清楚方向，只见那些头颅原本一片漆黑的眼眶，现在充斥着一片血红色的光芒。

有那么一瞬间，成卫东有些后悔砍下那么多头了。

两条断臂在地上抓住了他的脚踝，另有两条攥住了他的手腕。成卫东被四条断臂钉在了原地，动弹不得。他扭动身体希望把悬空的手臂甩出去，却没防备腿弯处挨了重重的一记打，疼得他当场跪在地上。

见他倒地，周边的断手断脚全都跑过来报仇。你一拳我一脚，打得十分起劲儿。袁则行也被鬼村民缠住，有心相救却无力抽身，只能眼睁睁地看着他被摁在地上，让一群肢体殴打。

成卫东趴在地上，脸颊旁边就是一只鬼手。尘土飞扬中，他模模糊糊地看到有一条极细极透明的丝线一样的东西飘浮在空中。

这是什么？他眯着眼睛仔细看看，像是蜘蛛丝，又好像是莲藕的丝线。

等他再想仔细看看的时候，那些透明的丝就"唰"一下不见了。

难道是有人在控制这些东西？

这个想法一冒出来，成卫东的心里更是火冒三丈，他化悲愤为力量，硬生生地从地上爬了起来，抓住一条断臂抡圆了对着一个脑袋打了过去。

这小子劲儿还挺大！袁则行都看呆了，险些忘记了反抗。

断臂被一只脚踢成了两截，成卫东顺势拽过那条断腿，以毒攻毒，将"没有枪，没有炮，敌人给我们造"的游击策略发挥得淋漓尽致。

"打得好！"袁则行踹开一个鬼村民后夸赞他。

这时候，那个诡异的声音又开始响起来了。

袁则行刚刚恢复平静的脑袋又开始疼了起来。好不容易甩开那些鬼东西，一晃神儿的工夫，又被它们占了上风。袁则行气得直骂："什么东西！号丧呢！难听死了！"

兴许是这声音加重了陆达的伤势，疼得陆达额头直冒冷汗，他在昏迷中忍不住哼了一声。

离他最近的断臂在这奇怪的声音中以一个奇怪的姿势扭动着，断臂表皮鼓起一条条细小的纹路，像是有什么东西在皮肤下面游走。随着纹路向断口处延伸，一条条极细极透明的"丝线"从断口处喷涌而出，向陆达的脖颈喷射而去。

就在它们要碰到陆达的时候，他手中握着的青铜铃铛却突然震动起来。铃铛的响声化作一层一层的音波向四周扩散开来。那些"丝线"碰到了音波，就像触电了一样迅速地收缩回断臂之中。而原本活跃，甚至企图蹦起来抽陆达一嘴巴的断臂，此刻就像是霜打的茄子一样瘫在了地上。

在青铜铃铛的影响下，那个奇怪的声音有所收敛，对鬼村民的控制也有所减弱。袁则行瞥见有些东西冲着陆达去了，心里着急，趁着刚打倒几个鬼村民的空当，他飞跑过去，一棍一个解决掉了它们，上前检查陆达的情况。

陆达的体温急速升高，脸颊红得发烫。袁则行心里发慌，不住地拍打他的脸颊："喂，陆达，别睡啊！给我醒醒！不许睡！"

青铜铃铛从陆达的掌心滚落在地，发出一阵阵沉闷的声音。

36

成卫东感觉脑子晕乎乎的，耳朵听到的声音好像都隔着一层水雾。现实与虚幻交替出现，有时他也分不清到底哪一个才是真实的世界，哪一个才是青铜铃铛想让他看到的景象。

恍惚间他又回到了当年的祭坛。"连帽斗篷"与巨蛇恶斗三天三夜，终于勉强将它封印到了眼前的祭坛中。祭坛的水池是以巨蛇的身体为底，用石头重新砌上加固的。

他走到巨蛇面前，看到它张了张嘴，眼中满是不解与怨毒。在青铜铃铛的响声中，他断断续续地听到了巨蛇心底的声音："忘恩负义的人类，我诅咒你们终有一日自相残杀，不得好死！"

随着石头的封砌，巨蛇流下了不甘的泪水。眼泪顺着石缝流淌到水潭中央，化作一股怨气悄无声息地钻进了放置石刻的暗盒。

随着时光流逝，石刻在那一滴眼泪的影响下开始产生变化，只是还没有等到合适的机会，一直蛰伏不动。直到那天，村民们把王武开膛破肚，鲜血淌满了整个石床，有一部分血液顺着暗格细微的缝隙流淌下来，混着一颗小小的种子掉在了石刻上。

村民们沉浸在自我编织的血腥幻想中，谁都没有察觉石床暗格中正酝酿着一场巨大的灾难。

那颗小小的种子在血与泪的浇灌下延伸出无数密密麻麻的极细极透明的"丝线"，向四面八方野蛮生长。"丝线"触动了暗格的机关，打开了暗格，裹挟着石刻掉入了水潭。

成卫东在圆台上看到这一幕，赶忙跳下水潭寻找石刻的踪迹，可是任凭他将水潭翻了个遍也没有看到石刻的踪影，甚至连那一团鼓鼓囊囊的"丝线球子"都没看到。

他从水里上来，身上依然是干爽的。

水面上波光粼粼，几条银线漂浮在水面上。

那两个穿得跟"鸟人"似的祭司来这里取肉。水面拍打着石桥将银线送到了岸上。银线随风飘起附在两个祭司的身上并跟随他们离开了祭台。

"等等！回来！"成卫东赶紧追出去，想告诉他们，身上有东西，但是无论他怎么跑，始终都无法追上他们。

"成卫东！"他听到身后有人叫他的名字，只一个回头的工夫就脚下一崴，身体突然失重坠下了万丈深渊。

"成卫东！成卫东！"这声音还在耳边回响，越来越清晰，越来越焦灼。

"成卫东，给老子醒醒！"

这骂人的动静怎么那么熟悉，这不是袁老师的声音吗！成卫东一激灵，猛地睁开了眼睛。果然是袁则行。

"他醒了。"袁则行扭头对顾晓晴说。

"我怎么了？"话一出口，成卫东就愣住了，为什么自己的声音听起来这么虚弱？

"你怎么了？你被那些东西咬着脖子了。"袁则行气呼呼地说，"你怎么想的？拿着火棍站在原地让它们咬？当自己是活靶子啊！"

"好了，他刚醒，你别吓到他。"顾晓晴依然是那样温柔。

袁则行闭嘴，眉头一皱，表情隐忍，十分痛苦。

"袁老师，你怎么了？"他问。

"我没事。"袁则行不耐烦地说。

看他不想说话，成卫东也没有继续追问。他起身看向顾晓晴："顾医生，你怎么来了？那些东西呢？"

"说来话长。你们上山之后没多久，村里就遭到了它们的袭击，我们躲在地窖里才躲过一劫。后来我查到那些死去的村民之所以能复活，是因为它们被一种真菌寄生。这些真菌的菌丝代替了村民尸体里的部分神经，对活物十分敏感。简而言之，攻击你们的不是死去的村民，而是那些真菌菌丝。"顾晓晴说，"菌丝怕火畏热，我带了火石上来暂时把它们逼到外面了。"

成卫东精神大振："太好了，这样我们就可以用火把它们烧个干净。"

"哪有那么容易。"陆达坐在一旁说，"那些东西狡猾极了，一看势头不对，跑得那叫一个快。"

"陆队长，你没事了？"成卫东满脸惊喜，起身就要过去，却眼前一黑，脑袋有些眩晕。

"你就别动了。当心着点你那脖子。"袁则行皱着眉头扶他坐了回去，那表情仿佛在说，你这小子真不让人省心。

"我没事。"成卫东没心没肺地傻笑。

"这还要多亏顾医生。"陆达说，"李可的情况怎么样了？"

顾晓晴说："他已经醒了。我看袁队长和你们一直没回来，就让李可看着村民，我上山来看看。"

"这个李可真不像话，居然让你一个女孩子单独上山，这万一出点什么情况可怎么办？"袁则行说。

"你别小看我们做校医的。当年上山下乡去实习，多少毒蛇猛兽我都见识过，我可不是那些娇弱的女娃娃。"顾晓晴笑容温柔，语气却十分坚定，"与其担心我，还不如琢磨一下怎么收拾外面那些东西。别怪我没有提醒你们，要想从根源解决外面那些东西，光毁掉村民的尸体是没有用的。一定要毁掉寄生在它们身上的真菌菌丝的母体，才能永除后患。"

陆达问："母体？有这方面的线索吗？"

顾晓晴遗憾地摇了摇头。

"或许我知道。"成卫东一句话把他们的目光全都吸引了过来，"我刚刚看到，那些真菌的菌丝缠绕着石刻，打开暗格，把石刻拿走了。"

"拿走了？拿到哪里去了？"陆达急忙追问。

"就在水潭里。"成卫东用手一指。

几人起身围着遍布干涸血渍的水潭向下张望，里面却空无一物。

"当时水潭还有水，我跟着它下去，可是那东西进了水就不见了。"成卫东指着东南方向的石壁说，"它就是在那里下去的。"

几人盯着那块石壁目不转睛地看着。

成卫东接着说："后来有两根菌丝附在了那两个死去的祭司身上，跟着他们一起离开这里。我想去阻拦他们，可是不论我怎么跑都追不上他们。之后听到你们叫我，我就醒了。"

顾晓晴将前后事情串联起来，瞬间就想通了其中的缘由："这就对上了。那个石刻跟青铜铃铛一样，材质特殊，传说它拥有能扭曲磁场的能力，据我推断应该是那颗种子被它的材质影响，基因发生了突变，所以才会出现这么反常的现象。如果那两个祭司后来去过埋葬村民的墓地，那么，那两根菌丝很有可能是在那个时候被带到了墓地，然后入侵了这些村民的尸体。"

另外三个人点了点头。但成卫东总觉得有什么地方不太对劲。

陆达的话问出了他的疑惑。他问顾晓晴："顾医生说得很有道理。只是我有一个疑问，你是怎么知道石刻与青铜铃铛一样，是用特殊材质制成的？"

顾晓晴愣了一下，微微低头解释说："我也是听村长说的。"

"都这时候了还琢磨这个干什么？还是找找那个什么菌丝的母体吧。"袁则行说着已经跳下了水潭，在石壁上摸索，"哎陆达，你快下来看看，这里是不是有机关什么的？"

陆达跳下水潭仔细摸了一遍，石壁是一整块完整的大石头，没有任何缝隙。他们两个人在石壁上敲敲打打，也没有发现暗格。

袁则行抬头问："成卫东，你确定是这个位置吗？你该不会是在水底下没看清楚，记错位置了吧？"

"不可能。我不会记错的。"成卫东笃定地说，"这个位置是那条巨蛇蛇头的位置，我亲眼看到的。不信的话，你们把石壁砸开看看就知道了。"

"这主意不错。"袁则行与陆达对视一眼，点点头说。

37

陆达跳上岸边，免得被他误伤。

成卫东把火棍和砍刀都递了过来。袁则行选择了砍刀，他将砍刀高高扬起，在三个人的注视之下狠狠地劈了下去。

石壁裂开了一条缝，砍刀却直接被崩开裂成两截，刀头弹了出去。陆达侧身一躲，刀头擦着他的身体飞了过去，直插进他们身后的地面。

袁则行惊讶地看着砍刀的断面，转过身对他们说："好家伙，够硬的，刀都劈断了，人家愣是纹丝不动。"

或许是感受到了有外力要破壁而入，那个声音又出现了。

"就是这个！"几人急忙捂住耳朵。

陆达赶忙从兜里掏出青铜铃铛拼命地摇晃起来。但铃铛的声音凌乱无章，很快就被那种奇怪的声音淹没。

袁则行离那声音最近，他感觉脑浆都快要沸腾起来。他捂着耳朵扯着嗓子喊："陆达，这怎么不好用了？刚刚不是还好使呢吗？"

一股恶臭从洞口处传了进来。

"不好，它们又来了！"顾晓晴看向洞口，大喊一声。

陆达当机立断，把青铜铃铛丢给成卫东："成卫东，顾医生，你们留下来找母体。老袁，上！"

既然知道了鬼村民的弱点，两人提刀上阵，目标直指它们的后脊梁，一刀一个干净利落。

成卫东和顾晓晴跳下水潭，忍着头痛在石壁上摸索。成卫东看到了袁则行刚刚劈开的裂痕，心中高兴极了，看来这石壁也不是那么刀枪不入。他赶紧捡起那把断刀，把断裂面的尖头插进缝隙里，用力地向一旁撬开。

他咬紧牙关，脖颈和手臂上青筋暴起，可是缝隙却纹丝未动。

"小心！"顾晓晴一个箭步冲过来，将一个从背后偷袭成卫东的鬼村民扑倒在地。她拼命地抵着鬼村民的脖子，任凭对方一张臭嘴对着她，恶心的口水滴落在她的胸口，她也没有放手。

成卫东提起断刀，一刀插在这鬼东西的后背，了结了它的"性命"。

他赶紧扶起顾晓晴："顾医生，你怎么样？没受伤吧？"

"我没事。"顾晓晴闻到胸口上的口水味，万分嫌弃地皱起了眉头，"好臭啊！"

成卫东继续跟石壁较劲，脚下突然被硌了一下，他低头捡起来一瞧，顿时计上心头。

顾晓晴看他对着手里的一小包东西发笑，好奇地问："这是什么东西？"

"火石粉。"

成卫东动作迅速地把所有的火石粉全都塞到了石壁的缝隙里，顾晓晴拿出火折子引燃火棍。两人爬出水潭，将火棍往石壁缝隙处一扔，扭头就跑。

"快跑！"他们边跑边喊。

陆达和袁则行正跟鬼村民打得火热，见他们疯了似的往外跑，他们也不管什么鬼村民了，二话不说，拔腿就跑。

当他们跑到洞口的时候，火石粉炸了。整个山洞都在颤动。

那个奇怪的声音重新响起，在烈火中尖锐刺耳，但没响几下就消失了。鬼村民也随着这声音的消失，一个接一个地身体萎缩，变成一具具瘦小的人干，倒在地上，摔了个粉碎。

他们踉踉跄跄地跑出了山洞。

"成卫东……成卫东……"

有人在叫他的名字。

成卫东一回头，山石滚落之中，石刻明晃晃地摆放在祭台上。

"石刻！"他立马掉头，一头扎进了山洞里。

"回来！"他们想要回去拉住他，可是已经来不及了。

在成卫东进去的那一刻，山洞轰然倒塌。

洞口被堵了个结结实实。整座山塌了半边。

"成卫东！"三个人大惊失色。

第二十一章　顾晓晴的来历

38

天空下起了蒙蒙小雨。

村民们披着蓑衣扛着镢头、镐子等上山挖掘祭坛山洞的废墟。

陆达和袁则行的双眼布满了红血丝，眼袋深重，下巴长出了青硬的胡楂。他们一天一夜没有合眼休息，不知疲倦地跟着村民们挖掘废墟。

他们告诉自己不能休息，成卫东还在下面等着他们来救他。

李可一边搬动石头一边凑到袁则行身边，苦劝道："袁叔，你们已经一天没合眼了，我来挖吧，你们回去休息一会儿吧。"

"不用，多一个人多一份力量，也能快一点救出他。"说这话的时候，袁则行的眼睛已经木了，身体只是机械式地搬动石头，根本没力气再去思考别的事情。

顾晓晴拿了一瓶水给陆达："陆队，休息一下吧，你们这样会把身体累垮的。如果到时候找到了成卫东同学，你们却倒下了，那不是更糟糕？"

陆达没有理会她，手上挖掘、搬运的动作一刻也没有停止。雨水打湿了他的头发，混合着汗水顺着他的额头流淌下来，几次流进他的眼睛，蜇得他眼睛生疼，他也只是用衣袖胡乱抹了一下，要么就是眨巴眨巴眼睛继续干活。

突然有个村民大喊："在这儿！"

这声音就像一束阳光穿透了厚厚的云层，给充满阴霾的大地带来了光明。

陆达和袁则行疯了似的跑过去，几次险些跌倒。石块与泥土中间，若隐若现的是成卫东的脑袋。他们不敢再用工具，生怕伤到他，于是几个人跪在地上徒手搬石头、刨土块，也不管手上身上一片泥泞。

大概挖了半个小时，终于把成卫东周围的石块清理干净。他的身体蜷缩在下面，怀里似乎抱着什么东西。

因为没有着力点，众人只好拽着他的衣服把他从下面拉上来。

"来！搭把手！起！"

他们缓缓地将人从底下拉上来，把人轻轻地放到地上。成卫东始终保持着蜷缩的姿势。顾晓晴探了探他的鼻息、脉搏和心跳，愣在了原地。成卫东的生命体征消失了，看着陆达和袁则行期待的目光，她只能无可奈何地摇摇头。

李可尝试着打开成卫东的身体，只见他的脸色苍白，怀里抱着两个物件，一个是青铜铃铛，一个是刻着奇怪花纹的圆形石块。

陆达和袁则行见状，感觉胸口像是被人打了一拳，只感觉喉咙一紧，眼前就陷入了一片黑暗。

雨过天晴，腐臭的味道被冲刷殆尽，山里飘荡着一股草木的清香，整个天地宛若新生。但村寨里却被哀伤笼罩，村民们把死去的亲友的尸体放在一起，一把火烧了个干净。

"烈火可以燃尽世间的一切丑恶。"村长总是这样说。

他们面无表情地看着亲友的尸体化成灰，没有喜悦，也没有伤悲。

成卫东也被抬到了火堆旁。他原本就很安静，不擅长表达，现在一言不发地躺在这里，好像睡着了一样。陆达等人不忍地看着他。

袁则行非常不适应这种悲伤的气氛，但又按捺不住心里的难过，于是便露出一个难看的笑容，开口调侃他说："你这小子真愣，怎么也不说一声就冲进去了？一定是跟陆达待久了，近墨者黑，好的没学，光学会逞英雄了。"

李可站在一旁，眼中有泪光闪动，回想起这一路上的波折，没想到一个队友就这样没了，他这心里总是有些不忍。

顾晓晴早些年就已经见惯了生离死别，对于这些，她的眼中只剩下了漠然。

面对成卫东的尸体，陆达感觉自己仿佛又回到了三十年前的那个早晨。天很热，但他的心却是冷的。对于先生的死，他无力回天，没人相信他的话，如今这种无助感时隔多年再次袭来，他甚至比之前更加无助。即便他已经长大成人，即便他身手不凡，即便他成为了保卫处成员、巡查组组长，可是面对身边人的离开，他也只是一个普通人，什么都做不了。

陆达拿出青铜铃铛，在成卫东的耳边晃了一下，期待着他能像以前那样醒过来。见他没有反应，他又晃了一下，又晃了一下，频率逐渐急促。

袁则行上前摁住他的手："陆达你别这样，他已经走了。就让他安心上路吧。"

陆达用力地捶打木板："不！是我把他带出来的，我要全须全尾地把他带回去！"

袁则行这人平时有些冲动，可是在这种场合却显得异常冷静："你别这样。等我们找到周逸农，再一并把他的骨灰带回去，到时候为他向上级申请一份荣誉，也好给他的家人一个交代。"

村民们的骨灰已经烧得差不多了。这时，村长走过来："烈火可以燃尽世间的一切丑恶，就让神使回到天上吧。"

"什么狗屁神使，他是我们的同志！是我们的同志！"陆达咬牙切齿地说。要不是有袁则行在一边拦着，他可能下一刻就要扑上去跟村长对峙了。

"陆达，你冷静点。"袁则行说。

陆达强忍悲痛转过身不去看成卫东，这算是他的默许。

袁则行冲着村长点了点头。

村长立刻招呼人过来把成卫东抬起来送到火堆里。

因为成卫东帮助村里解决了所谓的上主的惩罚，所以就算是知道了他是巡查组的同志，在很多村民的心里仍把他当成神使一样对待。因此，他们把火化他的火堆烧得旺旺的，火焰蹿起了一人多高的火舌。成卫东的身影在烈火之中逐渐扭曲。

39

浓烟滚滚，直冲天际。

突然，成卫东的手指动了一下，他脸上的表情十分痛苦，随之猛烈地咳嗽起来，整个人直直地坐了起来。

这一下可把村民们吓坏了，纷纷惊慌后退，有的甚至以为又是什么菌丝在作怪，已经抄起棍棒准备给他一下了。

陆达等人也被吓得愣在原地，不知所措。

"这是干什么？咳咳咳……陆队长！袁老师！救命啊！咳咳咳……"成卫东在熊熊烈火中一边捂着口鼻咳嗽，一边大声地呼救。

"快！快救人！"陆达第一个冲上去，一脚踹飞下面的火堆。

村民们这才反应过来，提水的提水、盖土的盖土，忙活了好半天才把火扑灭。所有人都灰头土脸，好像刚从矿里挖煤回来似的。老话说，救人一命胜造七级浮屠，他们这也算是为自己、为亲人积德行善了。

众人将成卫东搀扶回屋。顾晓晴重新给他做了心率检查："一切正常，只不过……"

"不过什么？"众人的心被她这一句话吓得提到了嗓子眼儿，全都目不转睛地盯着她，生怕她说出什么不吉利的话来。

"不过你身上这是什么味道啊？好臭啊！"顾晓晴捂着鼻子，露出一抹狡黠的笑容。

李可拍着胸脯抱怨说："顾医生，你什么时候变得说话大喘气了，就不怕出现医患纠纷吗？"

顾晓晴笑了笑，说："我去跟村长说一声，让他准备一些热水给你洗个澡。"

"谢谢顾医生。"成卫东说。

等顾晓晴出去，袁则行瞪大了眼睛凑到他面前，就差在脸上写上"不可思议"四个字："你居然没死！"

成卫东在旁边一直咳嗽干呕，听他这么问，他自己都不知道该怎么回答："是啊，我没死啊。"他说完回想起刚刚的火堆，又抬头看看他们："你们刚刚是要把我烧死吗？"

袁则行张口结舌："我……我们……这都是误会，误会。"说着用力地拍了一下他的肩膀。"你小子还真是命大啊，这都没死！有句话怎么说的来着，叫'大难不死必有后福'。你以后一定是个大富大贵的命。"

陆达在一旁嗤笑一声，说："得了吧，你什么时候还会给人看命了？"

"又不是你刚才半死不活的模样了？"袁则行回撑了他一句，转头就抓着成卫东要揭他的老底，"哎我跟你说啊，我们都以为你死了，刚刚陆达哭得可伤心了，我这半辈子都没见过他哭成那样……"

"哎哎哎，你别听他瞎说。我什么时候哭过？"陆达赶紧上手捂住袁则行这张没遮拦的嘴，"对了，你是什么情况？我们分明确认过你已经没有呼吸了，怎么突然又活过来了？"

"我也不知道。"成卫东喝了点李可递过来的水，回忆说，"当时我听到有人在叫我的名字，然后我就看到祭台上放着石刻，我也没多想就冲了进去。之后山洞塌了，我躲在水潭里，那里刚好有一个缝隙可以容纳我。后来我看到石壁裂开了，里面好像有动物骨头。我没想到那东西能那么臭，一下子就给我熏住了，接下来我就什么都不知道了。再后来就是我被烟给呛醒了，然后就看到你们了。"

众人恍然大悟。

袁则行说："合着你是被熏晕的。好家伙，你再晚醒一会儿就直接化成灰了。不是我说你，山洞都塌成那样了，我们都往外跑，你就敢往里冲？你真行！太愣了！这都跟谁学的？"

陆达适时地接过话来："这不是跟你待久了，近墨者黑嘛。"

"不是，陆达你到底是哪头儿的？"袁则行回头不痛不痒地呛了他一句。

陆达只是笑笑，没接茬儿，他拿来石刻递给成卫东："这就是你说的石刻？"

成卫东将石刻拿过来，自从他拿到石刻，还没好好看过它呢。他仔仔细细地打量一番，点点头，说："没错，就是它。当时那个穿着连帽斗篷的人就是用它和青铜铃铛一起打败了那条巨蛇，所以我想这两个东西之间应该是有什么关联。"

石刻在他们的手中传阅。

李可注意到石刻上的花纹："你们看，这些花纹跟人字天峡谷石壁上篆刻的花纹是不是很相似？"

陆达拿过来跟袁则行一块儿瞧了半天："你这么一说，好像确实有点像。老袁，你觉得呢？"

袁则行摊开双手："那我哪记得，要我看都长得差不多。"

陆达看向成卫东："你还能想起人字天石壁上刻的花纹吗？"

成卫东摇头说："时间太久了，而且当时我们只想着通过峡谷，根本没时间去记那些花纹。"

"我记得。"李可说。

于是，李可在三双眼睛的注视下，一笔一画地在陆达的笔记本上重现了人字天石壁上的花纹，连两个巨大的青铜铃铛石雕上的花纹都丝毫不差。从头到尾，陆达、袁则行和成卫东的嘴就没合上过。

"画完了。"李可放下笔，把笔记本往陆达面前一推。

"这……这怎么可能！"袁则行用看怪物的眼神盯着李可看了半天，"有这能耐，窝在小小的保卫处真是屈才了。我冒昧问一句，之前听说你是因为办理表格拖拖拉拉被人民群众举报了，按理说你有这过目不忘的本事，不应该啊。"

说起这个，李可就满腹的委屈："那些表格看一眼就知道怎么填了，我也不知道为什么大家总也弄不明白。不过，就算大家填不明白，我也是一个一个亲自指导他们填写的。我也不明白为什么会被举报。"

成卫东说："或许你可以在办事大厅里张贴一张样表，让大家照着填，这样会不会方便一些？你也会轻松很多。"

李可挠挠头，一脸疑惑地看着他们："这么简单的表格还需要样表？"

"需要！"他们三个人异口同声，态度坚决。

"需要什么？"顾晓晴推门而入，"热水烧好了，你可以去洗澡了。"

"好，谢谢顾医生。"成卫东说。

在他离开之后，顾晓晴又问了他们一遍："你们刚才在说什么？需要什么？"

"我们在说石刻上的花纹跟人字天峡谷石壁上的花纹长得很像。顾医生你看，这是我画的，像不像同一个东西？"他说着就从陆达手里把笔记本拿走，递给了顾晓晴。

陆达因为之前的事情，对顾晓晴的身份存有疑虑，心里还盘算着这件事要不要瞒着她。谁承想李可这小子的嘴真是没个把门的，三两句话就把事情全交代了。陆达心里憋闷得很。

顾晓晴看看笔记本又看看石刻，若有所思地点了点头："确实很像。这是你画的？"

"当然！"李可十分自豪。

"真厉害。"她微笑着把笔记本还给了他，"陆队长，既然我们已经救出了成卫东同学，那么下一步我们要去哪里？"

"这要等成卫东回来我们再商议。"陆达说。

"好。那我到附近转转，很快回来。"她说完就出去了。

"哎呀，那我要好好休息一下了。因为那个真菌，我好几天都没好好地睡上一觉了。我先去眯一会儿，等成卫东回来了，你们记得叫我啊。"袁则行伸着懒腰走到床边，呈"大"字形倒了下去，话音刚落就打起了呼噜。

陆达："……"

李可："……"

"我也出去转转，你看着他。"陆达交代了一声就出门去了。

李可恪尽职守，搬了张椅子放到床边，眼睛眨也不眨地盯着袁则行。

陆达拿着笔记本在村寨里转悠。这两天发生了太多的事情，让他心里乱糟糟的。原本以为寻找周逸农只是解决一个普通的失踪事件，却没想到一路上牵扯出这么多的事情，甚至还牵连着多年前教书先生的死。

一想到这里，他就感觉胸口好像压了一块巨石，沉重得连呼吸都有些困难。

村寨遭此一劫，损失惨重，不远处村长正在指挥村里的青壮年修复破损的建筑，鲜少露面的妇女儿童在这个时候也都出来帮忙清理废墟。整个村子虽然看起来有些破败，其中却蕴藏了一股蓬勃向上的能量。这可能就是人类绵延不绝、生生不息的原因吧。

两个青年吃力地搬动一根粗重的木头横梁。陆达拿了一根小臂长、小腿粗的滚木走过来，将它插在木头下面。

"推一下试试。"他说。

两个青年将信将疑地推了一下，横梁很容易就移动了。他们连连道谢，一脸惊奇地把这个秘诀分享给其他人。

陆达微笑着走向村长。两人并肩而立，看着村寨一点一点恢复生机。

陆达说："放心吧，一切都会好起来的。"

"借您吉言。"村长说。

"对了，有一件事情想向您请教。"陆达拿出石刻和笔记本，"您见过这些花纹吗？"

村长接过来一瞧，两只眼睛眯成一条缝隙，半天没说话。他脸上的皱纹似乎在沉默中变得更加扭曲，原本佝偻的身体更加向下弯曲，从远处看像是一个问号。

"这个我也拿不准，得让村里的老人来认一认。"

"那就麻烦了。"

村里的老人很快被召集在一起，大家互相传阅笔记本和石刻，其中一个老人似乎想到了什么，双手微微颤抖："蚩尤残卷！这是蚩尤残卷啊！"

"蚩尤残卷？那是什么？"陆达蒙了，青铜铃铛的来历还没弄清楚呢，这又冒出来一个蚩尤残卷……

"具体的我也不清楚，只知道蚩尤残卷跟一个宝藏有关……不过，看这个图案应该是跟魔王窟有关。"

老人的话非但没有让陆达的思绪清晰，反而让他更糊涂了。

送走了老人之后，陆达再次向村长表示感谢："谢谢您的配合。"

"这都是小事。"村长谦虚地说。

"不只是这一件事情，我还要代整个巡查组向您说声谢谢，要不是您告诉顾医生石刻跟青铜铃铛材质同属的信息，我们也不会这么顺利地解决所有事情。"陆达说话的时候，紧紧地盯着村长的表情，生怕错过任何一个细节。

果然，村长先是一愣，然后问他："石刻？青铜铃铛？我有说过吗？"

陆达心里有了答案，笑着说："您说过的，可能是您忘记了。说者无意听者有心，说到底还是得谢谢您。"

村长还是一副迷茫的模样，以至于在他们离开之后的好几个晚上都辗转反侧地琢磨，自己什么时候说过这话。

既然不是村长给出的消息，那么顾晓晴为什么要撒谎？她到底是从哪儿得来的消息？她，到底是谁？

第二十二章　误入迷魂阵

40

听说他们要去魔王窟，村里的老人都极力地阻止他们，说这个名字可不是白叫的，那地方简直就是个吃人的魔窟，所有去那里的人都回不来。他们说这些话的时候，表情异常狰狞，似乎是想通过这种方式吓退他们。

然而巡查组见他们这样非但没有害怕，反而还隐隐有想笑的冲动。

陆达一行人还是如期上路了。

出了村寨，袁则行就忍不住调侃："我记得当时在八角山底下那个车夫就是这么说的，没想到到了这儿，他们还拿妖魔鬼怪吓唬人，真是把我们当三岁小孩儿了。"

李可附和说："是啊，每一次都说有鬼抓替身，吃人，说到底还是逃不脱科学。顾医生，你觉得呢？"

"啊？对。"顾晓晴自打山洞塌方那天起就变得心事重重，这一路上更是沉默寡言，因为她之前话也少，所以大家没有觉得不对劲。现在突然被叫到名字，她有些意外，于是随口应了一声便没再作声了。

袁则行看到李可一副被鬼迷了心窍的样子，心中了然地撇撇嘴，回头对陆达说："常言说得好，英雄难过美人关。你说是不是？"

陆达没有回应。

"哎，"袁则行用胳膊肘拐了他一下，"想什么呢？一路上一句话都不说，这可不像你啊。"

陆达苦着脸看他："我又不是你，哪来这么多话？"

他这一路上一直在想一件事，这个顾晓晴是不是在玩灯下黑？他把之前的事情从头捋了一遍，周逸农失踪的起因是跟孟宽斗殴，而斗殴是因顾晓晴而起，顾晓晴又跟孟宽相识。还有一点，就是在资源县，孟宽也在那里出现，难道真的像他说的那样是来进货的吗？还有海洋山那晚，怎么那么巧顾医生就能捡到他们三个人的配枪……

陆达隐隐感觉到，周逸农、顾晓晴和孟宽这三个人之间一定存在着什么联系。只是现在的线索像一团乱麻，让他理不出头绪来。他觉得在这些迷雾一样的离奇事件中，所有问题的关键都指向了青铜铃铛。他摸了摸口袋，隔着衣服感受着青铜铃铛的轮廓，或许只要解开了青铜铃铛的秘密，这些事情都会迎刃而解。

话虽如此，要做到谈何容易？前路漫漫，又冒出一个"蚩尤残卷"和魔王窟，鬼知道前面又会发生什么事情。

"不过村长他们既然说了魔王窟很危险，那就一定不是危言耸听。"他板着脸说，"我们还是要小心为上。"

成卫东突然站住，脸色痛苦地捂住胸口。

陆达几乎在同一时间就注意到了他的不对劲，连忙关切询问："你怎么了？"

成卫东的眉毛几乎扭成了麻花："我……我也不知道，就是感觉心脏像是被什么东西揪了一下，好难受。"

"我看看。"顾晓晴快步过来，拿出听诊器探听他的心跳，又给他测了测体温，"心率正常，体温正常。你之前有过这种症状吗？"

"没有。"成卫东说。

顾晓晴伸手摁了一下他的心口处，问他："疼吗？"

成卫东摇摇头："现在不疼了。"

李可的眼睛一直跟随着顾晓晴的手，那表情好像恨不得心痛的是自己才好。

顾晓晴放下手，接着问："有没有恶心、出虚汗、疲乏无力的症状？"

成卫东坦诚地说："没有，都没有。就刚刚疼了一下，现在没感觉了。"

在众人紧张的注视下，顾晓晴淡淡地说："不用紧张，是焦虑和恐惧引起的短暂性神经官能症。这是一种神经障碍的总称，一般要通过认知行为治疗和支持性心理治疗来辅助治疗。不过不用担心，你的症状比较轻，是因为这几天没有好好休息再加上受到了巨大的惊吓所产生的后遗症，保持心情放松，注意休息就好了。"

"好，谢谢顾医生。"成卫东十分乖巧地说。

袁则行指着前方说："前面有一片石林，走了大半天了，正好可以歇歇脚。"

前面果然有一片石峰林立。"横看成岭侧成峰，远近高低各不同。"他们穿梭在石林中，好奇地打量着周围形态各异的石峰。

"你们说这些石头是从哪儿搬来的？"袁则行问。

陆达无奈地说："这不是搬来的，是喀斯特地貌，是石头受到流水下切的作用形成的。好歹是师范大学的保卫处干事，平时也去一去图书馆吧。"

袁则行嘴硬地狡辩："我当然知道。不就是卡死他地貌吗？长这么尖，要是有个人掉下来能不卡死他吗？"

陆达张了张嘴，对他翻了个白眼，什么也没说，径直走开了。

李可在后面听到这样的解释，忍不住笑出了声。

"你笑什么？"袁则行没好气地瞪了他一眼，吓得他赶紧收敛笑容，闭上嘴，强忍住笑意。

成卫东看着这些石峰，总觉得后背凉飕飕的，好像有人在窥视。这种感觉之前在海洋山上有过，后来经过人字天和镇龙村之后就消失了，直到他死里逃生之后才又出现。现在这种感觉越来越明显，可就是捕捉不到在他身后偷窥的到底是谁。

他假装去看石峰，暗中悄悄地窥探他们来时的路，路上一片坦途，最近的树林离这里也要好几百米，根本不可能藏人。

难道是我的错觉？没抓到人，成卫东都有些怀疑自己了。

嘭嘭！嘭嘭！嘭！嘭！嘭！耳边传来一阵微弱的心跳声。

成卫东摸摸自己的胸口，频率不对，他心里一惊，连忙向四周张望。陆达他们说说笑笑地已经不知道走到哪儿去了。周围空荡荡的，只剩下了他一个人和一群林立的石峰，以及耳边响个不停的心跳声。

"陆队长？袁老师？你们在哪儿？"他慌忙寻找，边走边喊，"李可！顾医生！"

回应他的只有石峰间偶尔路过的风声。

41

陆达和袁则行一路说说笑笑，忽然耳边一片安静。他们回头一看，身后空空如也，成卫东、李可和顾晓晴都不见了。

"李可？顾医生？"袁则行叫了他们一声，"别躲了，我都看到你们了。"他顿了一下，往前走了几步，"再不出来我可过去了啊！"

还是没有回应。

这时他们才意识到事情的严重性。他们顺着过来的路往回找，沿路没看到任何人。石林就这么大，而且石峰与石峰之间又有很大的距离，就算走散了，彼此招呼一声也能听到，没道理像现在这样连个回应都没有。

"怎么会这样？我再去那边找找。啊！"袁则行刚转过一座石峰就被一个软乎乎的东西撞了个满怀，吓得他大叫一声连忙后退。站稳脚跟后才发现是个女孩。

陆达听到他的喊声赶紧跑过来，也瞧见了这个女孩。

看女孩的年纪大概二十岁出头，穿着一身看不出是哪个民族的衣服，一身的银饰随着她的动作发出"丁零当啷"的响声。

"你是？"陆达警惕地问。

"我叫苗苗，我迷路了，你们可以送我回家吗？"女孩生得明眸皓齿，笑起来更是明媚动人。

袁则行把陆达拉到一边，小声地说："荒郊野外哪儿来的女孩？我觉得她有点不对劲。万一是……"说到这里他特意回头瞥了一眼，确认那个自称"苗苗"的女孩没有跟上来偷听，又冲她笑了笑，这才回过头压低声音把剩下的半句话说完："万一像《西游记》里写的，是个女妖怪呢？"

陆达听完眉头一皱："女妖怪？你看咱俩谁像唐僧？"不等袁则行说话，他又接着说："不过你说的也有道理。这荒郊野外的突然冒出一个女孩，确实有点不对劲。"

"对，这个时候还是多一事不如少一事吧。"

两个人打定主意，回头跟那女孩说："苗苗是吧？这个……我们也不是本地人，对这一片也不熟悉，帮不上你什么忙。要不这样吧，你就待在原地别动啊，等你家人发现你不见了，他们一定会出来找你。"

"对，孩子，你就在这别动。"

两个人边说边往远处走，走出了几十米远之后，他们回头看了一眼。

袁则行往回撤了两步，揉了揉眼睛，说："哎，陆达，你看，那女孩不见了。"

陆达猜测说："可能是躲在哪座石峰后面去了吧。还是抓紧时间去找成卫东他们吧。"

两个人没有把刚刚这件事情放在心上，继续往前呼唤着同伴的名字："李可！顾医生！成卫东！……"

也不知道往前走出了多远，袁则行觉得自己的嗓子都快喊冒烟了。他停下来歇了口气，刚准备继续开口的时候却被陆达拦住了。

他问："怎么了？"

陆达绷着脸，抬手示意他别出声，他神情严肃，压低声音，说："你听。"

袁则行闭上嘴，竖起耳朵仔细听，不远处飘来一阵时断时续的哭声。四周无人，这哭声断断续续，音色又如云烟一般缥缈，在这石林间让人听起来感到不寒而栗。

两个人对视一眼，心照不宣地背靠背，不约而同地把手放在腰间别着的火棍上，小心翼翼地向发出声音的方向逼近。

只见远处有一个女孩坐在石头上，背对着他们掩面哭泣。

他们两个慢慢靠近，确定周围没有危险之后才敢上前询问："小姑娘，你哭什么啊？"

那女孩停止了哭泣，放下双手，转身回头，泪眼婆娑地看着他们。

陆达和袁则行吓坏了："你……你不是刚刚那个……那个苗苗吗？"

她带着哭腔说："是我啊。我迷路了。两位好心人，你们能不能送我回家啊？"

这一次他们没有离开。陆达敏锐地察觉到这件事情肯定不同寻常。

袁则行把他拉到一旁，悄悄地说："怎么回事？我们明明走在她前面，怎么可能又碰到她？你说会不会是鬼打墙？"

"别胡说。"陆达低声反驳他。

袁则行急忙辩解："这我可没胡说。去年冬天我家邻居大哥去亲戚家送东西，一整晚都没回来。后来你猜怎么着？"

"怎么着？"

他神秘兮兮地说："后来在坟地发现他了。他在坟地绕了一晚上，直到天亮才被人发现睡在一个坟包上。后来这大哥病了好几天，吃了多少药都不管用，最后还是悄悄地请了个乡下神婆来驱鬼，当天晚上这个人就活蹦乱跳了。"

陆达将信将疑："有这么邪乎吗？"

"你还别不信！有些事儿还真就这么邪乎！"袁则行扫视了四周一圈，低声说，"这要是真碰上鬼打墙倒也还好，毕竟咱没听说过鬼打墙要人性命。但就是那个叫'苗苗'的，我有点不太放心。"

陆达回头望了苗苗一眼，回头拍拍袁则行的胸口说："你放心吧，她有影子，不是鬼。"

袁则行舒了一口气："那就好，那就好……"

"好什么！没看人家迷路了吗？还不快去帮忙。"

陆达走向苗苗，掏出笔记本就开始盘问她："苗苗是吧？你别怕，我们是巡查组的人，我们的职责就是为人民服务，你可以选择相信我们。现在请你告诉我们，你家住哪里？家里还有什么人？你为什么出现在这里？你……"

"好了好了，你一次问这么多问题，让人家小姑娘先回答哪一个才好？"袁则行冲着苗苗露出一个自以为和蔼可亲的笑容，"苗苗，你别怕。你告诉我们该怎么走出这片石林，我们好送你回家呀。"

苗苗指着一个方向说："我也不知道。我就是顺着那条路一直走一直走，然后就迷路了。"

陆达和袁则行一齐向她手指的方向看去。那条路看起来很通畅，跟周围其他的路没有区别，看起来也没有任何异常。

袁则行思索一番，提议说："哎，我说陆达，要不这样吧，我去送她回家，你留下来等李可他们，你看怎么样？"

陆达同意了他的提议，并嘱咐他说："自己小心。"

"好。"袁则行对女孩笑着说，"来，苗苗，叔叔送你回家。"

"那位叔叔呢？"苗苗看向陆达。

"我们还有朋友在后面，那位叔叔啊在等朋友。叔叔先把你送回去，还得回来找他们呢。"袁则行为了显示自己亲切，不是坏人，于是用极不自然的语调哄着她说。

陆达听了这声音不由自主地打了个寒战，感觉后背起了一层鸡皮疙瘩。看他们走远了，他不禁调侃道："我要是那姑娘就不跟你走。什么叔叔？看着可不像好人啊。"

他们两个人顺着苗苗指的路渐行渐远。陆达向四周看了一眼，还是没有发现成卫东他们的踪影。当他再回头时，袁则行和那女孩的身影也不见了。

陆达往前追了几步，左右张望，心里慌张，这四周又没有大型的遮挡物，他们怎么可能消失得无影无踪？

就在这时，一只手搭在了陆达的肩膀上。

几乎就在同时，陆达下意识地使出了一个过肩摔。

"哎呀！"地上传来苗苗的叫声。

"苗苗？你怎么在这儿？"陆达松开手把她扶起来，"送你回家的那位叔叔呢？"

苗苗眼中含泪，委屈巴巴地望着他却一言不发。

陆达摸了摸身上，没带纸巾，只能干巴巴地安慰她："你别哭，我不会哄孩子。你告诉我，到底发生了什么？那位叔叔去哪儿了？你怎么一个人跑回来了？"

苗苗指了一个方向，陆达顺着她指的方向就蹿了出去。

他跑出去两百多米却连一个人影都没瞧见。

这时，苗苗出现在他的身后，衣衫不整，衣领大开，露出一片雪白的肌肤。

陆达回头，被她的突然出现吓了一跳。他的目光扫到了一片春光，三步并作两步走，上前把苗苗的衣服紧紧地合上，盖住了所有裸露的皮肤。"衣服穿好，站这别动，我去找人。"

"老袁！能听到我说话吗？老袁！"他先是单手放在嘴边喊人，后来干脆两只手一起放到嘴边作喇叭状大喊，"老袁你在哪儿？听到了回应我一声。"

看着陆达的背影，苗苗楚楚可怜的表情突然一变。她微微勾了勾嘴角，向他的后背伸出手。她的手竟然伸出了十几米，指甲也瞬间增长了十几厘米，她的手掌弯曲成爪直奔陆达的后心而去。

陆达对此毫不知情，还在一心寻找袁则行的身影。就在女孩的"魔爪"碰到他后心的一刹那，青铜铃铛再次毫无预兆地震动起来。

铃铛的声音化作屏障挡下了女孩的攻击。女孩的手像是被烫到了一样，猛地缩了回来。

陆达感觉到了兜里的震动，掏出青铜铃铛查看，它却不动了。正当他疑惑的时候，不远处突然传来了袁则行的声音。

"哎！陆达！"

他听到声音抬头就看到袁则行的手高高扬起，一边冲他挥手一边向他跑来。

"老袁，你去哪儿了？刚刚那个女孩……"陆达一回头，苗苗已经不见了，"奇怪，人呢？"

"人什么啊！我们被骗了！"袁则行跑得上气不接下气，连喘了好几口粗气才接着说，"那个叫苗苗的哪是迷路的女娃，分明是仙人跳！我刚带她往前走几步她就开始脱衣服！好家伙，咱可是正经人，咋能干那下作事儿！我当场就把她臭骂了一顿。"

"然后呢？"陆达问。

"然后？然后我就看到你一个人站在这里了。"他说。

陆达举了举青铜铃铛说："可是刚刚青铜铃铛响了。"

"响了……怎么了？"袁则行没有领会他的意思。

"之前每当我们遇到危险的时候，这枚铃铛都会响动。所以我想……"

"陆队长！袁老师！你们去哪儿了？"

陆达的话还没说完，成卫东就凭空出现在他们面前，吓了他们一跳。

第二十三章　会呼吸的石头

42

"你从哪儿冒出来的！吓我一跳！"袁则行拍着胸脯，心脏差点从嘴里跳出来。

陆达同样受到惊吓，但没好意思表现得那么明显，硬生生地忍下去了。

"之前我就在原地站着等你们，干等你们也不出现，后来就到处找你们。"成卫东说，"还好有一个好心的小姑娘给我指路，我这才找到你们。你们去哪儿了？"

"好心的……"袁则行说。

"……小姑娘？"陆达接着他的话说。

成卫东左右张望一圈，问："对了，李可和顾医生呢？怎么没见到他们？"

两个人互相看了一眼，眼神古怪地看向成卫东。袁则行问他："你说的那个小姑娘是不是叫苗苗，还穿着一身少数民族的衣服？"

"对对对，你们怎么知道的？你们也遇到她了？"成卫东的眼睛亮闪闪的，提到这个小姑娘他就很兴奋的样子。

陆、袁两个人心里沉了一下。

陆达斟酌了一下言辞，委婉地问他："你们之间有没有发生什么事情？"

"她说她迷路了，要我帮忙送她回家。但是我也不认识路，所以就告诉她可以在这里等一下，等我们会合了，一起送她回家。"成卫东将事情的经过告诉了他们，"我看那个小姑娘有点害怕的样子，还给她讲了我们这一路发生的故事，然后她就说她想起回家的路了，还让我往前走就能找到你们。嘿！还真让她给说对了，你们果然在这里！"

听了他的叙述，陆达和袁则行更加迷惑。

"他说的是咱们见到的那姑娘吗？"袁则行问。

"听着不太像。"陆达说。

"哎，除了这些还有没有别的事情？比如……"袁则行实在不好意思直接说出仙人跳的腌臜细节，只能用手在胸前比画了两下扒拉衣服的动作。

"有啊！袁老师你怎么知道的？"成卫东一脸惊奇地说。没等袁则行做出反应，他就接着说："我看她一直在发抖，估摸着她应该是冻的，所以特地把我的外套脱下来给她披上。"说到这里他憨憨一笑，好像自己做了件什么了不起的事情似的。

然而紧接着他又收敛了笑容，情绪微微有些低落："不过后来她就不见了。突然就不见了，地上就剩下我的外套。"

"那个叫苗苗的女孩不对劲。"陆达把他与袁则行的遭遇告诉了他，随后做出了结论，"青铜铃铛一响，必有怪事发生。那个苗苗一定有问题。或者说，我们现在所处的这片石林就有问题。"

说到石林有问题，成卫东忽然打了个寒战："陆队长说得对，这片石林确实有问题。石林里的石头会呼吸！"

"石头会呼吸？"陆、袁二人不约而同地惊呼。

"真的！我没骗你们！"

成卫东把他们拉到一块石头面前。石头就静静地矗立在原地，沉默地注视着他们。三个人屏住呼吸凑上前，把脸贴到石块上倾听。

周围很安静，只有风吹来时带起的摩擦石块的声音。

"怎么会这样？我之前真的听到石头在呼吸！"

见成卫东言辞恳切，又没有说谎的必要，再加上这一路上遇到的稀奇事不胜枚举，他们心里也有些动摇。莫非石头真的会呼吸？难道青铜铃铛预警指的是这个？

袁则行现学现卖："这个我知道，一定是风吹过石头的缝隙发出的声音，就像镇龙棺井里的龙吟声一样。"

"你可以啊老袁，学得够快的！"陆达调侃他说。

"嘻，这是张飞吃豆芽——小菜一碟！"

还没等他得意起来，远处传来了女人呼唤他们的声音。

"喂！陆队长！"一个女人向他们招手，并朝着他们的方向跑了过来。

来人正是顾晓晴。

她气喘吁吁地跑过来，双手支撑在膝盖上，弯着腰喘了好半天才说出一句完整的话："陆队长！你们去哪儿了！我终于找到你们了！"

"你又是从哪儿冒出来的？"袁则行已经开始慢慢接受现实了，"行，我知道了，下一个该是李可了。来，咱们猜猜他会从哪个方向出来。"

顾晓晴焦急地说："袁队长，您说什么呢？李可他出事了！"

袁则行的笑容凝固了。

43

他们跟着顾晓晴来到李可出事的地方。李可一动不动地站在原地。除了他之外，旁边还多了一个孟宽。他跟李可一样，全身上下都不能动弹。

"他怎么在这里？"陆达问她。

而顾晓晴似乎有难言之隐，抿着嘴唇逃避他的目光。

李可和孟宽一样，眼神呆滞地盯着前方的天空，像个没有灵魂的木偶。成卫东在他的眼前晃晃手掌，他的眼神没有任何变化。

虽然不知道他还有没有感觉，但成卫东还是尝试着伸出一根手指，小心翼翼地在他的腰腹部挠了一下。他一边挠痒一边观察李可的反应，李可依然面无表情，似乎失去了所有的感知。

"李可，你这是怎么了？哎哟呵！"袁则行一巴掌拍在他的后背，却没想到手掌像打在了石头上一样，震得生疼，"衣服里放石头了？怎么这么硬！"

他扒开李可的衣服，发现他的胸膛以下变得像石头一样僵硬，腰部以下已经完全石化，而这些石化的部分还有向上蔓延的趋势。他当场愣住，长这么大确实没碰见过这种情况："这是什么情况？他要变雕塑了吗？"

顾晓晴立马跑到孟宽面前，掀起他的衣服。她惊讶地捂住了嘴。孟宽腰腹以下也逐渐变成了石头，石化的部分以肉眼可见的速度向他的胸膛稳步攀升。

"哈哈哈哈哈……"

一阵阴险空灵的女人笑声突然响起，吓得他们一哆嗦。他们拿起火棍摆出防御姿势，将李可围在中央。

周围空荡荡的，没有任何人影，也分辨不出笑声是从哪个方向传来的。

袁则行听到这声音，心里变得焦躁，他冲着一个方向大喊："有本事你出来！别做缩头乌龟啊！"

陆达听着这声音有点熟悉，试探性地问："是苗苗吗？如果你有什么事情，可以出来，我们有话好说。"

那个女人没有现身，也没有搭理他们，笑够了才说道："我知道你们想要什么……"

女人的声音好似从远古传来，空灵而神秘。伴随着她的话语，一道青色的光芒出现在距离石林十公里以外的山顶。

"那道门可以通往你们梦寐以求的地方。"她说，"但，如果你们选择去那里，你们的同伴就会留在这里变成石头。"

"如果你们为了兄弟情深选择留下来，那就会失去前往那里的资格。"她轻轻地叹了口气，声音充满了诱惑，"你们可要好好选择啊。"

"你到底是谁！你把他们怎么了？"陆达强压着心中的怒火质问她。

"我是谁，你们还不配知道。至于他们……呵呵，是自愿变成石头留下来陪我的。当太阳完全落山的时候，他们就会彻底变成石头，像其他人一样永远地留在这里，千年万年，永远陪在我身边。哈哈哈哈哈……"女人疯狂的笑声逐渐消失。

"你别走！把话说清楚！"袁则行愤怒地挥了一下拳头。

"你们看！"成卫东指着远方的青光，"光在慢慢变暗。也就是说，如果我们选择留下来，那道光芒就会消失不见；反之，李可和他就会变成石头。"

"可即使我们留下来，又有什么办法能救他们呢？"顾晓晴说，"我在一些外国的医学研究杂志上看到过人变成石头的报道，这是一种石化综合征，人体内的肌肉会逐渐变成骨骼，与原本的骨骼长在一起。到目前为止，国内外还没有人弄清楚这是什么原因导致的，也没有研究出相应的治疗方法。"

袁则行大声地质问她："顾医生你什么意思？难道要我们撇下他们不管吗？"

"我……"顾晓晴无言以对，把头撇到一边默不作声，眼眶微微泛红，眼底隐约泛起了点点泪光。

陆达眺望着远处逐渐消失的光芒，目光坚定地说："无论如何，我不会丢下他们不管。"

"对。"袁则行赞成他的话，"谁知道那个女人葫芦里卖的什么药！"

"那个女人说，太阳下山之后他们就会彻底变成石头。"成卫东抬头看向远处的山头，太阳已经开始泛起黄色的光芒了，这是要落山的征兆，"留给我们的时间不多了。"

陆达拿出青铜铃铛，看向他。成卫东心领神会，冲着他点了点头。

青铜铃铛响起，声音低沉而悠长。成卫东闭上了眼睛，可是再睁眼却还是站在原地。奇迹没有发生。"为什么会这样？"他不解地看向众人。

袁则行早已在不知不觉中相信了青铜铃铛的神奇之处，他凑过来问："会不会是你摇铃铛的手法不对？"

陆达看看铃铛看看人，看看人看看铃铛，也没弄清楚到底哪里出了纰漏。

成卫东灵光一闪，说："我记得之前铃铛响起，都是在我不知情的情况下才起作用的，这次会不会也要那样才行？"

袁则行说："不知情？那你现在立马把这茬儿忘了。"

成卫东还真的闭上眼睛尝试了一下，三秒之后他睁开眼一脸幽怨地说："不行啊，我一想到要忘了就满脑子都是它。根本办不到。"

"要不这样，你来一个情景再现。每次陷入幻境之前，你都做了些什么，你再来一遍。"袁则行在一旁绞尽脑汁地出主意，"动作要快，太阳都快下山了！"

"我做了什么？"之前的事情在成卫东的脑子里一帧一帧飞速闪过，"我从外面回来，我被人打，我挖坑，我掉下悬崖……哎呀，太多了，我也不知道是哪一个啊！"

"先挑一个容易的来一遍。"袁则行说，"实践出真知。"

陆达也一脸郑重地看着他，冲他点了点头。

成卫东想了想，开始绕着这附近转圈跑。他越跑越快，越跑越快，很快就跑得大汗淋漓，不停地喘着粗气。

陆达看时候差不多了，拿出青铜铃铛开始摇晃，没想到这时突然刮起了大风，吹得他们睁不开眼睛。这阵阴风刮得昏天黑地，飞沙走石。一股不知名的力量撞了陆达一下，从他手中将青铜铃铛夺走。

陆达想要去追，可被风吹得根本站不住脚，更无从下手。

狂风之中，一块碎石凌空而起砸向了成卫东的脑袋。成卫东应声倒地，鲜血顺着额头流了下来。

在他倒地的时候，揣在兜里的石刻恰好被甩出落到他脸旁。他的鲜血汩汩冒出，流淌在地上，漫延到了石刻上。石刻沾染了他的血，微微闪烁了几下青色的光芒。

狂风终于停了，众人一见成卫东受伤倒地，都大惊失色。

因条件有限，顾晓晴只能给他做简单的包扎。"他暂时没有生命危险。但是被石头砸了脑袋，他醒了之后很可能会出现脑震荡，严重一些还有可能伴有失忆的症状。"

"我还要告诉你们一个坏消息。"陆达的目光一一扫过他们的脸，语气沉重地说，"青铜铃铛被人抢走了。"

"什么？！"袁则行目瞪口呆。

顾晓晴也是一脸的难以置信。

"刮大风的时候有一股很强的力量撞了我一下，然后从我手里把青铜铃铛夺走了。我想去追，可是风太大，我根本追不上！"陆达十分懊恼，双手紧握成拳，微微颤抖，似乎在用尽全身的力气克制心里的悲愤。

"一定是刚才那个光出声不露脸的女人。"袁则行指着天，大骂道，"忒不地道了，明抢啊这是！"

三个人陷入了沉默。

袁则行骂够了，回头问陆达："不是，那咱们现在怎么办啊？铃铛没了，那儿定着一位，这儿躺着一位。偌大个石林就剩咱仨是会喘气的了。"

"行了，你别说了。我这儿已经够烦了。"陆达不耐烦地摆摆手。

袁则行还在一旁喋喋不休："不是，这天可快黑了，太阳马上落山了。要是真像那女人说的，李可和这个叫什么……叫孟宽的，这俩人可就要变石头了。"

顾晓晴瞥见碎石之中似乎有个东西在发光。她徒手把碎石捡开，将那个发光的东西拿出来："陆队长，你看。"

看到石刻在发光，陆达一扫刚才的颓废，顷刻间来了精神。他拿过石刻，想起顾晓晴之前说过的话，石刻和青铜铃铛是同一种特殊材质，也就是说，青铜铃铛能做的事情，这个石刻或许也可以。

"可这要怎么用啊？"袁则行问，"铃铛能摇晃出声儿，这就是一石头，怎么，你还能感动天地，让金石开口说话？"

"要试过才知道。"陆达把石刻放在成卫东耳边，弯曲食指和中指，用指关节敲击石刻。

敲击声沉闷而悠长，一点一点、一段一段地传到了成卫东的耳朵里，打破了他原本平静的面容。他皱起了眉头，额头上流下大颗大颗的汗珠，双手紧紧地揪着裤子不放。他整个人好像陷入了梦魇之中，让人看着既心疼又害怕。

看他这么痛苦，他们都于心不忍，很想停下来却不能停，只能眼睁睁地看着他这样受苦。

陆达的指关节在一次次的敲击下已经变得鲜血淋漓。他的鲜血和成卫东的血液混合在一起染红了整个石刻。可是他仍然没有停下手上的动作，他内心坚信成卫东不会让他失望的。

"陆达，换我来吧。"为了缓和这严肃紧张的气氛，袁则行故意拿他打趣说，"这英雄不能总是你一个人来当，是不？怎么着也得给我一个表现的机会吧？"

顾晓晴也看不下去了，忍不住劝他："是啊陆队，你歇一会儿吧，先把伤口处理一下。"

陆达摇摇头，手上的动作依旧继续着。他不是为了逞英雄，他也从来没想过要当什么英雄。他心里所想的只是要通过自己的力量查到青印的真相，还死去的教书先生一个公道。

"陆达！你别再敲了！够了！"袁则行看着他鲜血淋漓的手指，直接上手要夺石刻。

"袁则行！你住手！"

陆达鲜少这样直呼他的名字，虽然陆达是队长，却一向把他看作老大哥，一直称呼他为"老袁"，哪怕是当他因为之前的事情而处于低谷的时候，陆达也没有像现在这样叫过他的全名。所以当袁则行听到他这样称呼自己的时候，明显愣了一下。

陆达的精神已经濒临崩溃，但是他在努力地压制自己。青铜铃铛的事情没有查完，周逸农没有找到，青印的真相还没有大白，他不能倒下。

"陆达！"袁则行抬手就要劈晕他。

就在这个时候成卫东突然睁开眼睛，"噌"地一下坐起身来，双眼直勾勾地盯着前方看，像中邪了一样。

三个人都被他这突然的醒来吓得呆在了原地，袁则行还举着手忘记放下。

"我知道了。"他突然幽幽地说道。

第二十四章　高山拦路

44

成卫东诈尸式苏醒，开口就是一句重磅炸弹。

袁则行凑过去问："你知道什么了？"

"石刻。这片石林之所以这么诡异，是有另一块石刻在搞鬼。"他说，"我没有听错，石头会呼吸是真的，因为这些石头原本就是人变的。"

袁则行的屁股刚挨着石头想要坐下休息一会儿，听他这么一说，站起来的速度比坐下去的速度还快。"你说什么！"

与他相比，陆达就显得冷静多了："把你看到的知道的全都告诉我们。"他说着又掏出了那本笔记本。

成卫东见他的手指鲜血淋漓，不由得惊呼："陆队长，你的手！"

"我没事，你说你的。"陆达毫不在意地说。

"伤口不及时包扎会感染，严重点你这只手、这条胳膊甚至这条命都会受到威胁。"顾晓晴一把夺过笔记本放到一旁，说，"我包扎伤口很快的，虽然我们时间很紧张，但也不急于这一时半刻。"

第一次有人敢从他手上直接拿走笔记本，陆达原本很生气，可转念一想她说得也有道理，于是便把这股邪火压了下去。他把那只手交给顾晓晴，任由她摆布，这边也没有耽误事情的进度："你接着说。"

成卫东继续说："我看到在很久之前，有一个女人跟她的丈夫特别恩爱，有一天她丈夫外出打工就再也没有回来过。女人就在山头一直等，最后变成了一块石头，斗转星移，这块望夫石就与山川大泽融为一体，变成了一座阻挡村里人外出的巨山。后来有一个叫苗苗的女人，她的丈夫抛弃了她，跟别的女人跑了，她悲愤至极便到望夫山跳崖。这两个女人的怨气不散，借着石刻的力量在这里扰乱磁场，把每一个经过这里的男人都带到幻境中，他们一旦起了邪念，动了情欲，就会被变成石头，永远留在这里。从此肉体不腐，灵魂不灭，永生永世被困在这里。"

陆达的手包扎好了。

听完成卫东的话，陆达、袁则行和顾晓晴三个人沉默了很久。如果不是之前的经历告诉他们可以选择相信他的梦，他们真的会以为这是他胡编乱造的。

陆达抓住了一个关键的信息点："你是说这里还有一个石刻？"

"没错。"他笃定地说，"陆队长，袁老师，我大胆猜测一下，或许只要我们找到那个女人化身的山石，拿走石刻，李可他们就会恢复过来。"

他们看向夕阳，只剩下一半的太阳还露在外面，留给他们的时间不多了。李可和孟宽的身体石化面积已经扩散到了胸膛。

"可是我们去哪儿找那座望夫山呢？"顾晓晴问。

众人陷入沉思。成卫东提议说："我们手里不是也有石刻吗？不知道这两个石刻之间会不会有所感应？"

"现在也没别的办法了，试一下吧。"陆达从顾晓晴那儿借来了小刀，刚准备用它划开手臂放点血出来，却见成卫东双手捧着石刻，对着脑袋就磕了下去。

他想起了之前袁则行对他的评价，这小子是真愣啊。

他看向袁则行，而对方也在看着他，看来他们应该是想到一起去了。

成卫东没有注意到两位队长古怪的神情，一边擦血一边解释："我在梦里看到那个女人坐在地上哭，哭到流血泪，鲜血渗入地下被石刻吸收，这才变成了望夫石。所以我猜血液应该就是激活石刻能量的方法。陆队长，你拿刀干吗？"

"我……我活动活动手指。"陆达支支吾吾，在手指间转动小刀缓解尴尬。

石刻吸收了成卫东的鲜血，表面上逐渐浮现出了星星点点的绿色光芒。成卫东捧着石刻转了一圈，石刻上的光芒随着方位的改变而出现了相应的变化。当他转到西北方向的时候，石刻的光芒最为明亮。他们抬头看去，在西北方向的树林中，似乎也有一片绿色的光芒若隐若现。

"在那边！"他们飞快奔跑，追光而去。只留顾晓晴在原地照看李可和孟宽，以免出现意外。

夕阳逐渐下沉，天色渐渐昏暗，绿色的光芒慢慢清晰。他们跑近了才看清，那是一尊长着女人面孔的立式巨石。光芒就是从巨石中散发出来的。

成卫东认出了石头上刻着的女人的脸："没错，她就是我在梦里看到的女人。"

"哎，这位大姐，能听到我说话吗？"袁则行冲着巨石说。

"你们可真有本事，居然能找到我的真身。"巨石发出了女人的声音，它就是刚刚那个藏头露尾的女人。女人轻笑一声，说："不过也没什么用了，去往那里的通道已经关闭，太阳也快要落山了，你们还是跟他们一样，留下来陪我吧。"

女人话音刚落，陆达他们就察觉到自己的双脚开始麻木，不听使唤。

三个人面面相觑。

女人哈哈大笑起来。

成卫东说："我知道你是因为一直等你的丈夫才变成了这副模样。如果你的丈夫知道你变成了这样，他一定会替你感到难过的。"

"别跟我提他！"女人怒斥一声，"他不配！他要是心里有我就不会一去不复返！他要是还记得我，就不会留我一个人苦等他几百年！你们男人没一个好东西！不管我对你们有多好，你们还是总想着往外跑。只有把你们变成石头，你们才会老老实实地待在我身边。这一切都是你们咎由自取！"

随着女人逐渐癫狂，巨石上的绿色光芒也变得明亮起来。他们脚上石化的速度明显加快。

顾晓晴守在李可和孟宽身边，突然发觉他们身上闪着绿光。她掀开孟宽的衣服，发现他身上石化的速度骤然加快，石化的面积已经蔓延到了脖子。

"怎么会这样！"她惊愕地盯着他看，又紧张地望向陆达他们前往的方向，她手中握着孟宽给的玉佩，在心里默默地为大家祈祷。

袁则行拼命想抬起双脚，却毫无反应。他无奈地对巨石说："要不这样，您跟我们说一下您丈夫姓什么叫什么，长得什么模样，等我们回去给您查一查。咱们工人力量大，甭说几百年了，就是几千年，就算他化成灰了，我们也能给您查着，亲自把他给您送回来。您要人陪就让您丈夫陪，我们也不顶事儿啊？您觉着呢？"

女人只是冷笑："你们每个人都说会回来，可是每一个都怕我！讨厌我！抛弃我！我不会相信你们任何人。男人，就是要变成石头才会老实！"

"她怎么油盐不进啊？"袁则行使劲晃了晃，现在他感觉小腿也开始失去知觉了，"陆达，再这样下去我们可真要变成活化石了。"

"如果你认为是你丈夫犯了错，那你就更不应该用别人的错误来惩罚自己。"见对方没有反应，陆达接着对她说，"我知道你本性不坏，你只是想有人陪你。我留下来陪你，你放了他们。"

"陆达你疯了！"

"哈哈哈哈哈！你有什么资格跟我讨价还价！我就是要把你们全部变成石头，你能拿我怎么样？"巨石身上的绿光更盛。

夕阳落山，只剩下一道弯弯的橙色边缘还在山头苦苦支撑。

45

陆达暗暗看向成卫东。对方悄悄地冲他点了点头。

紧接着他猛冲过来，用砍刀重重地劈向巨石。

石像的人头部位应声掉落在地。

陆达和袁则行突然感到双腿无力，"扑通"一下跪倒在地。酥酥麻麻的感觉顺着脚底攀至小腿。很快他们就恢复了力气。

"我能动了！陆达我们能动了！"袁则行兴奋地捶打着自己的小腿，他从来没想过疼痛的感觉也会让人如此心安。看到成卫东拉着陆达起来，他这才想起来问："你怎么没变成石头？"

成卫东笑着举了举石刻："我有这个。两个磁场相互影响，相互抵消，我当然没事了。"

没等他们高兴多久，脚下的地面忽然剧烈抖动起来，一座高山拔地而起。陆达他们顺着斜坡咕噜咕噜滚了下去。碎石断枝擦过身体，打在身上，他们无法躲闪，只能尽最大的努力护住头部别受伤。

高山拔地而起，像一道屏障挡在他们面前，山脚一直延伸到石林边缘。

顾晓晴焦急等待的时候突然发现孟宽和李可周身萦绕着绿色的星星点点的光芒，紧接着他们身体一软倒在了地上。顾晓晴赶紧掀开他们的衣服为他们检查。瞧见他们的身体已经恢复了正常，她简直喜出望外。

可是还没等她笑出来就感觉大地在震动。远处山峰耸起，完全遮住了夕阳余晖，周围陷入了一片黑暗。

石林因地震而动荡，很多石峰开始倒塌。顾晓晴害怕石头落下来砸到他们，于是便用嘴叼着手电，费了九牛二虎之力将他们一个一个拖到一处稍微空旷一点的地方。

大地的震动终于停止，在黑暗中，她隐约听到了陆达他们的声音。她急忙打着手电循着声音而去，果然见到滚落的三个人。

成卫东和袁则行的手上、身上都有不同程度的擦伤。陆达就更别提了，他手上的旧伤口裂开，又被碎石砸了一通，新伤旧伤加在一起使他整个人看起来十分狼狈。

"陆队长，你们这是怎么了？"顾晓晴赶紧过来把陆达扶起来。

成卫东身强力壮，自己爬起来，顺带把还趴在地上吃了一嘴泥的袁则行搀扶起来。

"这是？"顾晓晴打着手电向上看去。

陆达他们捂着伤痛的地方，一齐转身抬头看去。一阵风吹过，月亮从云层中隐约露出光芒。山峰的轮廓逐渐显现在他们面前。

成卫东的眼眸微动："这就是传说中的望夫山。横亘千里，绵延不绝。"

"李可他们怎么样了？"袁则行想起他们刚刚的目的，急忙问道。

顾晓晴说："石化的症状已经消失，现在他们处于昏迷状态。"

她话音刚落，身后的石林突然发出"轰隆隆"的响声。借着月光他们看到，石林变了样貌，原本杂乱无章的石林变得像迷宫一样。

他们往前走了一步，石林突然动了起来，一座石峰不知从哪儿平移过来挡在他们面前。

"她这是要把李可他们困死在石林里啊。"袁则行说着往旁边走了一步，想从两座石峰中间的缝隙中穿过去。可是那些石头就好像长了眼睛似的，瞬间变换方向挡住了他的去路，甚至故意将尖锐的一侧对着他。这石峰被流水侵蚀得薄如纸片，在石刻磁场的影响下却坚硬如铁。

"小心！"陆达猛跨一步上前拉住了他的衣领。

袁则行的脸离石峰只有不到一厘米的距离。依照他刚刚冲过来的力道，倘若没有及时停下，现在的他就变成两半了。

他一阵后怕："好家伙，这女人心真狠！我差点就脑瓜子开瓢儿了。"

成卫东说："我想那个女人之所以这么厉害，一定是因为石刻的缘故。只要我们拿走石刻，她就拿我们没办法了。"

陆达问："你知道石刻在哪儿吗？"

"知道。"他往身后一指，"就在那座山里。那座山有两个山洞，是女人的两只眼睛所化，石刻就藏在其中一个山洞里。"

他们抬头望去，黑暗之中云雾渺渺，山体高耸而陡峭，还没有攀登的阶梯，想要去山洞，只有一个办法。

陆达和袁则行把砍刀的刀头拆下来，绑在手上做攀登用的钩子，在身上绑上绳子，以备下山的时候使用。

成卫东和顾晓晴在下面用手电努力地给他们照明。山壁垂直，几乎没有可以借力的地方。陆达和袁则行一人一套简易的装备，艰难地向上攀登。

他们用砍刀在山壁上凿出一个个能够落脚的浅坑，一边踩着坑向上一边开凿新的落脚点。砍刀终究不是专业的开山取道的装备，他们才向上攀爬了不到一百米，一刀下去，只听"咔嚓"一声，砍刀"中道崩殂"了。断掉的刀刃从高空坠落，吓得他们慌忙大喊："小心。"

成卫东和顾晓晴根本看不到上面发生了什么，只听到他们在上面大声地喊着些什么，下一秒黑暗中传来破空声响。成卫东下意识地抱着顾晓晴向后一躲。两把断裂的刀刃就直挺挺地扎入了他们两人刚刚站立的地方。

顾晓晴对他说了声"谢谢"，心脏扑通扑通剧烈地跳个不停，整个人有些惊魂未定。

"没事吧？"陆达的声音从上面传下来。

成卫东放开顾晓晴，把手弯曲放在嘴边合拢成一个喇叭形以便扩大声音："没事，你们继续。"

陆达和袁则行只能凑合着用断刀继续向上。

成卫东和顾晓晴也接着给他们照明。就在这时，他们身后的石林又发生了变故。李可和孟宽醒了。

"袁叔！陆队！你们在哪儿？"

"晓晴！你在哪儿？"

他们每走一步都有石峰挡住他们的去路，硬生生地把他们困在了一起。听到孟宽这样称呼顾晓晴，李可心里很不舒服，既怀疑他们之间是否真的熟悉，同时也嫉妒他可以这样大胆又厚脸皮地叫顾医生的名字。

"你不是那个卖古董的孟宽吗？你怎么在这里？"李可上下打量着他，对他的出现充满了敌意与疑虑。

"我？我来山里进货。李干事，您还是先顾着您自己个儿吧。"孟宽冲他挑挑眉，示意他回头看看。

李可回头一瞧，一座石峰冲着他就追了过来。李可被逼得绕着石林跑个不停，每当他想穿过石林的时候都被一座不知道从哪儿冒出来的石峰挡住了去路。他几次三番都险些一头撞上去。

"啊！"他抬眼看到前面猛地出现一座石峰，脚下赶忙来了个急刹车，身体却由于惯性仍然向前。就在孟宽以为这次他要脑袋开花的时候，他却停下脚步躲了过去。然而，还没等他喘口气，下一秒，身后的石峰又动了。没办法，他只能不停地奔跑躲避。

同样是被困石林，孟宽却优哉游哉地站在原地看着李可拼命躲避那些石峰。

李可心里极度不平衡，发出灵魂般的质问："为什么就追我一个人？"

孟宽耸耸肩，不屑似的"嘁"了一声。

听到石林里有说话的声音，顾晓晴急忙回身用手电向里面照明，急切地问："孟宽、李可，你们没事吧？"

手电的光芒消失，袁则行愣了一下，在上面大喊："哎？光呢？这俩小祖宗在下面干什么呢？"

成卫东既着急身后的石林，又关心陆达和袁则行在石壁上的情况，于是将一个手电两边使用，一会儿给陆达照一照，一会儿给袁则行照一照。

听到顾晓晴的声音，孟宽故意刺激李可："听见没有，在顾医生眼里我比你重要，我的名字在你之前。"

李可忙着逃命，没空搭理孟宽。他扯着嗓子高喊："顾医生救命啊，我快要死了。有一块石头一直追我！我快跑不动了！"

孟宽冷笑一声，可以啊小子，用示弱来激发晓晴的同情心，那就让小爷来帮帮你吧。

他不紧不慢地朗声说："没事儿晓晴，这座石林是按照五行八卦摆的，只要站在阵眼就不会有事。"

李可瞪了他一眼："不早说？害得我跑这么半天！"

孟宽只当没看到他的表情，还十分大方地点了一下头，示意他可以过来。

为了活命，李可也只能忍气吞声地跑到他身边。

石峰果然不动了。

这时，陆达和袁则行也终于看到山洞的轮廓了。

第二十五章 大显身手

46

李可站定之后，石林陷入了一片宁静。石林外的成卫东和顾晓晴都松了一口气。谁知沉寂两秒之后，石林突然重新抖动起来。石峰移动旋转的速度不断加快。

顾晓晴目不转睛地盯着飞速变换的石峰。她的身后突然出现一座石峰向她袭来。当顾晓晴反应过来的时候，石峰已经移动到了她的身后。她感应到了危险，猛地回头看去，石峰已经来到面前。

她下意识地后退，可刚后退了一步后背就撞到了一块坚硬的石壁。前后石壁在合并。人字天峡谷的恐怖经历让她下意识地往旁边躲。在她闪身离开之后，两座石峰相撞在一起，石峰非但没有破损，还连成一片，挡住了她的去路。

顾晓晴这时才意识到她已经被石峰逼进了石林中，当她再想出去的时候已经没可能了。

"顾医生！你在哪儿？"成卫东回头一看没见到顾晓晴的身影，由于山体上还有两个人，因此他不敢贸然离开，只能扯着嗓门大喊。

"我被困在石林里了，你别过来。"顾晓晴一边躲闪一边抽空回答他。

成卫东想帮忙又不能去，只能待在原地向上照明。

陆达和袁则行终于扒到了山洞的地面。他们费劲巴力地爬上去，在石壁上凿出一个凹凸处绑住绳索。这时，山洞里传来了轰隆隆的声音。

　　两个人感觉脚下一阵颤动，他们惊恐地向山洞里望去。山洞里的黑暗中似乎有一只十分危险的猛兽在向他们靠近。

　　"哗"的一声，两个山洞里涌出两股巨大的水柱。水势迅猛，水流湍急，像一记重拳一样将两人从洞口冲了下去。

　　山体数百米高，成卫东的手电在后期也照不到他们前进的方向。从山洞掉下去一定会摔个粉碎。他们下意识地抓紧了绳索，被绳子吊在了半山腰上。头顶水势汹涌，以雷霆万钧之势从他们的头顶灌下去。

　　"啊！"袁则行一时手滑从绳索上滑了下去。

　　"老袁！"陆达惊呼。

　　袁则行紧紧攥住绳索，手掌被绳索磨破了，鲜血沾染了一段绳索。直到他快要感觉不到手掌的存在时才停了下来。水流喷涌而下，他急忙闭气，直到水势稍稍缓和一些才大声地回应陆达："我没事！"

　　大水倾盆而下，成卫东听到声音却躲闪不及，直接被水流冲到了石峰上。他的后背狠狠地撞在石壁上，随即摔落在地。黑暗中，他听到清脆的"咔嚓"一声，整个后背都失去了知觉。

　　石林地势较高，山洞落水没有冲进石林，而是顺着两旁流走，消失在了附近的树林中。

　　外面这么大的动静，引起了石林里的人的注意。顾晓晴边跑边喊："成卫东！外面什么情况？"

　　成卫东咬牙忍着后背的疼痛，手臂几次想要支撑着身体起来都因牵扯了后背的伤而没能成功。听到顾晓晴的声音，他张了张嘴，缓了一口气，几乎用尽全身的力气嘶吼："山上发大水了！我动不了了，我……"

　　他大吼过后，精疲力竭，已经没有力气保持清醒，疼痛感瞬间侵占了他的大脑，脑子一木，陷入了一片黑暗。

47

恍惚中，他感觉身体变得轻盈，慢慢上升到空中，身边有风吹过，有鸟飞过，耳边传来了大海波涛汹涌的声音，身上满是阳光的温暖。他感觉自己的身体游荡在五岳三山之间，终于飘飘悠悠地落了地。

脚下站稳的那一刻，眼前一片白光散去，映入眼帘的是熟悉的山林。

成卫东茫然地转了一圈，顺着熟悉的石板山路一路撒着欢儿地进了山。

"师父！师父！我回来啦！"他隔着篱笆围栏，高兴地大喊。

院子里有一位须发花白的老人正在劈柴。别看他年纪大，抡起斧头照样能一口气砍断一棵五十年的树木而面不改色心不跳。

"师父，我回来了。"他推开篱笆门，轻车熟路地进了院子。

然而他的师父没有理他，仍然在院中自顾自地劈柴。

成卫东不解地看着。这时，厨房的门开了，又有一位师父走了出来，手里拎着处理好的山货到屋檐下晾晒。屋门打开，又有一位师父走出来，手里端着洗好的衣物在院中晾晒。

成卫东这才明白，他现在所看到的三位师父都不是他真正的师父。以前每次做了错事，惹恼了师父，师父总是会用剪纸小人变魔术来吓唬他，自己却对他避而不见。直到成卫东认识到自己的错误，他老人家才会撤销纸人魔术出来见他。

"我做错什么了？我也没犯错啊？"他回忆了一遍自己最近的所作所为，不知道是哪里做错惹师父不高兴了，他委屈巴巴地看向周围，"师父，我听你的话，我老老实实本本分分做人，没有对任何人提及您的事情，也没有出去炫耀我会功夫。我实在不知道做错了什么。师父，求您告诉我吧，我到底做错了什么惹您老人家生气了？您说出来我才好改啊！"

师父的声音从四面八方响起，让他辨别不出方位。

"你真的不知道自己错在哪里吗？"

"不知道，请师父明示。"他说。

"我问你，我教你识文断字，教你习武练功，目的是什么？"

"习武练功是为了让我强身健体，出门不会被人家欺负；识文断字是为了让我不至于做个睁眼瞎，在外不会被人家骗。"他老老实实地回答。

空中传来师父的咳嗽声，院中又多了一个扫地的纸人。看来是他的回答不仅没能让师父满意，反而错上加错。

"师父您别生气，我再想想，再想想……"他支支吾吾了半天，可是脑子里却只有他收到录取通知书那天，上山跟师父分享喜讯时，师父嘱咐他不要在外人面前卖弄一身本事的片段，"我都是按照师父叮嘱的，一点都没显露啊。"

或许是看他心性单纯，又或许是不忍看他在院子里急得抓耳挠腮的模样，师父轻咳了一声，给了他一个提示："难道你心里只想着你自己吗？"

"我自己？"成卫东叨咕了一遍。一个念头宛如一道闪电，霎时间出现在他的脑海中："先保护自己，再保护他人。平时可以不显山露水，关键时刻一定要能挑大梁。习武的最终目的是保护自己和身边的人。"

院中的纸人刹那间化为一地灰烬。

他知道自己答对了。

"去吧……去吧……"师父仍然没有现身，声音也逐渐远去。

"师父，您让我去哪儿啊？师父……"

"师父！"成卫东从昏迷中惊醒，眼前是一片无尽的黑暗。陆达和袁则行被瀑布冲下山洞，悬挂在半山腰，眼看就要被水流冲下来了。顾晓晴、李可和孟宽也被困在石林中，随时可能失去性命。现在能救他们的只有他自己了。

他朝着石林里大喊："顾医生、李可，你们一定要撑住。等我想办法救你们。"

"我们还能挺一阵儿，你别管我们，快去救陆队长他们。"顾晓晴这时刚好跑到了离他比较近的地方，听到了他的话，让他放宽心去做该做的事情。

成卫东打着手电，瞄准石壁上没有被瀑布冲击的地方，嘴里叼着手电，手脚并用攀岩而上。

陆达和袁则行被困在瀑布里，手上紧紧地拽着绳索，朦胧中透过水帘看到一束光亮从下而上飞快地向他们逼近，很快就超过了他们的位置向山洞的方向靠近。他们心里一阵纳闷儿：那是个什么玩意儿？好像是个人。

顾晓晴还在石林里被石峰追赶。李可和孟宽与她之间隔着几层石头，虽然一直能够听到她奔跑喘息的声音，却只能在石头的缝隙中看到她的身影一闪而过。

"顾医生！"李可作势要冲出去救人，却被孟宽一把拉住。他奋力地甩开孟宽的手，质问他："你拉我干什么？没看到顾医生快不行了吗？"

孟宽被他喷了一脸的唾沫星子，倒是也没动怒，只是用袖子慢慢擦干，慢条斯理地说："我就说你太不了解这顾医生了。与其担心她还不如先担心一下你自己。你要是就这么直接冲出去，我敢保证第一个死的就是你。"

"你这话是什么意思？"看他十分淡定，李可连忙拉住他的胳膊，"你是不是知道什么？是不是知道怎么能让那些石头停下来？"

"我都说了这是按照五行八卦摆的，站在阵眼的位置就不会触动机关。"孟宽幽幽地说。

"那赶紧让她过来啊！"李可抬手招呼，"顾医生，你快过来！这边！"

孟宽拍拍他的手臂，打断他的话："哎哎哎，你叫她过来也没用。因为这是个复合阵法，不止一个阵眼。每个阵眼所管辖的区域都不一样。我们现在站的位置是这一片的阵眼，而她跟我们处在不同的区域，两个地方互不相通。她自然是过不来的。"

李可质问他说："你这么懂又跟顾医生那么熟，就眼睁睁地看着她这么跑下去？不救她？"

孟宽冲他翻了个白眼，没好气地说："我就是个倒腾古董的，又不是街边看相的算命先生，我哪懂这些？"

"那你说得头头是道的，难道都是编的？"李可气鼓鼓地质问他。

他慢悠悠地说："那也不是。只是我现在看不到这个石林的完整样貌，推测不出阵眼的位置。"

"那你不早说。"他想了想，一拍肩膀，"你上来，踩着我的肩膀应该够你看到全貌了。"他说着又从身上翻出一个手电塞到孟宽手里，"还有这个。"

孟宽看到他蹲在地上的背影，呵呵一笑，似乎在嘲笑他的单纯与无知。

李可听到后面轻轻的笑声，急忙说："别笑了，快上来！人命关天！"

孟宽也不跟他客气，两只脚坦然地踩在他的肩膀上。李可摇摇晃晃地直起身子，可是就他那小身板儿下盘力量不稳，着实扛不住一个成年男人的重量。腰还没直起来就开始猛烈地摇晃。

"喂，李干事，你站稳一些。别晃！别！哎哟！"孟宽被他摔在了地上，溅起了一片尘土。

李可赶紧把他扶起来，连连道歉："对不起对不起，是我没站稳，我们再来一次，这回我保证绝对站稳。"

"你快歇着吧。"孟宽再也不相信他的话了，直接甩开他的手，拍拍身上的尘土，一脸不耐烦地说，"就算没有我们插手，顾医生也不会有事的。"

"啊，是吗？"一道女声在他们的耳边轻飘飘地响起，吓得他们头皮一麻，后背蹿上一股凉气直奔天灵盖。

"谁！谁在说话！"两个人看向四周，却没有发现人影。

这时，石林的摆位又开始发生变化。他们面前的巨石向两旁撤出一条通道，顾晓晴的身影暴露在他们面前。

一块石头飞速移动，在后方猛烈撞击顾晓晴的后背，将她击倒在地。她的后背传来一阵剧痛，艰难地挣扎爬起。一座石峰移动到了她身边，对着她的后背就要砸下来。

"小心！"李可想也没想就冲了过去。他用双手和肩膀顶住石峰，两条腿弯曲着一前一后支撑着地面，膝盖逐渐下沉。他拼尽全身力气与石峰抗衡，就算双腿已经开始打颤也咬着牙说："顾医生快走，我……我顶着。"

阵法发生改变，孟宽所处的位置已不再是阵眼。看到李可就快要顶不住了，而顾晓晴却因为身上的伤而无法及时逃离危险，他无奈地摇摇头，赶紧上前把她从石头底下拽了出来。

孟宽关切地问："你怎么样？"

顾晓晴疼得直冒冷汗，却仍然做出最冷静的判断："虽然很疼，但没伤及要害，不碍事。"

"啊！"李可没能及时逃开，被石峰压在了下面。

顾晓晴急忙冲上前要救人，刚跑过去几步又听到身后传来一声惨叫。她回头一看，孟宽被一块巨石袭击倒在地上，身上同样压了一块巨石动弹不得。

一边是李可，一边是孟宽。顾晓晴夹在中间左右为难。

这时，那道女声又出现了："一个是救命恩人，一个是青梅竹马，只能救一个，好难选呀……"

李可和孟宽在巨石之下挣扎呻吟。顾晓晴取舍不定。

她在心里暗暗做出了一个决定。还没等她将决定付诸实践，远处的望夫山山洞中突然发出了耀眼的光芒。

是成卫东得手了。

48

刚刚成卫东一路手脚并用蹿上山洞边缘。两个山洞不断涌出汹涌的水流，选了一个就不能再走回头路了，他实在是不知道该选哪一个。他用手脚死死地抠住山壁，腾出一只手从兜里掏出石刻，"哪"的一声磕在额头上。

石刻沾了他的血发出淡淡的绿光，开始不断地颤动。成卫东拿着石刻靠近山洞，一阵几乎同频的铃铛声音从山洞中传来。

他心想：就是这个。

他向上攀爬，爬到山洞顶部，像一只倒挂的壁虎从洞顶没有水流的空隙钻进了山洞。

每一个山洞里面都有一个泉眼。成卫东不是地质学家，也不擅长物理，他没想明白这山泉水是怎么从地下涌到这么高的山顶的。但他并没有纠结于此，因为他看到青铜铃铛就在泉眼正中央。

他双手双脚扒着山壁慢慢爬过去，伸手拿到了青铜铃铛并将它收到兜里，拉好拉链，免得它掉进水里顺水流走。

他在这里找了一圈也没看到石刻的影子，看来石刻应该在另一个山洞里。于是他像只壁虎一样原路返回，爬出这个山洞又爬进了另一个山洞。

他的胳膊开始发酸，后背的伤也隐隐作痛。他强忍疼痛，咬紧牙关，手电的把手都被他咬出了裂痕。一想到陆达和袁则行还在下面吊着，李可、顾晓晴还有一个孟宽被困在石林里，随时都有生命危险，他就心里泛酸，一股子力气从心底涌上来流向四肢，似乎身上的伤痛也减轻了许多。

他借着光亮向前爬去，只见泉眼之上果然悬浮着石刻，与他兜里的那块模样、大小、花纹几乎都一模一样。

此刻他的内心十分激动，快速向前爬去，却感觉有一股无形的力量像一个屏障一样在阻挡他前进。他越往前，阻挡的力量就越大，让他举步维艰。

石刻闪烁着光芒，阻挡的力量突然加强。成卫东没有一点点防备，"扑通"一声掉进了湍急的水流中。成卫东猛灌了几口水，双手扑腾的时候抓到了山壁，这才免于被瀑布冲下山洞摔死。

他的脚底在水下找到了可以借力的地方，随后他双腿微微弯曲，深吸一口气，从水中一跃而出扒住了山壁。他不信邪，再次靠近石刻。

石刻的阻力依旧存在。

看到石刻开始闪烁，他立刻后退，这才躲过一劫。

他的物理并不好，面对这样的情况他只能想到一个知识点，就是磁铁的"同极相斥"。

死马当作活马医吧。

他掏出石刻伸手向前，慢慢靠近阻力。

两个石刻同时闪烁光芒。他兜里的青铜铃铛突然震动起来，阻力消失，两个石刻发出耀眼的光芒。

成卫东闭上眼睛，趁机飞扑过去，一把将泉眼上的石刻抱在怀里。

整个山体发生强烈的震动，山洞里面开始崩塌。成卫东的嘴叼着手电，一手攥着一个石刻，被汹涌澎湃的水流直接冲出了山洞。他的身体在月光下画出了一道不怎么优美的弧线，随即摔下了高山。

第二十六章　神秘人现身

49

石刻离体，两个女人几百年的怨念瞬间化为乌有。石林中的每一座石峰都在闪光，光芒汇聚成一个个光点，像萤火虫一样在空中飞舞，向着夜空的方向消失不见。

李可感觉身上一轻，原本还重达千斤的巨物此刻似乎只剩下了十几斤的重量，他稍一用力就将石峰拱到一旁。

顾晓晴站在石林中抬头望着星空，耳边传来女人虚弱的声音："我好羡慕你可以斩断情丝，抛却情爱。如果有下辈子，我也想这样洒脱……"她的声音随着石林光芒的消失而消散。

山体崩塌，陆达和袁则行从半山腰处掉下来，接连砸断许多山石。好在这些石头失去了石刻的庇佑，又历经百年风霜，早已变得脆弱松软，他们这才幸免于难。

山崩地裂中夹杂着一个女人的咆哮："我恨你们！我诅咒你们！"她的声音很快就被掩盖了过去。

成卫东在半昏迷中看到一个女人，她面容姣好，长发飘飘，满面愁容地坐在山坡上等着她远行未归的丈夫回家。然而日日复月月，月月复年年，她始终没能等到心上人归来。村民众说纷纭，村中谣言四起。嘲讽、讥笑、歧视、谩骂接踵而至。直到那天夜里，村里的一个流氓醉酒闯进了她的屋子。后来，女人不堪受辱，穿着一身喜庆的嫁衣，带着万般怨恨从悬崖上一跃而下。鲜血弥漫了整个谷底。

原来，这才是当年的真相。但几百年的光阴过去了，一切恩怨都已成为过眼云烟。人不在了，空留一腔怨恨也于事无补。

地震一直持续到凌晨，直到天蒙蒙亮的时候才终于恢复了平静。太阳终于从远处的山头露出了脑袋，隔着一层雾气散发着朦胧的光芒。

地上的土堆动了一下，陆达和袁则行从泥里挣扎着钻出来，大口地呼吸新鲜空气，宛若新生。

他们打量着周围，不远处的地上有个隆起的东西。他们仔细一瞧，是脸着地趴在地上昏迷不醒的成卫东。

"成卫东！"他们赶紧跑过去，把人翻过来扶在怀里。

看他脸色发红，陆达摸了摸他的额头，手像触电似的瞬间弹开："这么烫！"

听到了他们的声音，李可和顾晓晴也陆续赶了过来。

"顾医生，快，他发烧了！"袁则行急忙喊道。

顾晓晴蹲下来摸了摸他的额头，确认他的症状后，在包里一通翻找，她向四周看了看，指着远处说："把他抬到河边，用河水给他降温。"

陆达直接将人打横抱起往河边走。袁则行在后面捡起掉落在地上的两枚石刻，跟在他们后面。

李可刚要跟上，却听见石林里一阵"哗啦啦"的响声。他回头一看，孟宽已经跑出去很远了。他刚要出声叫孟宽，只见孟宽一个闪身跑得无影无踪。他也只好作罢，转身跟上他们到河边去了。

"他是因为伤口发炎引起的发热，要先把他的伤口处理干净。"顾晓晴说话的时候，动作熟练地给成卫东额头上的伤口涂抹酒精杀菌消毒。

酒精沾染伤口开始发挥作用，成卫东在昏迷中疼得五官紧皱在一起。顾晓晴只好减轻手上的力道。消毒之后，她从包里掏出包扎用的纱布，将其折叠成块状放在河水里浸湿拧干，避开他额头上的伤口，敷在两侧："本来应该用冰袋或者毛巾浸泡冷水进行冷敷，现在条件有限，只能用纱布代替了。"

"顾医生，你跟孟宽到底是什么关系？"李可突然问她。

袁则行正把两枚石刻交给陆达，听李可这么问，两人对视一眼，一个低头把石刻放进兜里，一个扭头转向别处假装看风景。

顾晓晴沉吟片刻才缓缓回答说："只是一个朋友。"

"可是我明明听到他叫你……叫你的名字，你们是不是认识很久了？"李可这人腼腆又胆小，羞于表达自己内心的情感，问到最后声音越来越小，心虚得像自己做了什么错事儿似的。

顾晓晴没有回答，勉强算是默认。

陆达把石刻揣在兜里，手指碰到笔记本。他犹豫了一会儿，最终还是没有拿出来。他把手从兜里掏出来搭在腿上，目光沉着而冷静，直直地盯着顾晓晴："咱们从北京一路来到这里，我们是什么样的人，我想顾医生你应该很清楚。有一些事情你不想说，我们不会逼你。如果你想说了，我们随时洗耳恭听。你可以选择相信我们。"

顾晓晴手上的动作一顿，脸上的表情一变，喃喃自语："我可以相信你们吗？"

听她这么说，看来事情有转机。李可也不知道哪里来的勇气，直接蹲在她面前迫切地说："当然了。你当然可以相信我们。"

顾晓晴原本还在犹豫要不要把实情告诉他们，被他这么一吓，话到嘴边又反悔了，只是勉强冲他笑了笑，没再说话，低头专心给成卫东更换纱布。

袁则行耳朵伸得很长，听到这里也是无奈地摇摇头，长长地叹了一口气。为了打破尴尬的气氛，他回头问："哎李可，我有件事情想问你。"

"袁叔您说。"

"我记得成卫东说只有动了邪念和情欲的人才会被困在石林里变成石头，你……"说到这里，他没有再说下去，那意思不言而喻，"老实交代。"

李可的脸"腾"地一下红了，一屁股坐在地上手足无措。他抬头看向袁则行，眼里全是慌乱，结结巴巴地问："石刻都拿到手了，可不可以不说啊？"

"哎，那可不行，咱们保卫处办事一向严谨，每一个细节都不能放过。陆达你说是不是啊？"他说着用胳膊肘碰了碰陆达。

陆达跟他是多少年的"狐朋狗友"，有些话不用明说，一个眼神就能明白彼此的心意。他看出袁则行这是故意要逗李可，于是就配合他。

"对，老袁说得对。反正等回去了你也得把这事儿向上级报告，不如趁现在记得清楚就交代了吧。"陆达作势要从兜里掏笔记本，吓唬吓唬李可。

看到陆达要掏笔记本，李可立马就慌了，急忙上手拦住他："别别别，我……这不行啊……"他慌乱的眼神在陆达的手和顾晓晴之间来回转，急得差点咬到了舌头。

"咳咳咳！"成卫东的苏醒对李可来说简直是久旱逢甘霖。

"成卫东！你醒啦！你感觉怎么样？"

成卫东刚醒来就面对李可这般的热情，一时之间有些不适应，一脸茫然地盯着他看，那眼神仿佛在怀疑李可是不是吃错了药。

陆达和袁则行不约而同地露出一副看破不说破的神情。

"你们没事吧？"成卫东挣扎着坐起来，有气无力地说。

"你发烧了，不要乱动。"顾晓晴在河水里浣好纱布直接贴在他的脖子上，凉得他"嘶嘶"直叫。

"没事。都平安。"陆达说。他停顿了一秒，身体微微探向他，"昨晚是你爬上山洞拿走石刻的？"

成卫东犹豫着点了点头。

袁则行惊呼："好家伙，真是你啊！陆达说的时候我还以为是他看错了呢！"

"我……我其实只是会一点点拳脚功夫。"他微微抬手，将食指和拇指捏在一起，中间只留了极小极细的一条缝儿。

"那么高的山！飞檐走壁！你管这叫一点点拳脚功夫？"袁则行上下打量着他，"按你这么划分，我们不就是废物了吗？"

"你的拳脚功夫是跟谁学的？"陆达这次没有掏出笔记本。

成卫东摇摇头，十分耿直地回答他："对不起，陆队长，我答应了我师父不能对别人说有关他的事情。"

"行。不勉强你。"他忽然有种感觉，似乎每个人都没有表面上那样简单。

成卫东看看周围，发现少了一个人："哎？怎么没看到孟掌柜？"

这话一出口，周围的气氛瞬间降到了冰点。大家都不说话，似乎是有意回避这个人。

陆达起身向山体废墟处走去。

"陆达你去哪儿？"袁则行大声问他。

他头也不回地大声答道："我去前面探探路。"

"我跟你一块儿去！"袁则行急忙起身拍拍屁股上的土，一溜烟儿地跟了上去，颇有一种远离是非之地的感觉。

顾晓晴伸手摸了摸成卫东额头和脸颊的温度："烧退了，你好好休息。"她边说边自顾自地把纱布拿下来，起身到远一点的河水上游将纱布清洗干净。

周围的人都走了，只剩下李可还在这里。成卫东小心翼翼地询问："他们这是怎么了？"

李可酝酿了半天才把事情的经过告诉他，并且对他说："我有句话，说了你可别不高兴啊。我听说周逸农失踪就是为了顾医生去跟孟宽打架。现在看来人家顾医生跟孟宽那么熟，周逸农这回算是吃了哑巴亏了。"

"李可，你有没有想过一件事？"因为两人年纪相仿，所以成卫东从来没把他当成保卫处的老师看待，因此一直都是直呼其名的，"孟掌柜是怎么来到这里的？"

李可的眼神中尽是不解："你这话是什么意思？"

"你想啊，我们这一路，遭了多少罪，闯了多少关才走到这里。就算另有一条通道让镇龙村那几个逃犯误打误撞给闯进来了，那孟掌柜总不会也是误打误撞进来的吧？"成卫东决定给他将将清楚，"而且据我对周太……周逸农的了解，他绝对不是那种会为了女人去找别人打架的人。这里面一定有问题！我猜顾医生一定隐瞒了些什么事情，而这些事情一定跟周逸农有关。要不然陆队长怎么会对顾医生说那些话？你说我说的有没有道理？"

李可点点头，似乎赞同他的观点。他站起身来，拍拍他的肩膀："你要是没事儿就起来走两步吧。"说完，他就到河边，与顾医生隔了一段距离，在她的下游处洗手去了。

成卫东站起来摸摸后脑勺："难道我分析得不对吗？我觉得挺对的啊。"

"哎……你们过来看！"袁则行站在山体塌陷的地方向他们挥手呐喊，招呼他们过去。

50

听到呼唤他们立刻赶过去。原来山体塌陷之后，将之前被掩盖的通道暴露了出来。

"没错了，从这里过去应该就是村长他们说的魔王窟了。"李可兴奋地说，"说不定周逸农就在里面呢！"

"那我们……"

咕……咕……

陆达嘴里的"出发"两个字还没来得及说出口，就被一阵饥肠辘辘的声音打断。众人循着声音望去。

袁则行搭着肚子，有些难为情地笑了笑，小声地辩解说："我都一天没吃东西了……"

他话音未落，成卫东、陆达等人的肚子也接二连三地唱起了堂会。几人尴尬地相视一笑。

他们几个摸遍了全身才凑出不到三个饼子。其他的干粮早就不知道丢在石林里的什么地方了。他们在山道里就地把饼子掰成小块儿分着吃了，虽然不能管饱，好歹也不至于饿着肚子。

在他们享受着最后的饼子时，一双眼睛在暗处窥视着他们。

成卫东吃着吃着，手掌不知怎么摸到了兜里，被里面的东西吓了一跳，他这才想起青铜铃铛还在自己这里。他赶紧把拉链拉开，将青铜铃铛拿出来递给陆达："陆队长，这个您收好。"

那双眼睛看到青铜铃铛突然睁大："青铜铃铛怎么会……好，既然都送上门了，也省得我再跑一趟。你们的任务完成了，就到这里吧。"

成卫东正大快朵颐地嚼着最后一口饼子，突然感觉背后一凉，他回头向那双眼睛所在的方向看去，对面是树林，中间是空荡荡的地面，看起来没什么异常。

他暗中纳闷：奇怪，我明明感觉有人，怎么会这样？难道是孟宽？

他打定主意，要真是孟宽的话，这次逮到他一定向他问清楚周逸农的事情。

"好了，我们出发吧。"陆达说。

几人顺着蜿蜒曲折的山道前行。

山路崎岖难行，越走越窄，山坡越来越陡。两侧山体高耸入云，遮天蔽日。这里没有阳光，只能靠着手电微弱的光芒照亮前面的路。

他们顺着狭窄的山路一路下行。

李可有恐高症，整个人完全贴着山壁，双腿发抖，几乎是闭着眼睛跟着队伍前进的。

成卫东往下一看，山路一直向下而去，尽头隐没在无尽的黑暗中，给人一种通往地狱的感觉。

再往下，周围浮起了一层雾气。陆达停下脚步，用手捂住口鼻："大家小心！"

几人依样画葫芦急忙捂住口鼻。因为不清楚这些雾气究竟有没有毒，他们也不敢贸然往下走。

陆达给他们比了一个停止的手势，示意他们停在原地不要动。自己则小心翼翼地往下走了两步，伸出一只手，让雾气触碰手上的皮肤。静置片刻后，他晃了晃手，手上没有发生任何异常反应，他整个人也没有感觉到哪里不对。

看来这雾气没问题。他打了一个手势，示意他们可以跟上来了。

只是他们都没注意到，雾气已经在脚下的山道上凝结成了一层薄冰。越往下去，冰层越厚。

袁则行看到安全通行的手势之后，心里松了一口气，像平常训练时那样在山道上行走，他一步没踩稳，"哧溜"一下滑了下去。

"嘭！"

"啊啊啊啊……"

袁则行被陆达安排走在最后，他脚下一滑溜下去，整个队伍像多米诺骨牌一样，全都被他撞了下去。

"啊……"其中就数李可的叫声最大。

陆达最先落地，紧接着是成卫东，然后是顾晓晴。成卫东倒是反应灵活，往旁边一躲，没被顾晓晴砸到。可是福不是祸，是祸躲不过，他刚躲过了一个顾晓晴，下一秒就被从天而降的李可砸了个眼冒金星。

陆达感觉身上一轻，还没缓过劲儿来又遭到一记重击，双重打击让他的喉咙一甜，眼前出现了无数黑色的小斑点。

"嘭！"

袁则行落在了离他们不远的地方，他落地的时候只听到清脆的"咔嚓"一声。只见他躺在地上，捂着胸口哀号："完了完了，我肋骨摔断了！好疼！"

顾晓晴赶紧爬起来，又将陆达扶起，紧张关切地问道："陆队长，你还好吗？"

陆达疼得说不出话来，但还是冲她摆了摆手，示意自己没事。在他看来还能站起来走动就没什么大问题。

李可还趴在成卫东身上，闭着眼睛大喊大叫："啊……"

成卫东被他压在身下说不出话来，只能不停地挥动胳膊向陆达和顾晓晴求救。

陆达走过去轻轻拍了拍李可的肩膀："哎，别叫了。"

李可回头一瞧，顾晓晴搀着陆达，两人正一脸无奈，居高临下地看着他。他把头转回去一瞧，身下还压着个人，吓得他手脚并用地爬起来，赶忙将成卫东轻轻地搀扶起来。

袁则行还在地上哀号自己的肋骨断了。

他们围过去，打着手电一瞧，确实是肋骨断了。不过断的不是他的肋骨，而是他身下的那具白骨的肋骨。

第二十七章　夺取青铜铃铛

51

看着他们惊恐的表情，袁则行心里有些害怕。他仔细一看，他们并不是在看他，而是在看他身下的地方。他疑惑地回头一瞧，正与一个龇牙咧嘴的骷髅头瞧了个对眼。

"啊！"他大叫着跳起来，腰也不酸了腿也不疼了，浑身上下啥事儿都没有。"这这这……"他一连"这"了好几声，赶紧合上双掌向白骨拜了又拜，默默地道歉。

死者为大。向它道过歉后，袁则行赶紧走到陆达身边，看他一直扶着腰就接替顾晓晴搀扶他，袁则行哪壶不开提哪壶："你这腰怎么了？"

"没事儿。就是被砸了一……两下。"陆达忍着疼说。

袁则行大大咧咧地说："腰被砸了可不是小事儿。我在城南那边认识一个老中医，推拿针灸是把好手，回头介绍给你。"

"我谢谢你。"

"不客气。"

陆达被他气到不想说话，打着手电在周围晃悠了一圈。成卫东的手电早在被瀑布冲下来的时候就不见了踪影，只能借着陆达的手电的光芒查看周围的情况。

手电将周围照亮，众人被周边一片一片的白花花的骷骨震惊到了，这些骸骨不光是动物的，还有人类的。

"周逸农会在这个地方吗？"袁则行发出深深的疑问，对成卫东说，"哎我说，要不你再用青铜铃铛感应一下吧，别走错路了。"

"这……也行吧。"成卫东看看周围，这里确实不太像是正常人待的地方，满地都是尸骸，连个会喘气儿的都没有。周逸农要是真在这里，吃啥喝啥？怎么活下来呢？所以他也怀疑周逸农是不是真的在这里面。

"那这次我要怎么办？"成卫东有些茫然地转向陆达寻求建议。

顾晓晴适时地开口说："我有一个想法。据我观察，青铜铃铛每一次发生效用都是在成卫东同学进行了大量的体力消耗，心率加快的前提下。所以我推测或许心跳加快会是连接青铜铃铛的方法。"

听她这么一说，之前所有入幻的场面似乎都有了合理的解释。

成卫东立刻在原地做起了抬腿跳、俯卧撑、蹲起、绕圈跑等运动项目。过了大概一个小时，他终于开始大汗淋漓、气喘吁吁。

陆达拿出青铜铃铛放在他面前，刚要摇动就察觉到身后不对劲。突然他抬手一挥，将一只手挡了回去。

袁则行、李可和顾晓晴都被这突如其来的变故吓了一跳。李可将顾晓晴护在身后，袁则行和成卫东一左一右站在陆达身边，与来人周旋。

那人身穿黑色的连帽斗篷，脸上还戴着一个青铜颜色的面具。

成卫东一见到他就不由自主地联想到在镇龙村幻境中看到的千年前放置石刻的那个人。不过他心里清楚，眼前这个人不可能是幻境中的那个人。

"你到底是谁！"陆达质问他。

面具下的嘴唇一弯，漠然一笑，没有回答他，而是甩出一枚烟幕弹。

陆达他们的第一反应就是烟雾有毒，于是急忙用胳膊遮挡口鼻。

"连帽斗篷"早就料到了他们会有这样的反应，直接冲进烟雾中从陆达手中抢走青铜铃铛。

成卫东上去一把抓住他的手。谁知"连帽斗篷"却反手一下把他的手反折在身后。成卫东不甘示弱用力一仰头狠狠地撞击了对方的头部。"嘭"的一声，紧接着对方一声闷哼。

这声音好熟悉！

"连帽斗篷"得手要跑，成卫东用另一只手抓住他的肩膀。那人回头，从面具嘴巴的开口处冲他吐出一口浓烟，呛得他不得不松手后退。在对方回头的时候，透过面具双眼的空隙二人四目相对，成卫东认出那是周逸农的眼睛。

"连帽斗篷"跑了。青铜铃铛也被他抢走了。

成卫东不能理解，如果他真的是周逸农，他做这一切到底是为了什么？

"陆队长，他是周逸农！"他毫不犹豫地交代了对方的身份。

"什么？追！"陆达带头追上去。

魔王窟甬道纵横交错，周逸农的身影在其中交叉闪现。

"我去那边！"

"我去那边！"

几人分头行动，冲向不同的甬道。

李可进了甬道，没看到人影，转身要出去，余光却瞥见了一个黑影闪过。他急忙抽身回来追上去。他的手刚一碰到那个人的肩膀，那个人的身体顿时化作一团飞灰，消失得无影无踪。

"假的？"反应过来自己被骗，他赶紧往回跑，却没注意到甬道石壁上的紫色花朵在他进来的时候开始缓缓打开花瓣。

他正要往外跑，没走几步就闻到一股奇异的花香，紧接着他感到疲惫不堪，身体像一摊软泥一样倒在了地上。

袁则行紧紧地追赶着前面不断移动的人影，一路追到了一个死胡同，人影却不见了。"人呢？"他警觉地打量四周，石壁上的紫色花朵渐渐绽开，花香逐渐充斥了整个甬道。

袁则行感觉眼前一阵眩晕，耳边有人在叫他的名字，可他却无法集中注意力看清到底是谁在叫他。

花朵绽放，他晕倒在花香里。

陆达追出去一段路程后，觉得事情不对劲。他停下脚步观察四周，看到一个黑影引着成卫东从另一条甬道跑过去，他这才明白这些都是对方的把戏。所有的黑影都是假的，只不过是为了把他们分散开来，削减他们的力量罢了。

"陆队。"顾晓晴突然在他身后出现，她后面还跟着孟宽。

"你们？"陆达眯着眼睛看他们。

顾晓晴说："这件事说来话长，但我想告诉你，我们不是坏人。周逸农利用青铜铃铛伤害了很多人，我也差点着了他的道。是孟宽救了我。我进巡查组也是为了这件事情来的。孟宽他……"

孟宽接着她的话说："晓晴没有告诉我她要来这里的事情。是我得到消息自己跟来的。陆队长要怪就怪我好了。"

"我现在不怪你们任何人。快去把老袁、李可和成卫东找回来！那些人影都不是周逸农本人。我们上当了。"陆达说，"这里地形崎岖复杂，你们最好结伴而行。"

"好。那你呢？"顾晓晴问。

"不用担心我。"陆达撂下一句话转身就朝着成卫东的方向而去，可他还没走出两步远便闻到了一股芬芳馥郁的花香。紧接着，他眼前一黑就晕倒在地。

孟宽把手从身后拿出来，手上赫然是一株盛放的魔鬼罗兰。

成卫东跟着人影跑到甬道的尽头。那是一片紫色的花海，一颗夜明珠吊在山顶，环形的山壁上挂着的都是光彩夺目的奇珍异宝。

"连帽斗篷"背对着他站在花海中央。

成卫东不忍心踩坏花草，小心翼翼地在花海中用脚蹚出一条路，慢慢靠近那个人，终于在他身后一米远的位置停了下来。

"你到底是不是周逸农？"他问。

"连帽斗篷"转过身，拿下了斗篷，摘下了面具，露出了那张成卫东熟悉的面孔。

成卫东瞪大了眼睛："你！真的是你！他们都说你因为追求顾医生不成跟孟掌柜争风吃醋，大打出手，又怕被处分所以逃学。从一开始我就不相信你是这种人，一路走来经历了这么多事情，我更加坚定我最初的想法。你是不是有什么难言之隐？你说出来，我们都可以帮你。"

周逸农笑了。

"你笑什么？"成卫东不解地问。

"笑你天真啊。"周逸农笑着说，"既然是难言之隐，那又怎么会轻易地告诉旁人呢？不过……"他话锋一转，"如果你愿意把石刻交给我，我倒是可以跟你说说。"

"石刻？你要它干什么？"成卫东问。

"这你别管。我自有用途。"周逸农说。

"可是石刻不在我手里。应该是在……"成卫东说到这里突然停住，"你还是先告诉我你为什么会在这里，之后我再带你去拿石刻。"

周逸农轻笑了一声，说："士别三日当刮目相看。几天不见，你变得聪明了。"紧接着他"唰"地一下收敛笑容，语气变得冷冰冰的，"既然这样，我跟你也没什么好说的了。"

"你什么意思？"成卫东话音刚落，就看到周围原本还含苞欲放的紫色花骨朵竟然竞相开放。花瓣展开的瞬间，一股怡人的香气扑鼻而来，令人陶醉。他忍不住多闻了几下。

花不醉人人自醉。

"好好享受吧。"周逸农留下这么一句话，大步流星地从他身边走过。

花海摇曳，花枝乱颤。花瓣一片一片飘落，掩埋了成卫东的身体。

52

周逸农走出宝器室就看到陆达从前面的甬道跑过去。他暗想，既然东西不在成卫东身上，那就一定在陆达身上。于是他大步追了上去，跟着那个身影进了甬道。

陆达的身影停在葬骨坑边缘，背对着他。偌大个石室的正中央是一个巨大的深坑，里面堆积了成千上万的枯骨。枯骨的缝隙里，开满了紫色的花朵。

"陆老师。"周逸农叫住了他。

那个人转过身来，竟不是陆达。是穿着陆达衣服的孟宽。

"是你！"周逸农一见到他就咬牙切齿，火冒三丈。

"不错，就是我。"孟宽笑笑说。

这时，顾晓晴也从一旁缓步走出，在孟宽的身边站定。她的手状若随意地把玩着两块石刻，并向周逸农露出一抹挑衅似的笑容。

"你们两个……呵，我果然没找错人。"他冷笑着说。

"这还要多谢你的好室友。要不是他，我们还真找不到这里。"孟宽说，"现在我们可以好好谈谈了。"

"我跟你们没什么好谈的。"周逸农掏出青铜铃铛，作势就要冲上去。

"姓周的，你真的不考虑一下吗？"顾晓晴用两根纤细的手指捏着一枚石刻，伸向葬骨坑，威胁道，"只要我一松手……"

周逸农强忍怒气，停下脚步，两眼冒火地盯着她，如果眼神能化作利刃，那么现在她的身上早已千疮百孔了。

"你们想做什么？"虽然周逸农的语气依旧很生硬，但态度却卑微不少。

顾晓晴一改刚刚戏谑的表情，转而一脸严肃地对周逸农说："告诉我关于青铜铃铛的所有事情。"

"消除记忆。"周逸农言简意赅地说。

"消除什么记忆？"她追问。

"你心里清楚。"周逸农神情冷漠。

顾晓晴情绪激动："事情都过去了这么多年，你们为什么还不肯放过我们！"

"职责所在。"周逸农说。

"好！好一个职责所在！"孟宽拍着手说，"真是可惜了你这份赤胆忠心。被人家利用还为人家卖命，真是一条好狗啊。"

周逸农眼睛微微眯起，周身散发出危险的气息："你什么意思？"

"什么意思？你被他们骗了。"孟宽说，"当年从那里跑出来的人根本不是叛徒，而是被他们囚禁虐待，用来殉葬的奴隶。他们要你消除记忆也根本不是为了守护那个秘密，而是要销毁他们草菅人命的罪证。你，还有你的同伴，都是他们掩盖千年罪恶的帮凶。"

"这只是你们的一面之词，不足为信。"周逸农冷冷地说。

"真是油盐不进。"顾晓晴说，"我请你仔细想一想，这些年被你们清除了记忆的人，是不是都是手无缚鸡之力的普通人？在你们出现之前，他们一直过着普通人的生活，本本分分，从来没有惹是生非。自从你们出现之后，他们平静的生活就被打破，死的死，疯的疯。倘若你们真是替天行道，倘若你们真的问心无愧，倘若你们的所作所为都是出于正义，那么请问，他们到底犯了什么错要落到家破人亡的境地？他们不过是拥有了一段你们不希望他们拥有的记忆。匹夫无罪，怀璧其罪吗？"

周逸农被顾晓晴质问得哑口无言。因为他知道，她说的都是真的。曾几何时他也这样问过其他人，可始终没能得到一个能够解答他心中疑惑的答案。他也不明白这么多年他一直被要求守护的那个秘密到底是什么。有多少个夜晚，他辗转反侧，独坐到天明，对着青铜铃铛反思自己所做的一切到底是对还是错。可是回应他的只有青铜铃铛沉闷而悠长的声音。

　　看周逸农有所动摇，顾晓晴决定再给他一剂猛药。她举起石刻，说："这一枚石刻是从镇龙村祭坛下找到的。你的先祖以除妖为名在山中设下祭坛，让村民们以活人封棺滋养石刻，这你如何解释？这一枚石刻是从望夫山上取下来的。经过我们查证，就是这枚石刻激发了人心至阴至暗的欲念，蛊惑无数人献出生命以供养它。你自己说，如果你们真的光明正大，为什么会有这么邪门的东西？为什么会用这么邪门的术法？"

　　"我……"周逸农对自己产生了深深的怀疑。

　　"我们相信你一定是个心地善良的人。只是有些事情你还没有完全知晓，我们也是一样。"顾晓晴的声音突然温和了下来，她把石刻交给孟宽，一步一步走向周逸农，站在他面前，柔声说，"我不奢求你因为我今天的一席话就幡然醒悟，完全抛弃你之前所接受的信息。但是现在我们都出现在这里，也就是说我们都是想要寻找真相。既然我们的目标是一致的，那么我们为什么不齐心协力一起找出真相呢？"

　　孟宽也附和说："如果你信不过我们也没关系。你大可以把陆达他们唤醒，让他们来给我们做公证人。你可以不信任我们，但是几位保卫处的人与我们双方都没有任何利益上的牵扯，他们是不会偏袒任何人的。还有成卫东，你应该也清楚他很特殊，他就是我们找出真相的关键。"

　　顾晓晴看着周逸农的眼睛，十分认真地说："如果真相表明是我们的错，那我们两个心甘情愿被你消除记忆，绝无二话。我发誓。"

孟宽走过来，递上一枚石刻。

周逸农惊讶地盯着他们，犹豫再三，还是接过了石刻。

"陆达人呢？"周逸农问。

"在那边，跟我来。"孟宽走在前面带路。他把自己的衣服和陆达的衣服换回去之后才让周逸农动手。

陆达孤身一人走在灰暗的街道上，周围的建筑和人跟他记忆里的相似却又有所不同。他一直没想明白到底是哪里不一样，直到他鬼使神差地来到了他小时候住的地方。他站在房门前，看到教书先生从隔壁走出来。

"先生！"他激动地脱口而出。

教书先生看到他，眉眼弯弯，笑眯眯地对他说："陆达啊，你是不是又不听话，逃学了？"

陆达刚要说话却被一个稚嫩的声音抢先："是张先生讲得太无聊，之乎者也还不如上树掏鸟蛋。"

陆达惊愕地转身，那个说话的人正是小时候的自己。

小陆达满脸桀骜不驯地走过来："有那个时间我还不如去做工赚钱呢。"

教书先生笑得很慈祥，脸上的皱纹堆积在一起，展示着岁月留下的痕迹。他对小陆达说："你可知道你父母给你取名为'达'，用意何在啊？"

"我知道。是希望我以后飞黄腾达赚大钱。"

教书先生摇摇头："此'达'非彼'达'。你父母是希望你将来能够穷则独善其身，达则兼济天下。"

"穷则独善其身，达则兼济天下。"陆达与教书先生异口同声地说出了答案。

他记起来了，这是教书先生神志不清的前一天夜里。随后他们各自回家，教书先生早早睡下。"连帽斗篷"带着青铜铃铛潜入屋中对先生痛下杀手。

"不！先生快走！"陆达扑上去想要阻止那个人。他的身体却穿过了那个人，只能眼睁睁地看着教书先生被青铜铃铛折磨得奄奄一息，眼神涣散。

陆达头痛欲裂。周围的空间在他的嘶吼声中开始扭曲，时间又回到了傍晚他们相遇的时刻……

第二十八章　族中秘密

陆达所处的时空一遍一遍地逆转重来。他在恐惧中轮回无法解脱，看不到希望，看不到未来。他两眼布满血丝，目光呆滞地看着教书先生一次一次地饱受折磨。

不解、愤怒、无助、绝望。他缩在教书先生卧房的角落里，就像小时候发现先生尸体时那样，生命的力量正从他的身上一点一点地流逝。

"原来不管我多努力，还是抓不到真凶，还是救不了先生。"他倚靠着墙角，声音嘶哑无力。

青铜铃铛的声音从屋外传来，那个人又要来了。陆达绝望地闭上了眼睛。

铃铛的声音越来越近，越来越近，在他听来这就是催命的咒语。这咒语由远及近，像一张巨网笼罩着他，巨网渐渐缩小收紧，让他透不过气，慢慢窒息。

铃铛的声音越来越大，越来越清晰。这一次与以往不同，铃铛的声音一直环绕在他耳边。陆达的眼珠转了转，眼前的景象开始扭曲模糊。他感觉自己的身体在向下坠落。

他感觉到灵魂很重，眼皮很沉，全身上下酸痛无比。青铜铃铛的声音仍然在耳畔回荡。这不是做梦，这是真的！是谁！谁在摇铃铛！

陆达额头冷汗涔涔，在一片纠结痛苦中猛然睁开眼皮。摇铃铛的正是周逸农。他几乎是弹跳起来一把薅住了周逸农的衣领，两只眼睛激动地盯着他，拳头紧攥，微微颤抖，似乎在极力地克制自己。

　　周逸农毫不畏惧地迎上陆达的目光，坦然自若地做了一个自我介绍："陆队，你好，我是周逸农。"

　　"陆队。"顾晓晴和孟宽把李可带了回来，正好撞见这一幕。

　　陆达这时才清醒过来，意识到面前这个拿着青铜铃铛的人并不是当年那个人，于是便松开手，向他道歉："抱歉。"

　　周逸农只是笑笑。

　　陆达看了眼周围，问顾晓晴："成卫东和老袁呢？"

　　顾晓晴摇摇头，说："不知道。我们出去的时候只看到李可一个人。袁队长和成卫东同学，应该还没有苏醒吧。"

　　周逸农脸色一变："不可能，我去看看。"他说完就大步流星地走了出去。

　　陆达还没来得及观察周围的情况，见他要跑便马上追了上去。李可、顾晓晴和孟宽三个人也紧随其后。

　　他们跟着周逸农来到甬道，袁则行正抱着花藤睡得香甜。

　　"老袁，老袁，醒醒！别睡了！快醒醒！"陆达叫不醒袁则行，回头看向周逸农，"你对他做了什么？"

　　周逸农走到袁则行身边，拿出青铜铃铛在他的耳边摇晃，同时漫不经心地回答说："这是魔鬼罗兰，能让人陷入内心深处不为人知的欲望中无法自拔。五毒六欲七情八苦九难，无出于此。看他的神情应该是做了一场美梦，难怪不愿醒来。"说话时铃铛的声音一直未停，他忽然侧过头来，眼中充满了戏谑，"不知道陆队长刚刚梦到了什么？"

　　陆达垂下眼帘，陷入沉默。

　　袁则行在铃铛声中缓缓睁开眼睛，一眼就看到了陆达。他极为不情愿地闭上眼睛，长叹一口气，抱怨道："陆达，怎么又是你！我这好不容易梦到受表彰，大红花都戴在身上了，只差一点就拿到奖章了，你这时候叫醒我干吗！"

陆达轻咳了一声。袁则行这才注意到他旁边还蹲着一位。

"哎！周逸农！可算找到你小子了！你跑哪儿去了，害我们跋山涉水、翻山越岭地遭这么多罪！"他跳起来抓着周逸农的手就不放开，"这回我可逮到你了，跟我们回去！"

"好啊。"周逸农不慌不忙，笑盈盈地看着他，说，"不过我得先去叫醒成卫东。"

"成卫东？他……"

没等袁则行说完，周逸农就往回拉了一下手腕，挣开了袁则行的束缚，转身朝着另一处甬道走去。

众人跟在周逸农身后，在宝器室入口处停下。紫色的花海与石壁上的珠宝交相辉映，形成一处独特的风景。陆达、袁则行他们这辈子都没看过这么多财宝，眼睛都看直了。此时，他们只觉得目不暇接，不知道先看哪一个才好。就连常年与古董器物打交道的孟宽也不由得咽了一口唾沫。

他与顾晓晴交换了一下眼神，彼此心意相通，这里只是那个地方的冰山一角，就有如此多的奇珍异宝，要是真到了那个地方该有多少好东西！难怪周逸农执意要消除他们的记忆，还以为他们有多高尚，也不过如此。

"你们就在这里等着，不要动。"周逸农说完便孤身一人走了进去。

袁则行下意识地要跟上去，却被陆达拦了下来。

"你拦我干什么？万一他跑了呢？"

陆达说："这里面到处都是魔鬼罗兰，一旦陷入沉睡，十分危险。难道你想让周逸农再救你一次？"

"袁队长不用担心，周逸农跑不了。"孟宽晃了晃手中的石刻，说，"他心心念念的石刻在我们手里。"

看到石刻，陆达赶紧摸兜，一个兜里只有笔记本，另一个本该放着石刻的兜里此刻却是空空如也。他这才后知后觉地发现自己这身衣服穿得有些不大舒服，后面的衣领都皱在一起硌得后背十分难受。很明显这衣服不是他自己穿的，是有人后帮他穿上的。他的目光像刀子一样盯着孟宽。

两人目光交会，孟宽维持着礼貌性的笑容对他说："陆队长你别这样看着我啊。我确实借用了一下你的衣服。未经你的允许是我的不对，我向你道歉。对不起了。不过我也是为了引出周逸农啊。找到周逸农是我们共同的目标，不是吗？"

"不是……你小子是从哪冒出来的？"袁则行说着就开始挽起袖子，随时准备跟孟宽大打一场。

陆达却显得更为冷静，他掏出笔记本，语气平静地说："顾医生，都到这个时候了，你还不打算跟我们说实话吗？"

李可的目光一直追随着她，如今更是殷切地希望她能够把隐瞒的事情说出来，这样他才好尽力帮忙。

就连孟宽也劝着她："晓晴，事到如今我们也没什么好隐瞒的了。不如把事情都告诉他们吧。"

顾晓晴犹豫再三，终究还是点头同意了。

54

于是，孟宽说道："我们的族人中，口耳相传着一个有关宝藏的秘密。但是时过境迁，过去这么多年，这个有关宝藏秘密的传说已经变得十分模糊，很多细节都已经不可考究了。现在，我们族中大部分人都只是知道有这么一个秘密，对于其中的详情却并不知晓。只有少数人能够有幸得知其中的关键之处，但是他们也不会把这些告诉我们。可是一直以来都有一伙身穿斗篷脸戴面具的神秘人，揪着我们族人不放。他们的目的就是为了保守他们的秘密。"

顾晓晴接着说："他们不管我们是不是真的知道那个秘密，只要是我们的族人，就无一幸免。我妈是这样，我爸是这样，现在轮到我也是这样。那天要不是孟宽出手救我，我恐怕也遭了周逸农的毒手。自打我父母因为青铜铃铛的影响过世后，我就一直很好奇到底是什么样的事情能让他们这么丧心病狂。所以，我一直致力于医学领域，就是为了找出能够抵御青铜铃铛的方法。我希望我的族人不要再受到这般无端的生命威胁。"

"晓晴心地善良，只想保护族人。我不一样，这么多年我苦心经营古董生意，就是为了能找到有关那个秘密的线索。我要知道那个要了我们族中那么多条性命的秘密到底是什么，就算是死，我也要做个明白鬼。"孟宽说完，忽然话锋一转，"晓晴瞒着我跟你们南下寻人，我也是后来才知道的。我跟来的事情，她事先并不知情，希望你们不要怪她。"

陆达快速记下笔记："海洋山那晚攻击我们的黑衣人是你吗？"

"是。"孟宽大方承认。

袁则行的拳头攥得更紧了，努力地克制自己不要冲动。

陆达接着问："殴打周逸农的人是你吗？"

"是我。是我让人用那个秘密把他引出来，特意让他不要带铃铛，否则就跟那个秘密玉石俱焚。"孟宽说，"哈，没想到他还真听话，真的没有带铃铛。我们给他打了药，让他说出青铜铃铛的秘密，但这小子的嘴是真硬，花了我们一个晚上的时间都没撬开他的嘴。还让他被人给救走了。"说到这里，他瞥了眼顾晓晴，"要不是某些人心软，阻止我们继续追踪，我们可能早就得手了。"

顾晓晴知道孟宽在怪自己，只是把脸转到另一侧，不为自己做任何辩解。

"你们在哪里动的手？"

"我先把周逸农引到你们学校后面的树林里将他擒住，为了不引人注意就将他带到了南街尽头的宅子。那个宅子荒废多年，不会有人发现的。陆队长，你还有什么要问的吗？"孟宽有些不耐烦了。

陆达没有理会他的情绪，继续发问："后来殴打成卫东的也是你吗？"

孟宽没好气地回答说："对，是我。一块钱就让他屁颠屁颠地自己送上门来了。就在那个宅子里。"

这时，周逸农从花海中走回来，身上带着一股花香让人头晕目眩。他径直走到顾晓晴面前，伸出手向她索要另一块石刻："成卫东的情况不妙，我需要另一块石刻来帮我。"

看他们两个人有些犹豫，周逸农补充说："如你们所说，成卫东是可以让我们知道真相的关键，如果没有他，我来这里寻找真相的目的也将无法达成。你们也是一样。不是吗？"

顾晓晴看向孟宽，孟宽冲她点点头，她只好同意。

拿到石刻，周逸农的目光在他们几人之间扫视："我还需要三个人帮我。"

"我来。"陆达揣起笔记本毫不犹豫地说。

"我也去。"袁则行自告奋勇。

"不，我们三个去。"陆达直接否决并解释说，"你和李可留下来以防不测。"

袁则行瞬间领悟了他的意图。顾晓晴和孟宽的话真假难断，这里又十分危险，所以不管怎么样，巡查队总是要留着清醒的人来接应。"好，那你自己多加小心。"

顾晓晴从随身的医疗包里拿出两支针管和一瓶没有包装的神秘药

剂。

"这是我这些年的研究成果，成分与青铜铃铛相似，虽然它不能像青铜铃铛一样保护你们，但至少能够暂时帮助你们抵御魔鬼罗兰。"她一边说一边用针管吸取药剂。淡青色的药剂充满了半个针管，她抬头伸出手，等着他们做出回应。

李可与袁则行对视一眼，毫不犹豫地撸起袖子把胳膊递给了她。

顾晓晴冲他们温柔一笑，将针剂推入了他们的静脉中。或许是顾晓晴的手法轻柔，又或许是李可的心思不在打针上，他竟然没感到一丝疼痛，甚至没有任何感觉。

但是到了袁则行这里，却是截然不同的画风。堂堂一个大男人被打针吓得泪眼汪汪，他趴在李可的肩膀上瑟瑟发抖，都不敢回头看一眼，事后还要强装镇定，一副什么都没有发生过的样子，左顾右盼，就是不敢低头看胳膊上的针眼。

随后，陆达、顾晓晴和孟宽三个人跟在周逸农身后进入了花海中。

55

成卫东躺在花海中央。他的身边堆满了飘落的花瓣，空中不时还飘着花瓣，晃晃悠悠地落在他的脸上、身上。

"魔鬼罗兰的花香有毒，青铜铃铛和石刻能够抑制这种毒素。我需要你们在我唤醒成卫东期间，让它们一直保持响动。"周逸农边说边将自己的左手掌心与成卫东的右手掌心分别划出一道口子，二人两手相握，掌心相对，血液相融。"切记，无论发生什么事情都不可以离开这里，我们两个人的性命就交给你们三个了。"

"放心吧。别忘了我们有着共同的目标。"

孟宽这句话算是给周逸农吃了一颗定心丸，他放心地与成卫东并肩躺在一起。

陆达摇晃青铜铃铛。顾晓晴从随身的医疗包里拿出两把镊子分给孟宽一个，用以敲击石刻。

紫色的花瓣无风自起，像一场雨，在空中缓缓飘下。他们就这样静静地坐在原地，任凭花瓣飘落在他们的头发上、肩膀上、衣领上、胳膊上，而他们仍专注地晃动青铜铃铛、敲击石刻，神情肃穆，仿佛在做一件十分庄严的事情。

远处的袁则行和李可紧张地注视着花海中的动静，看到他们入魔似的举动，心里隐隐不安。

花瓣很快将周逸农和成卫东的身体掩盖，浓郁的花香在空中凝结化形，却在铃铛与石刻的声音中破碎掉落，一点点、一片片，散落在成卫东和周逸农的身上。

成卫东脸上依然挂着安详的笑容。

天气晴朗，阳光灿烂，成卫东从学校下课回家。从师范学校毕业后，他被安排回老家的学校担任体育老师。回家的路上，他路过一片金黄的麦田，这是他家的田地，看来今年又是个大丰收的年头。

成卫东骑着自行车，嘴里哼着歌，心情愉悦地到了家。家里除了他之外，还有师父。师父坐在院子里的藤椅上纳凉，身旁的藤桌上摆着一壶刚沏好的新茶，头顶的藤萝架上开满了紫色的小花。空气中弥漫着一股清新的花香，几只不知名的小虫正萦绕着花蕾陶醉不已。

"师父，我回来了。"他把自行车停在院子里，从院中的井里打水上来，一边洗手一边问，"师父今晚想吃什么？小炒肉怎么样？"

"好。吃什么都行。"师父微笑着坐在椅子上，摇晃着藤椅，随口应着。

成卫东系上围裙，在厨房里忙活起来，还不忘跟师父搭话："师父啊，我今年年底会涨工资，到时候就能给您添一件新衣服了。"

"你有这心我就满足了。我这一把老骨头，黄土都埋到脖子了，还穿什么新衣服啊。"师父笑着说，"要我说啊，你还是留着钱早点娶个媳妇回家，师父总不能陪你一辈子吧。"

小炒肉出锅，香气扑鼻。成卫东把菜盛到一边，换了盘青菜下锅炒。锅里发出"嘶啦嘶啦"的声音，他抽空抬起胳膊擦擦额头上的汗，向外喊道："师父您说什么呢？您肯定能长命百岁。到时候还得让您教我儿子功夫呢。"

"好好好。"师父笑得合不拢嘴，满口答应下来。

两年的时光过去了，成卫东如愿以偿地升职加薪，娶妻生子。

休假的时候，他站在自家的田地前吐纳呼吸。这几年都是好年头，一阵风吹过，麦田掀起"浪花"，看来今年的粮仓又是满仓。

妻子在院中洗晾衣服。师父在院子里逗弄孩子。

藤萝架上绑着一串风铃，风吹来，铃铛发出"叮叮当当"的声音。

成卫东听到铃铛的声音感觉有点头痛，奈何孩子喜欢，他也只好强忍下不适，将铃铛挂在架子上。

他在麦田边站了一会儿，刚准备回去，余光里却瞥见一个穿着连帽斗篷的人站在麦田中央。

他皱着眉头转身凝视，而那道身影却消失不见了。

第二十九章　炸毁魔王窟

56

成卫东以为自己眼花了，没在意这件事，转身回了院子。

院子里，师父坐在藤椅上，怀里抱着他的儿子，正手把手地教他出拳。

成卫东笑着说："师父，他才不到一岁，您就教他练武，是不是早了点啊？"

"你懂什么？练武就要趁早。是不是啊，满仓……"师父佯装呵斥他，随后又开始逗弄起他儿子。

成卫东的儿子出生时正赶上收获的季节，看着丰盈的粮仓，他就给儿子取了小名叫"满仓"。

小玉是他的媳妇，名叫颜如玉，人长得漂亮，又做得一手好家务。周围的人家提起她都赞不绝口。结婚的时候，人人都羡慕成卫东讨了个好老婆。

小玉把洗好的衣服晾起来，笑吟吟地说："东哥，今天是你生日，待会儿我去集市上买条鱼，咱们中午炖鱼吃。"

"我生日？你不说我都快忘了。"成卫东受宠若惊，"集市那么远，你不要动，我去买吧。"

小玉嘱咐说："那你记得去东街老于家，我前几天跟他们家说好了。

已经交定金了。"

"好，知道了。"成卫东穿好外衣，临走时捏了一把满仓的脸，逗着他说，"满仓，听到了吗？中午我们有鱼吃了。高不高兴啊？"

满仓好像听懂了他的话，跟着他一起"嘿嘿"地笑起来。

他骑上自行车离开家门奔向集市，身后还能听到师父在逗孩子的声音。

集市离学校不远，但是离他们住的地方很远。当时选择在这个地方建房子也是考虑到师父喜欢清静的缘故。

或许是因为放假，集市上很热闹。成卫东在东街老于家的店门口停下自行车，没等他开口，老于就先向他打招呼："成老师，您来啦。您媳妇前些天在我这儿定了一条鱼，今儿就等着您来拿呢。您稍等，我去给您装上。"

"好，那就谢谢啦。"成卫东说。

老于的动作麻利，成卫东只等了一小会儿就拿到了鱼。他看看时间，离中午还早，这条鱼一时半会儿也死不了，于是他就到美妆店里挑了一罐雪花膏。

他早就听小玉念叨这个了，今天正好给她带一罐回去。一想到她看到雪花膏时那副高兴的模样，成卫东就觉得自己的心也跟着美滋滋的。

成卫东拎着东西跨上自行车，刚要往回走，却看到不远处有一个身穿连帽斗篷、头戴面具的怪人，正站在街边的拐角处盯着他。

他觉得很奇怪，但也没有多想，更没去理会。他正要骑车往回走，却听到耳边传来一阵铃铛声。

是那个奇怪的人在摇动一枚青铜铃铛。但是周围的人对此却毫无反应，就好像根本没看到这个人似的。

不知道为什么，成卫东十分抗拒见到他，对铃铛的声音也十分的厌恶。他骑上车就要走，可是铃铛的声音越来越大，他竟然控制不住自己的身体，鬼使神差地跟着铃铛的声音而去。

神秘人在一处偏僻的小巷子深处停下脚步。

铃铛声停，成卫东终于夺回了身体的控制权，努力地停下车，向那人质问道："你是谁？带我来这里干什么？"

神秘人转过身，摘下面具，露出了真容："怎么，不认得我了吗？"

"你是？"成卫东下了车，慢慢走近，仔细打量他的模样，可并没有想起他是谁。成卫东摇摇头："我不认识你。你是不是认错人了？"

他说完转身就要走，却被周逸农叫住："成卫东！"

听到对方直接喊出了自己的名字，成卫东心里一愣，顿时停下脚步。

周逸农说："龙脊天梯、人字天峡谷、镇龙村、望夫山，这些地方你都不记得了吗？顾晓晴、孟宽、陆达、袁则行、李可，这些人你难道全都忘记了吗？"

听到这一个个熟悉又陌生的名字，成卫东感觉心里空落落的，好像真的有什么事情被他遗忘了，但怎么想也想不起来。他越是努力回想就越想不起来，反而还引起阵阵头痛。

"我不知道你在说什么。"

"成卫东！"

"你再纠缠我，我就报警了！"成卫东喝止了对方，骑上车飞快地离开了。

周逸农追到巷口，对着他的背影摇动青铜铃铛。远处成卫东的身体微微晃动了一下，但很快就恢复如常，消失在他的视线中。周逸农面色沉重：青铜铃铛竟然对他没有用？看来得另想办法了。

成卫东骑着心爱的自行车，载着鱼和路上买的其他东西往家赶，路过麦田时他看到麦浪滚滚，心里十分高兴，很快就将刚刚发生的事情抛诸脑后，一路上哼着歌回家。

还没到家呢，老远他就瞧见家里的烟囱冒出了炊烟。

　　"鱼还没到家，饭就做上了？今儿做饭够早的啊！"他在路上调侃说。自行车又往前骑了一段距离，离家越近，他越发觉事情不大对劲。

　　家里升起滚滚浓烟，黑气冲天，不是炊烟，是着火了！

　　成卫东拼命地蹬车往回赶。到家时，只见火光一片。透过跳跃的火焰，他看到小玉和师父都倒在院子里。"连帽斗篷"怀中抱着他的孩子，站在藤萝架下拨弄着风铃。孩子哇哇大哭。

　　成卫东跳下车，自行车倒地，他哀号了一声，车上的东西散落一地。他冲到院门口想进去救人，火焰"腾"地一下蹿起三丈高，直扑他的面门而来，硬生生地把他逼退。

　　周逸农抱着孩子，冲他露出一个诡异的笑容。

　　成卫东心里有种不祥的预感。他全身上下一阵冰冷，双腿不住地打着哆嗦。他慢慢靠近那个人，向他伸出手，尽量保持镇定，他告诫自己一定不要激怒对方："你不要动，把孩子给我，不要动……"

　　周逸农笑了笑，顺手将孩子扔到了火焰之中。

　　有新生命献祭，火焰燃烧得更加旺盛了。火舌疯狂地扭动身姿，发出嚣张恐怖的笑声，仿佛一群妖魔在举行群魔大会。

　　成卫东愣在原地，大脑一片空白，丧失了一切思考能力。

　　周逸农回身走向麦田，一把火烧光了所有的粮食。火焰瞬间席卷了整片麦田。火焰猛烈地燃烧，烧毁了成卫东的精神家园，燃尽了他所有的希望。这时，天降大雨，天色变得灰暗起来。

　　成卫东冲过去与周逸农扭打成一团，两个身影在泥浆里翻滚。

　　"为什么要这样对我！"成卫东骑在周逸农身上，对着他的脸重重地打了一拳。

　　周逸农的脸偏向一侧，嘴里猛地喷出一口鲜血，染红了地上的水坑。

周逸农笑得凄惨,抬腿一顶将成卫东击落在地,他翻身而上,掐住成卫东的脖子,狠狠地连续扇了成卫东几个耳光并在雨中咆哮:"你给我清醒一点!这些都是假的。都是魔鬼罗兰给你制造的幻境。"

成卫东目光凶狠地盯着周逸农,对着他的脸又是一记重拳:"你杀了我师父,杀了我妻儿,你这个杀人犯!你去死吧!"

两个人在泥水里扭打之际,一道闪电照亮了天空,闷雷在云层中酝酿、炸裂。大地开始震动,地面裂开了一条缝隙。缝隙越来越大,形成了一道大裂谷。麦田和院落伴随着熊熊火焰坠入裂谷,消失在黑暗中。

地动山摇中,两个人也滚落到裂谷之中。

57

周逸农惊醒。一条开满紫色花朵的藤蔓打过来抽了他一个耳光,在他脸上留下一道暗红色的伤痕。当另一条藤蔓向他攻击的时候,他反应迅速地躲开了。

在他入梦唤醒成卫东的时候,魔鬼罗兰有了反应。魔鬼罗兰依靠花香催眠活物,使对方在昏睡中成为自己的养料。可当它们感应到有人要夺走它们的养料时,就变得异常暴躁,开始主动攻击闯进这里的活物。

一条藤蔓在花海的遮掩下靠近毫无防备的三个人。它从花海中猛地冲出来,昂起又细又长的身体,像一条邪恶的毒蛇,一把勒住孟宽的脖子,将他拖拽而去。

突如其来的变故打了他们一个措手不及。

陆达急忙把铃铛塞到顾晓晴手里,自己冲了上去,他扑倒在地,拉住孟宽的脚,跟着对方一路被拖行。

顾晓晴心里着急却不能停下手上的动作,只好将铃铛衔在嘴里,晃动脑袋,两只手不停地敲打着两枚石刻。在远处的袁则行和李可看来,这动作可着实不怎么雅观。

他们还在纳闷儿陆达和孟宽怎么不见了，下一秒藤蔓就从花海中冲出来，将孟宽吊在了半空，陆达在一旁一口咬住藤蔓。

藤蔓没料到这批活物还会咬它，吃痛地疯狂扭动着身体，但是仍然没有松开孟宽。

袁则行和李可冲进花海，面前突然弹起数条藤蔓，张牙舞爪地拦住他们的去路。

火棍和砍刀已经不知道掉在哪儿了。现在能用的只有这一副拳脚了。袁则行刚要冲上去，却听见耳边传来一声巨大的声响。

李可开枪打断了一条藤蔓。

袁则行没想到他居然还有子弹！但现在不是刨根问底的时候。藤蔓受了重伤，急忙向四周飞速后退。他们趁着这个间隙赶紧跑过去救人。

"袁叔，给你。"李可把配枪交给袁则行，自己则冲向顾晓晴，用后背帮她挡下了藤蔓的偷袭。

李可忍住疼痛，将青铜铃铛接过来，拼了命地摇晃。有了他的帮忙，顾晓晴立刻专心敲击两块石刻。

孟宽的脸憋得通红，挣扎的幅度也逐渐变小。他的眼睛开始充血，眼看着就要窒息了。袁则行举起配枪对准勒着孟宽脖子的藤蔓，一枪即中。

孟宽坠落在地，双手捂着脖子猛烈地咳嗽，止不住地哗哗流泪。

"小心！"陆达一把推开孟宽，一条藤蔓从两个人中间猛然落下，打掉了一地的花瓣。

"他们什么时候醒？"袁则行问。

"不知道啊。"孟宽哑着嗓子说。

陆达踢开藤蔓的进攻，抽空回应说："不管要多久，我们一定要撑住，撑到他们醒过来。"

几人跟藤蔓缠斗的时候，周逸农醒来了。

紧接着，不到五秒钟，成卫东也从幻境中脱离出来，猛然坐起。

李可和顾晓晴见他们醒来，心中的喜悦无以复加。然而还没等他们说些什么，只见成卫东两眼通红，对着周逸农的脸就是一记重拳。

周逸农的脸偏到一旁，嘴角顿时流下了鲜血。他没有时间责怪成卫东。

周逸农从地上爬起来，说："魔鬼罗兰受到青铜铃铛的影响，已经魔化了。我们必须马上离开这里。"

"喂！跑！"李可冲那边大声呼喊，拼命挥动手臂招呼他们往洞口的方向跑。

感应到他们要跑，四面八方的魔鬼罗兰藤蔓全都挺直了腰杆，宛如一条条毒蛇包围了他们。

"周逸农，现在怎么办？"顾晓晴问。

"不知道。"

顾晓晴显然不相信他的话："不知道？是你操控它们的，现在你跟我说你不知道？"

"你爱信不信。"周逸农也懒得跟她多费口舌。他的目光瞄着青铜铃铛。顾晓晴发现不对劲的时候已经来不及阻止，只能眼睁睁地看着周逸农从李可的手里夺走青铜铃铛，拉着成卫东，飞快地向洞口跑去。

"站住！"李可快步追了上去，却被几条藤蔓拦住了去路。似乎是为了报那一枪之仇，几条藤蔓对着他穷追猛打，分别缠住他的手腕和脚踝，看那样子是要将他五马分尸。

顾晓晴掏出她自制的驱虫喷雾对着藤蔓一通喷洒，边喷边逃，勉强拉开与它们之间的距离。

袁则行和陆达赶了过来，对着勒着李可脖子的主藤开了一枪。藤蔓被枪击后留下了后遗症，又挨了一枪之后条件反射似的逃走了。

他们刚要往前跑，只见地上的魔鬼罗兰全部绽放，紫色的花海间升腾起白雾。众人纷纷被这浓郁的花香包裹，顿时头昏脑涨，脚步踉跄。

孟宽和顾晓晴虽然为自己注射过免疫药物，但是面对这么高浓度、大剂量的花香，药剂也起不了任何作用。

孟宽在手腕上狠狠地咬了一口，疼痛感让他保持清醒。他断断续续说道："魔鬼罗兰有一条主根，只要毁了主根，我们就有救了。"

"主根？主根在哪儿？"陆达问。

孟宽的目光向四周打量，嘴里念念有词，终于锁定了方向："在那边！"

"用火烧是最好的办法。"他说。

顾晓晴从包里摸出打火机。

"我去，你们掩护我。"陆达一手抓起打火机，一手拿起李可的配枪，头也不回地向孟宽所指的方向走去。

"魔鬼罗兰嗜血，我们用血为陆队长开路。"顾晓晴用镊子尖锐的一侧划破手掌，几人相继照做。鲜血的味道很快吸引来了大批的魔鬼罗兰。

花香越来越浓，雾气几乎要遮挡住他们的视线。花香透过伤口钻进他们的皮肤，进入他们的身体，几乎让他们瞬间就失去了抵抗的能力，只能跪在地上等待着生命的消逝。

另一边，陆达看到了主根的位置。主根周围的藤蔓感受到了危险的靠近，一个个发出无声的怒吼冲向他，逼他后退。

陆达用尽全身力气将打火机掷了出去，白雾遮住了他的眼睛，他只能凭借着感觉向空中开了一枪。

打火机在空中爆炸。火焰掉落在主根和附近的藤蔓上燃烧起来，以迅雷不及掩耳之势迅速蔓延了整个山洞。

紫色花海瞬间变成一片火海。火光与山壁上的珠宝交相辉映。只可惜这番盛景却无人有闲情逸致来欣赏。

魔鬼罗兰已毁，山洞开始震动。各种奇珍异宝"扑簌簌"地掉进了火海，不管之前有多值钱，此时都化作了无人问津的灰烬一堆。

"不好，快跑！要塌了！"他们相继往外奔逃。当在队伍最后面的陆达迈出洞口的时候，整个山洞轰然塌陷，乱石将洞口彻底堵死。

可是地震仍在继续。

成卫东和周逸农在外面打得不可开交。

魔王窟地宫中央出现裂痕，中间一块圆形的雕刻"哗啦啦"地掉进裂痕中。裂痕越来越大，最终形成了一张深渊巨口。

"你们别打了，快找出口！"

"对啊！再不走我们都得死在这儿！"

"你们看，那是什么？"

深渊中在尘土的掩映下一道石壁的影子若隐若现。

"啊……"成卫东一脚踩空跌落深渊。

周逸农伸手去拉，却因地震身体一晃，也掉了下去。

"成卫东！周逸农！"陆达他们冲着深渊大喊。

周围的地砖也跟着一块一块地掉了下去。他们死死地抱着柱子，然而在重力作用下，他们的身体不住地向下滑动。

先是双脚悬空，然后是双腿，再是腰部，紧接着是胸口，最后他们只能眼睁睁地看着手指一点一点地从石柱上滑下来。整个人坠入了无尽的深渊。

随着最后一块小石子的落地，魔王窟再度恢复了平静。

第三十章　黄雀在后

58

生和死的距离，看似遥远，不过是靠一口气撑着而已。

成卫东感觉全身的骨头都要散架了。他缓缓睁开眼睛，对于自己还活着的这件事，他不知道是该高兴还是该悲伤。

他支起胳膊缓缓坐起身来，发现陆达、袁则行、李可、顾晓晴和孟宽都躺在地上。他的双腿暂时还没有恢复力气，只好爬过去，探一下他们的鼻息。

万幸，他们都还活着。

"放心，他们死不了。"

周逸农的声音从背后传来。

成卫东被他吓得浑身一哆嗦，翻过身来瞪着他，恨不得现在手里有把刀捅死他。

"还在为幻境里的事情耿耿于怀？"周逸农拿出火折子接连点亮十二盏油灯。周围瞬间亮了起来。

成卫东这才看清周围的情况，这里好像是一处不见天日的密室。周逸农面对着一块完整的石壁，石壁上刻着奇怪的花纹，石壁前有十二具盘膝而坐的骷髅。他们身上的衣服因年代久远已经破烂不堪，但依稀还是能够看到连帽斗篷的轮廓。

成卫东心中疑惑："这些人不会是周逸农的祖先吧？"

说来也奇怪，刚刚在幻境里的那些事情，虽然理智告诉他那是仇恨，但是他却感受不到对周逸农的恨意了。他只能语气冷淡地回应他："杀人犯法，你真狠毒。"

"杀人？真是冤枉。"周逸农幽幽地说，"我不过是毁掉了你心底的欲望罢了。那些都是你对未来的期待与向往，全都是假象。假象就是假象，再美好也成不了真的。我帮你打碎幻象救你出来，你该感谢我才对。"

"随你怎么说吧。"成卫东感觉双腿恢复了些力气，于是艰难地站起来，"那么这里的事情你要怎么解释？我们同宿舍一起住了那么长时间，可是直到今天我才发现我对你一无所知。看在我们相识一场的分儿上，你跟我说句实话，你到底是谁？这些到底是怎么回事？"

在他们说话的时候，陆达他们也相继醒来。

"这是哪儿啊？"袁则行扶着腰站起来走到陆达身边。

李可揉着胳膊和肩膀，默不作声，好奇地打量着周围的一切。他的目光落到了石壁上，石壁上的花纹看起来杂乱无章，像是胡乱刻画的，但是有些线条的拐角和轮廓却让他感觉似曾相识。

孟宽扶起顾晓晴，两个人一眼就看到了石壁前的十二具尸骸："看来我们找对地方了。青铜铃铛的秘密就藏在这里。"

周逸农甩开斗篷，在十二具骸骨面前跪下，向每一具骸骨诚心诚意地磕了三个头。三十六个头磕得"嘟嘟"作响。陆达他们看着都觉得疼。

磕过头后，十二具骸骨的座台突然升起，四周的石壁上冒出了阵阵青烟。

顾晓晴扇闻些许青烟，突然感到一阵头昏脑涨、恶心干呕，连连后退好几步。孟宽忙上前扶住她。她惊恐地对众人说："这烟有毒！"

大家急忙捂住口鼻。

孟宽还有心思调侃周逸农："姓周的，这是不是你祖先啊？头都磕了还放毒。你磕错坟头了吧？"

周逸农眉头一紧，沉声说："这是倒计时。只有合格的后人才有资格带着青铜铃铛的秘密活着离开这里。"

"倒计时？那你倒是开始啊。"李可憋了一口气，说完赶紧捂住口鼻。

"可是我并不知道接下来要做什么。"他说。

"你！自己家的东西你不知道？你跟我们开玩笑呢？"袁则行说话时几缕青烟钻进了口鼻，呛得他咳嗽不止。

"我知道。"成卫东捂着嘴说。青烟刺激了成卫东的大脑，在掉下深渊时，有几个画面在他的脑海中闪过。之前他没有在意，现在他似乎明白了其中的含义。他指着石壁说："那是一张被打乱顺序的拼图，需要把它们按顺序拼好。"他又回手指向地面："然后地面上会出现一个太极图，把两枚石刻分别放进阴阳鱼眼中，就能够得到你们想要的东西。"

"事不宜迟，快动手啊！"袁则行说。

周逸农冷冷地看着他："你知道该怎么拼吗？"

"我……"袁则行一时语塞。

"我想起来了。"李可突然说，"这些花纹跟人字天峡谷的壁刻一模一样。会不会是按照那个图案来复原？"

陆达掏出笔记本，翻开李可绘的那一页。周逸农、成卫东和袁则行围过来，比对着石壁上的花纹。"好像是有一些相似的地方。"

"没错，就是这个。"周逸农十分肯定。

"李可、成卫东，你们在下面指挥。"陆达说，"孟宽、顾医生，过来帮忙。"

"这怎么拿下来啊？"袁则行一边抱怨一边动手硬抠，那块正正方方的石壁还真被他给抠下来了。"嘿，果然是拼图！"

然而就在这时，青烟喷射的速度突然加快。

袁则行忍不住骂道："你家祖宗是要坑死你这子孙啊！"

"袁叔，你这块在（3，3）！"

"陆队长，（2，5）！"

"顾医生，（7，1）！"

"周太白，（9，2）！"

这声称呼让周逸农有些恍惚，他很快就找到了九列二行的位置，将石壁换了上去。

石壁拼图的置换工作如火如荼地进行，密室里的青烟浓度也越来越高，可见度逐渐下降。

"孟宽……孟……"李可支撑不住，倒在了地上。

"哎！李可！"成卫东推了他两下，没能叫醒他，由于时间紧迫，他只好先不管他，抓紧时间报数。

很快，顾晓晴、袁则行、孟宽也相继开始出现手脚无力的症状，靠着石壁晕倒在地。他们看在眼里急在心里，可是手上的动作却刻不容缓。

青烟的浓度越来越高，成卫东已经几乎看不清石壁上的花纹了。他支撑着报完了最后一个数，身体一软，倒在了地上，眼睛微微地眯了起来，连说话的力气都没有了。

陆达扶着石壁，捂着口鼻，暗暗用指甲掐着人中，强迫自己保持清醒。

反观周逸农却好像没事人一样。石壁复原完毕，接下来的事情跟成卫东说的一样。青烟停止输送，十二具骸骨前方的地面上出现了一圈缝隙，青烟顺着缝隙被抽走。圆形缝隙中央向上升起，表层的石板向两侧打开，露出了里面缺了两只眼睛的太极阴阳鱼。

周逸农从顾晓晴身上摸出两枚石刻，随即分别放入缺口中。

阴阳鱼补充完整，开始旋转。十二具骸骨的眼睛里闪烁着青色的光芒，在半空中汇聚成一段篆体文字。

成卫东倒在地上，眼睛还没有完全闭上。半昏半醒之间，那些篆体文字却十分清晰地印刻在他的脑子里。

"收魂人……点魂铃铛……"

他的手指动了动，眼皮渐渐地变得沉重，最终合上了疑惑的眼睛。

看过了篆体文字，周逸农突然大笑起来。他拿出青铜铃铛，大步走到孟宽身边，掐住他的下巴，对准他的脑袋摇晃青铜铃铛。

这声音与之前的有所不同，不再是低沉悠长，而是阴冷中夹杂着几分鬼魅。

看着他的动作，陆达猛地想起了教书先生饱受折磨的模样，那张慈祥的面孔一夜之间不复存在，逃学之后再也没有人给他讲圣贤道理了。

陆达的胸中逐渐燃起怒火，身上突然充满了力量向周逸农扑了过去。

"周逸农！你住手！"他大声地嘶吼着，心里将他当成了当年的那个"连帽斗篷"，好像阻止了他就能阻止一切悲剧的发生。

周逸农冷不防地被他推倒在地。青铜铃铛滚落在地，发出"叮叮当当"的声音。

"你居然能撑到现在。这倒是出乎我的意料。"周逸农被他摁在地上掐住脖子，可他却没有丝毫的害怕，反而露出一抹冷笑，说："陆队长，你以为你能阻止得了我吗？"

陆达似乎明白了什么，慌忙去抢青铜铃铛。青铜铃铛到手，但他却感到脖子处传来一阵刺痛。回身望去，周逸农手中拿着一支针剂，他的脸上露出了得意的笑容。这是陆达闭上眼睛之前看到的最后的画面了。

周逸农从他的兜里掏出笔记本，撕去了其中几页，又将笔记本放回陆达的兜里。

他拿起青铜铃铛轻轻摇晃，"叮叮当当"的声音回荡在整个山洞里。

59

历时一个月，巡查组终于圆满完成任务回到师范大学。

陆达、袁则行和李可到校长室将这一路的所见所闻做了一个简单的汇报。

校长激动地与他们连连握手，眼镜多次从鼻梁上滑下来："辛苦几位了。要不是你们，我们这次可就麻烦了。"

陆达说："这都是我们应该做的。要是没事的话我们就先回去了。我们还要写《异地调查任务总结报告》。"

"好好，你们去忙吧。"

从校长室出来，袁则行忍不住抱怨说："周逸农这小子也太愣了，就为了打架斗殴的事儿，跑到深山老林躲起来，害得我们跨省跑那么远把他逮回来。你说是不是？"

"嗯！"李可点头附和。

他们扭头看向陆达，见他又是一副心事重重的模样，袁则行忍不住问："哎？陆达，你怎么一句话都不说？我发现自打咱们回来你就不爱说话，怎么了？"

陆达欲言又止，最后只是说："我可能是太累了吧。"

"也是。折腾了这么多天，都不成人样了。搁谁谁能受得了？咱们今晚找地儿撮一顿啊？"

"你还喝酒？"

"今晚又不是我的班，喝点呗，就喝一点……"

陆达拗不过袁则行，终究是陪他喝了一点。

袁则行和李可睡得很安稳，只是身体偶尔会突然抖动，表情略显惊恐，似乎做了一个可怕的噩梦。

陆达独自一人坐在办公室里写总结报告。他拿着笔，盯着空白的纸张看了半天，一个字也没写出来。报告前面放着他的笔记本，里面详细记录了这次调查的所有过程，可诡异的是有几页明显是被撕掉了。

陆达摸着纸张残余的毛边，心里十分疑惑。笔记本里记载的与他的记忆没有任何出入，那么被撕掉的纸张上又记载了些什么呢？他清楚自己没有撕笔记本的习惯，哪怕是在里面信手涂鸦也不会撕掉。

他放下笔，靠在椅背上，一个人孤零零地独坐到天明。

窗外电闪雷鸣，成卫东从噩梦中惊醒。借着闪电，他看到对面的床铺已经空了，周逸农退学了。他实在是不能理解，他们历经千辛万苦把周逸农找回来，而他回来的第一句话竟然是"退学"！就为了一个处分要退学？

外面的雷声还在继续，成卫东第二天还有课，于是他倒在床上翻了个身，面对着墙壁酣然入睡。闪电照亮了天空，也照亮了他的后背，一个青色的铃铛印记在他的脖颈处若隐若现。

成卫东这一觉睡得并不踏实。藤蔓、怪鸟、满地的尸体、紫色的花海，还有一个大钟一般大小的青铜铃铛将他笼罩起来。一只手在拍打铃铛，声音震耳欲聋，而他却无处躲避。

一觉醒来，窗外天气晴朗，阳光明媚，梦中的景象被成卫东抛诸脑后，他装好书包去食堂，像往常一样节省，只要了两个玉米面窝头，在路上边走边吃，憧憬着毕业之后的未来。

60

"水心斋"里迎来了稀客。

青铜铃铛静静地躺在锦盒里。

"水心斋"老板再次向他确认："你真的要放弃收魂人的身份吗？"

"没错。我的任务已经完成了，剩下的就交给后来人吧。"他说。

"水心斋"老板盖上锦盒的盖子，用封条将其封好。青铜铃铛在锦盒里微微震动，发出低声的哀鸣，似乎是知晓了自己的命运在与主人告别。

"水心斋"老板收好锦盒，好奇地打听："恕我冒昧，我很想知道，为什么他们会好端端地回到这里？你是怎么做到的？"

他苦笑一声，说："我原以为要让人忘记一件事情就是消除他们的记忆，可是我错了。最好的遗忘不是消除而是代替，是天衣无缝的代替。"

他戴上帽子，甩了甩身上的斗篷，迈步离开了"水心斋"。

伙计在后面高声送客："小心台阶，先生您慢走……"

顾晓晴拿着玉佩来到孟宽的古董店。

二人来到密室之中，将玉佩放到一架复杂的机器上。机器底部的光芒透过玉佩打在了顶端的墨盒上。墨盒开始转动。它的另一端连接着收音机一样的机器。

三名黑衣人头戴耳机坐在桌前，向他们比了一个"OK"的手势。

周逸农还是百密一疏，玉佩里面被安装了窃听录音装置。

尾声

京城，一处偏僻的胡同中。

黄昏之时，一个人，站在一处僻静的宅门前，好半天，都没有任何的举动。好像是在犹豫什么。

这个人是一个穿着十分考究的中年人，他的脸上一团和气，看上去就是一个懂得人情世故的生意人，至少，是在社会上兜兜转转吃得开的人。

他的衣服是中式的长衫，看料子，是姑苏一带生产的。

做工嘛，有点像上好的私人定制，懂行的人知道，这定制服装的生意，现在才刚恢复，都是一些早年间的"宁波奉化的红帮裁缝"带着后人才做的买卖，规模都不大，量也上不来，若不是有熟人介绍，即便是手工费贵得天价一般，也都是约不上的。寻常人等的单子，人家是不接的。

"宫叔叔，您怎么不敲门呀？"

一个软软糯糯的声音在中年男人的背后不远处，小声地询问了一句。好像甜甜的化不开的大白兔奶糖。

中年男人沉吟了一下，扭转身看过去，跟着自己来的这个少女，样貌清秀，一身学生打扮。

"田田，你觉得，门里的人会在家吗？"

中年男人的话，有点让人摸不着头脑。

不过，这叫"田田"的女生，许是跟在这中年男人身边久了的缘故，反倒是不太在意他这种说话的方式是否符合逻辑，只顾着自己心里的想法说："在家与否，宫叔叔敲一下门就知道了，何必在意这些繁文缛节？宫叔叔不是说过，大丈夫生于天地之间，无畏无悔，岂在于一句话、一件事、一个看法？"

　　"哈哈哈，你这小丫头，真是拿捏得好方寸。多亏我还没有传授你子午主流和寻穴点睛之道，要不，你一出世，这门里的南宫兄弟和'水心斋'的那些老头，岂不都会头大脑晕，不知如何是好了！"

　　叫"田田"的小女生一听中年男人如此调侃自己，脸上多了一抹浅浅的潮红，嘴里念叨着说："宫叔叔，你真的让人搞不懂，明明姓氏是南宫，却只让人喊你宫叔叔。要来登门拜访，却事先不约，不通知，不打电话，等到了人家的大门前，又瞻前顾后，考虑起对方是不是有人在家。"

　　中年男人稍微一愣，继而说道："小丫头说得是，打今儿起，我就是你南宫叔叔了，不用再叫宫叔叔，没什么隐讳的。我这一支，才跟从南宫衍老祖被划分在外门，与南宫雪和南宫莹这些老一辈尚有一些走动，跟主房的大爷南宫无量老前辈交集甚少，我也愧对先人，没有归门。这一次，据说那个'铃铛'回来了，我这边的那处禁地里的物件，也有了着落，我想，还是回来看看吧。万一，人家也想我了呢。"

　　中年男人的话音未落，一直紧闭的大门开了。

　　一个看上去清瘦柔弱的年轻人，从门里走出来，他满目春光，似乎是在欢迎眼前的这两个人的到来。

　　"我是南宫骁，'水心斋'这一辈的掌门人。"

（全书完）